COLINA NEGRA

BRUCE CHATWIN

Colina Negra

Tradução
Luciano Machado

COMPANHIA DAS LETRAS

Copyright © 1982 by the Legal and Personal Representative of Bruce Chatwin

Proibida a venda em Portugal

Título original
On the Black Hill

Capa
Raul Loureiro

Foto de capa
© Ian Berry/ Magnum Photos

Preparação
Valéria Franco Jacintho

Revisão
Isabel Jorge Cury
Arlete Souza

Os personagens e as situações desta obra são reais apenas no universo da ficção; não se referem a pessoas e fatos concretos, e sobre eles não emitem opinião.

Dados Internacionais de Catalogação na Publicação (CIP)
Câmara Brasileira do Livro, SP, Brasil

Chatwin, Bruce
     Colina Negra / Bruce Chatwin ; tradução Luciano
Machado. — São Paulo : Companhia das Letras, 2005.

     Título original: On the black hill.
     ISBN 85-359-0687-8

     1. Romance inglês. I. Título.

05-5519   CDD-823

Índice para catálogo sistemático:
1. Romances : Literatura inglesa   823

[2005]
Todos os direitos desta edição reservados à
EDITORA SCHWARCZ LTDA.
Rua Bandeira Paulista, 702, cj. 32
04532-002 — São Paulo — SP
Telefone (11) 3707-3500
Fax (11) 3707-3501
www.companhiadasletras.com.br

*Para Francis Wyndham
e Diana Melly*

Como não vamos nos demorar aqui, visto que somos gente de ficar apenas um dia, e nosso tempo de vida é como o de uma mosca ou de uma abóbora, temos de procurar em outro lugar uma cidade permanente, um lugar em outro país, para nele construir a nossa morada...

Jeremy Taylor

1.

Havia quarenta e dois anos que Lewis e Benjamin dormiam lado a lado, na cama de seus pais, na fazenda conhecida como Visão.

A cama com colunas de carvalho viera da casa da mãe, em Bryn-Draenog, por ocasião do casamento dela, em 1899. O cretone desbotado do cortinado, estampado com esporeiras e rosas, protegia contra os mosquitos do verão e as correntes de ar do inverno. Calcanhares calejados abriram buracos nos lençóis de linho, e a colcha de retalhos estava rasgada em alguns pontos. Sob o colchão de penas de ganso havia um segundo, de crina de cavalo, que afundara formando duas mossas, deixando uma saliência entre as depressões onde eles dormiam.

O quarto, quase sempre escuro, cheirava a alfazema e naftalina.

O cheiro de naftalina vinha de uma pirâmide de chapeleiras empilhadas junto ao lavatório. Na mesa-de-cabeceira havia uma alfineteira ainda com os alfinetes de chapéu da senhora Jones; e, na parede do fundo, havia uma gravura de

Holman Hunt, A *luz do mundo*, numa moldura de madeira ebanizada.

Uma das janelas dava para os verdes campos da Inglaterra; a outra voltava-se para o País de Gales, para além dos lariços do sopé da colina Negra.

Os cabelos de ambos os irmãos eram mais brancos que as fronhas.

Toda manhã o despertador tocava às seis. Eles ouviam o programa da rádio local enquanto se barbeavam e se vestiam. Em seguida desciam as escadas, davam uma batidinha no barômetro, acendiam o fogo e esquentavam água na chaleira para o chá. Então faziam a ordenha, alimentavam os animais e voltavam para o desjejum.

As paredes da casa eram recobertas por um reboco grosseiro, e as telhas eram planas, cobertas de musgo. A casa se erguia na extremidade do terreiro, à sombra de um velho pinheiro-da-escócia. Um pouco abaixo do estábulo havia um pomar de macieiras mirradas, e para além os campos se estendiam em declive até o pequeno vale, onde se viam bétulas e amieiros ao longo do regato.

Em tempos passados, o lugar se chamava Ty-Cradoc — e ainda se usa o nome de Caractacus* na região —, mas em 1737 uma menina enferma chamada Alice Morgan viu a Virgem pairando sobre uma moita de ruibarbo e voltou correndo para a cozinha, totalmente curada. Para celebrar o milagre, seu pai batizou a fazenda de Visão, e gravou as iniciais A. M. na soleira da entrada. Dizia-se que a fronteira entre os condados de Radnor e de Hereford passava exatamente no meio da escadaria.

Os irmãos eram gêmeos idênticos.

* Herói bretão que enfrentou os romanos. (N. T.)

Quando meninos, só a mãe conseguia distingui-los, mas o tempo e as vicissitudes da vida trataram de diferenciá-los.

Lewis era alto e musculoso, de ombros quadrados, passos largos e firmes. Aos oitenta anos, ainda era capaz de andar pela colina ou trabalhar com o machado o dia inteiro, sem se cansar. Seu corpo exalava um cheiro forte. Os olhos — cinzentos, sonhadores e astigmáticos — eram fundos, emoldurados por grossas lentes redondas em armação de metal branco. Ele tinha uma cicatriz no nariz, resultado de um acidente de bicicleta. Com o acidente, a ponta do nariz se encurvara para baixo, e desde então ficava arroxeada com o frio do inverno.

Quando falava, sua cabeça bamboleava, e, se não ficasse mexendo na corrente do relógio, não sabia o que fazer com as mãos. Na presença de outras pessoas, tinha sempre um ar embaraçado, e, se alguém falava qualquer banalidade, ele retrucava com um "Muito obrigado" ou "É muita gentileza sua!". Todos reconheciam sua extraordinária capacidade de lidar com cães pastores.

Benjamin, mais baixo, era mais asseado, e tinha a tez mais fresca e a língua mais afiada. O queixo era recuado, mas o nariz ainda estava intacto. Comprido como era, Benjamin o usava como arma quando conversava. Tinha menos cabelos que o irmão.

Cozinhava, cerzia, passava a ferro e fazia as contas. Ninguém lhe levava a melhor quando se punha a regatear o preço do gado. Era capaz de pechinchar durante horas, até o vendedor levantar as mãos e dizer: "Ah, seu velho unha-de-fome!", ao que ele respondia, com um sorriso: "O que quer dizer com isso?".

Num raio de muitas milhas, os gêmeos eram tidos como incrivelmente avarentos — mas nem sempre essa fama era justificada.

Eles se recusavam, por exemplo, a ganhar um centavo sequer vendendo feno. O feno, costumavam dizer, era um presente de Deus para o lavrador. E, desde que a Visão tivesse feno sobrando, os vizinhos pobres podiam pegar o que lhes fosse necessário. Mesmo nos dias difíceis de janeiro, bastava à velha solteirona Fifield-the-Tump mandar uma mensagem pelo carteiro, para que Lewis lhe levasse um trator carregado de fardos.

A ocupação favorita de Benjamin era ajudar no parto das ovelhas. Durante o longo inverno esperava pelo fim de março, quando os maçaricos se punham a cantar, e as ovelhas começavam a parir. Era ele, e não Lewis, quem ficava acordado para cuidar das ovelhas. Era ele, e não Lewis, quem ajudava as ovelhas nos partos mais complicados. Às vezes ele tinha de enfiar o antebraço no útero, para tirar um par de gêmeos; mais tarde se punha ao pé da lareira, sujo e satisfeito, e deixava o gato lamber-lhe as mãos ainda gotejantes.

No inverno e no verão, os irmãos iam trabalhar com camisa de flanela listrada, com barbatana de cobre no colarinho. O casaco e o colete eram marrons, de tecido de lã com saliências diagonais, e a calça, de cotelê mais escuro. Usavam chapéu de fustão com a aba virada para baixo; mas, como Lewis tinha o hábito de levantar o chapéu a cada estranho, os dedos dele terminaram por desgastar o tecido da parte superior.

De tempos em tempos, com uma expressão de gravidade fingida, ambos consultavam o relógio de pulso de prata — não para saber as horas, mas para ver qual deles batia mais forte. Nas noites de sábado, revezavam-se para tomar um banho de assento diante da lareira. E a lembrança da mãe nunca os abandonava.

Como conheciam os pensamentos um do outro, chegavam a brigar sem trocar palavra. E às vezes, depois dessas brigas silenciosas, quando então precisavam que sua mãe os reconciliasse, contemplavam a colcha de retalhos composta de estrelas de veludo preto e hexágonos de morim estampado, retalhos de vestidos antigos. Então, sem uma palavra, conseguiam evocar a imagem dela — vestida de rosa, caminhando na plantação de aveia com uma jarra de sidra fresca para os ceifeiros. Ou vestida de verde, no almoço dos tosquiadores. Ou com um avental de listras azuis, debruçada sobre o fogo. Mas as estrelas negras traziam à lembrança o caixão do pai na mesa da cozinha, rodeado de mulheres aos prantos, rostos brancos feito giz.

Nada mudara na cozinha desde o dia do enterro dela. A fumaça de resina enegrecera o papel de parede estampado com figuras de papoulas islandesas e de fetos avermelhados; as maçanetas de latão brilhavam como sempre, mas a pintura marrom das portas e dos rodapés estava descascando.

Os gêmeos nunca pensaram em renovar essa decoração gasta, por medo de apagar a lembrança daquela luminosa manhã primaveril, uns setenta anos antes, quando, ajudando a mãe a preparar um balde de argamassa, viram a cal secar no cachecol dela.

Benjamin tratava de manter as lajes escovadas, a grade da lareira polida com grafite, e uma chaleira de cobre assobiando o tempo todo na lateral da lareira.

Sexta-feira era o dia em que ele assava pão — como outrora fazia a mãe — e à tarde arregaçava as mangas para fazer bolos galeses ou pães de dupla bisnaga, sovando a massa com tanta força que as flores do oleado da mesa já estavam quase apagadas.

No consolo da lareira havia um par de spaniels de porcelana de Staffordshire, cinco castiçais de cobre, um barco numa garrafa e uma lata de chá com a figura de uma chinesa. Um armário com porta de vidro — um deles remendado com fita adesiva — continha vasos de porcelana, bules de chá banhados em prata e uma caneca comemorativa de cada coroação e cada jubileu. Uma manta de bacon repousava sobre uma prateleira fixada nos caibros. O piano georgiano dava testemunho de dias menos laboriosos e de realizações passadas.

Lewis mantinha uma espingarda calibre doze encostada ao relógio de pêndulo: ambos temiam os ladrões e os antiquários.

O único passatempo do pai deles — na verdade, sua única ocupação, excetuando a lavoura e a Bíblia — era entalhar molduras de madeira para os quadros e fotografias da família, que cobriam cada espaço livre da parede. Para a senhora Jones, parecia um milagre que um homem com a índole e as mãos grosseiras de seu marido tivesse paciência para um trabalho tão complexo. Não obstante, no momento em que ele pegava seus cinzéis, e as minúsculas aparas começavam a voar, toda a falta de jeito desaparecia.

Esculpira uma moldura "gótica" para a gravura religiosa, em cores, *O Caminho Largo e o Caminho Estreito*. Criou alguns motivos "bíblicos" para a aquarela do tanque de Bethesda; e, quando seu irmão lhe mandou uma oleografia do Canadá, ele a untou com óleo de linhaça para que desse a impressão de uma tela antiga, e passou todo o inverno produzindo uma moldura ornada de folhas de bordo.

E foi essa pintura, com seus peles-vermelhas, sua canoa de casca de vidoeiro, seus pinheiros e seu céu carmesim — para não falar no fato de estar associada ao legendário tio Eddie — que despertou em Lewis o interesse por terras distantes.

Salvo por umas férias passadas à beira-mar em 1910, nenhum dos gêmeos se aventurou além de Hereford. Não obstante, esses horizontes limitados foram suficientes para acender em Lewis a paixão pela geografia. Importunava as visitas pedindo-lhes opiniões sobre os "selvagens da África"; pedia-lhes notícias da Sibéria, da Salonica ou do Sri Lanka; e, quando alguém falou sobre o fracasso do presidente Carter em sua tentativa de resgatar os reféns de Teerã, ele cruzou os braços e disse em tom peremptório: "Ele devia fazê-los passar por Odessa!".

A imagem que havia construído do mundo exterior fora tirada de um atlas Bartholomew de 1925, quando os dois grandes impérios coloniais eram tingidos de rosa e lilás, e a União Soviética era de um verde sombrio e sem graça. E ver que o mundo agora estava cheio de pequenos países belicosos com nomes impronunciáveis era como um atentado ao seu senso de ordem. Assim, como para indicar que as verdadeiras viagens só existiam na imaginação — e talvez para se exibir —, ele fechava os olhos e cantava os versos que sua mãe lhe ensinara:

A oeste, a oeste, Hiawatha
Velejava rumo ao sol poente
Rumo aos nevoeiros violáceos
Rumo às sombras do entardecer.

Muitas vezes a idéia de morrer sem deixar filhos perturbava os gêmeos, mas bastava que lançassem um olhar ao painel de fotografias na parede para se livrarem desses pensamentos sombrios. Sabiam os nomes de todos os que figuravam nas fotos e nunca se cansavam de descobrir semelhanças entre pessoas nascidas com um século de distância umas das outras.

À esquerda da fotografia de casamento de seus pais havia um retrato deles aos seis anos de idade, de olhos redondos como os de pequenas corujas, vestidos de roupas de pajem idênticas, para uma festa no parque de Lurkenhope. Mas a foto que lhes dava mais prazer era um instantâneo colorido de seu sobrinho-neto Kevin, também aos seis anos de idade, com uma toalha na cabeça à guisa de turbante, como José num auto de Natal.

Catorze anos tinham se passado. Kevin se tornara um jovem alto, de cabelos negros, sobrancelhas espessas que se emendavam uma na outra, e olhos cor de ardósia. Dentro de poucos meses a fazenda seria dele.

Agora, quando olhavam aquela fotografia de casamento desbotada, quando viam o rosto do pai emoldurado por costeletas ruivas (mesmo numa foto sépia podia-se notar que tinha cabelos ruivos brilhantes), quando contemplavam as mangas bufantes do vestido da mãe, as rosas de seu chapéu e seu buquê de margaridas-do-campo, quando comparavam seu doce sorriso com o de Kevin, compreendiam que suas vidas não tinham sido em vão e que o tempo, capaz de tudo remediar, havia varrido a dor e a cólera, a vergonha e a esterilidade, anunciando um futuro cheio de coisas novas.

2.

De todas as pessoas que se postavam diante do pub Red Dragon, em Rhulen, naquela abafada tarde de agosto de 1899, ninguém tinha mais motivos para estar satisfeito consigo mesmo que Amos Jones, o noivo. No espaço de apenas duas semanas, ele realizara duas de suas três ambições: casara-se com uma mulher bonita e assinara o contrato de arrendamento da fazenda.

Seu pai, um velho tagarela e amante de sidra conhecido em todos os pubs de Radnorshire como Sam-the-Waggon, começara a vida como tropeiro, tentara sem sucesso ganhar a vida como carreteiro, e agora vivia enclausurado com a esposa numa minúscula choupana na colina de Rhulen.

Hannah Jones não era uma mulher agradável. Quando jovem e recém-casada, amara perdidamente o marido, tolerara suas ausências e infidelidades e, graças a uma extraordinária vileza, conseguira frustrar as diligências dos oficiais de justiça.

Depois sobrevieram as catástrofes que a endureceram e a transformaram num poço de amargura incurável, deixando seus lábios finos e retorcidos como uma folha de azevinho.

Dos cinco filhos que teve, uma filha morreu de tuberculose, outra se casou com um católico. O mais velho foi morto numa mina de carvão de Rhondda. O filho preferido, Eddie, roubou suas economias e foi embora para o Canadá — e sobrou apenas Amos para ampará-la na velhice.

Como ele era o caçula, ela o mimara mais que aos outros e mandara-o à escola dominical para aprender as primeiras letras e o temor a Deus. Não era um menino obtuso, mas aos quinze anos já frustrara as expectativas da mãe em relação a sua educação, e ela o tocou de casa, para que fosse ganhar a própria vida.

Duas vezes por ano, em maio e novembro, ele ficava zanzando pela feira de Rhulen, com fiapos de lã no gorro e uma camisa domingueira limpa dobrada no braço, esperando que algum fazendeiro o contratasse.

Conseguiu trabalho em várias fazendas de Radnorshire e Montgomery, onde aprendeu a manejar o arado, a plantar, colher, tosquiar, matar porcos e resgatar carneiros soterrados em montes de neve. Quando suas botas se rasgaram, teve de envolver os dedos com tiras de feltro. Voltava ao entardecer, sentindo dores em todas as juntas, para uma ceia de caldo de bacon, batatas e cascas de pão dormido. Os proprietários eram mesquinhos demais para lhe darem uma xícara de chá.

Dormia sobre fardos de feno, no desvão do estábulo, e ficava acordado nas noites de inverno, tremendo sob o cobertor frio: não havia fogo onde secar suas roupas. Certa manhã de segunda-feira, seu patrão o chicoteou por ter roubado algumas fatias de coxa de carneiro frias quando a família tinha ido à capela — um crime cujo responsável havia sido o gato, não ele.

Ele fugiu três vezes, e três vezes ficou sem receber o salário. Não obstante, andava num passo gingado, usava o boné num ângulo desafiador de malandro e, tentando chamar a atenção de uma formosa filha de fazendeiro, gastava seus poucos níqueis em lenços de cores berrantes.

Sua primeira tentativa de sedução fracassou.

Para acordar a moça, jogou um ramo na janela do quarto dela, e ela lhe passou a chave. Quando atravessava a cozinha nas pontas dos pés, bateu a canela contra um banco e tropeçou. Uma panela de cobre caiu no chão, o cachorro latiu, e uma voz de homem ressoou; o pai da moça já estava na escada quando ele fugiu a toda da casa.

Aos vinte e oito anos pensou em emigrar para a Argentina, quando se falava muito das terras vastas e dos cavalos de lá — e com isso sua mãe se assustou e arranjou-lhe uma noiva.

Era uma mulher feia, parva, dez anos mais velha que ele, que passava o dia inteiro contemplando as próprias mãos e já era um verdadeiro fardo para a família.

Hannah regateou durante três dias, até que o pai da moça concordou que Amos casasse com ela e ganhasse trinta ovelhas, a locação de uma pequena propriedade chamada Cwmcoynant, mais o direito de pastagem na colina de Rhulen.

Mas a terra era estéril. Ela ficava numa encosta onde não batia sol e, à época em que a neve derretia, desciam correntes de água que entravam na cabana. Não obstante, arrendando um pedaço de terra aqui, outro ali, outro mais adiante, comprando gado em parceria com outros lavradores, Amos conseguiu tocar a vida, na esperança de dias melhores.

Nesse casamento não havia nenhuma alegria.

Rachel Jones obedecia ao marido com os movimentos passivos de um autômato. Limpava o chiqueiro vestida num casaco de tweed, usando um pedaço de barbante como cinto. Nunca sorria, nunca chorava quando ele batia nela. Ela respondia a suas perguntas com grunhidos ou monossílabos. Mesmo ao sofrer as dores do parto, cerrou os dentes de tal forma que não soltou um gemido.

O bebê era um menino. Como não tinha leite, ela o mandou para a casa de uma ama-de-leite, e ele morreu. Em novembro de 1898, ela parou de comer e se fechou ao mundo dos vivos. Nevava no cemitério quando a enterraram.

Daquele dia em diante, Amos passou a freqüentar a igreja regularmente.

3.

Nas matinas de certo domingo, quando ainda não se passara um mês desde o funeral, o pastor de Rhulen anunciou que teria de participar de uma celebração na catedral de Llandaff e que, no domingo seguinte, o prior de Bryn-Draenog é quem iria fazer o sermão.

Tratava-se do reverendo Latimer, um apaixonado pelo Antigo Testamento, que se aposentara depois de cumprir uma missão na Índia e se instalara naquela remota paróquia da colina, para ficar sozinho com sua filha e seus livros.

De tempos em tempos Amos Jones o avistava na montanha — uma figura de peito chato, cabelos brancos leves como tufos de algodão, avançando a passos largos sobre as urzes e gritando para si mesmo com tal força que assustava as ovelhas. Até então Amos não vira a filha, que diziam ser triste e bonita. Ele se sentou na ponta do banco da igreja.

A caminho da igreja, os Latimer tiveram de procurar abrigo para se proteger de um aguaceiro e, quando finalmente a charrete chegou, estavam atrasados vinte minutos. Enquanto o prior trocava de roupa na sacristia, a senhorita Latimer andou em direção aos bancos do coro, de olhos abaixados, fitos no tapete vermelho-vinho, evitando os olhares da congregação. Roçou o ombro de Amos Jones e parou. Deu um meio passo adiante, um passo para o lado, e então sentou, um banco adiante do dele, mas do outro lado do corredor.

Gotas de água cintilavam em seu negro chapéu de pele de castor e em seus cabelos castanhos, enrodilhados num coque. O casaco cinza de brim também estava molhado de chuva.

Num dos vitrais da janela se via a imagem do profeta Elias e seu corvo. Do lado de fora, no parapeito, um casal de pombos arrulhava e bicava o vitral.

No momento em que as vozes se elevaram no coro e entoaram o primeiro hino, "Guia-me, ó grande Jeová", Amos ouviu o timbre claro e trêmulo da voz da moça, enquanto ela sentia vibrar o murmúrio grave da voz dele, semelhante ao de um zangão. Durante todo o Pai-Nosso ele ficou fitando seus longos dedos brancos afilados. Depois da segunda oração, ela arriscou um olhar oblíquo e viu suas mãos vermelhas na capa vermelha do livro de orações.

Ela corou e calçou as luvas.

Agora seu pai estava no púlpito, retorcendo os lábios: "'Se vossos pecados forem escarlates, tornar-se-ão brancos como a neve! Se forem vermelhos como a púrpura, ficarão brancos como a lã! Se vós fordes dóceis e obedientes...'".

Ela fixou o olhar na almofada do genuflexório e sentiu o coração partir-se. Depois do culto, Amos passou por ela no pórtico; os olhos da jovem se iluminaram, mas ela virou as costas a Amos e fitou os galhos de um teixo.

Ele a esqueceu — tentou esquecê-la — até uma quinta-feira de abril, quando foi ao mercado de Rhulen vender alguns cordeiros e se inteirar das novidades.

Em toda a extensão da rua Broad, os agricultores, vindos em carros puxados por cavalos, amarravam seus pôneis e conversavam em grupos. As carroças, vazias, erguiam suas lanças no ar. Da padaria chegava um cheiro de pão fresco. Diante da prefeitura havia tendas com toldos de listras vermelhas, e chapéus pretos agitavam-se à sua volta. Na rua Castle a multidão era ainda mais densa, pois as pessoas se acotovelavam para examinar as vacas galesas e hereford. Os carneiros e os porcos estavam confinados em cercados. O frio era cortante, e nuvens de vapor erguiam-se dos flancos dos animais.

Na frente do Red Dragon, dois anciãos bebiam sidra e praguejavam contra os "velhacos do Parlamento". Uma voz roufenha anunciava em altos brados o preço de cadeiras de vime, e um vendedor de rosto avermelhado sacudia a mão de um homem magro, de chapéu-coco marrom.

"Como vai?"

"Assim-assim."

"E a patroa?"

"Mal."

Ao lado do relógio municipal, havia dois reboques azuis cobertos de palha e cheios de aves abatidas e tratadas; as donas, duas mulheres com xales de lã escocesa, estavam tagarelando, tentando fingir indiferença ante o comprador de Birmingham, que dava voltas em torno delas, girando a bengala de ratã.

Ao passar pelas mulheres, Amos ouviu uma delas comentar: "E a coitadinha! Pensar que está sozinha no mundo!".

No sábado, um pastor que subia a colina encontrara o corpo do reverendo Latimer, rosto voltado para baixo, num charco. Ele escorregara na turfeira e se afogara. Fora enterrado em Bryn-Draenog na terça-feira.

Amos vendeu seus cordeiros pelo preço que conseguiu

obter e, quando guardava as moedas no bolso do colete, viu que sua mão estava trêmula.

Na manhã seguinte, depois de alimentar os animais, pegou uma bengala e andou as nove milhas até Bryn-Draenog. Ao chegar à linha de rochedos que cinge o topo da colina, sentou-se ao abrigo do vento e refez o nó do cadarço de uma bota. Acima dele, espessas nuvens afastavam-se rapidamente do País de Gales — as sombras delas mergulhavam pelas encostas cobertas de tojo e de urzes, movendo-se mais devagar quando cruzavam as plantações de trigo.

Sentia-se meio tonto, quase feliz, como se sua vida fosse recomeçar.

A oeste, o rio Wye era uma faixa argêntea serpenteando nos prados férteis, e por todo o campo se viam casas de fazenda de tijolos brancos ou vermelhos. Uma cobertura de colmo formava uma mancha amarela na espuma das macieiras em flor, e sombrios renques de coníferas resguardavam as casas da pequena nobreza da região.

Algumas centenas de metros mais abaixo, o sol incidia sobre as ardósias da casa paroquial de Bryn-Draenog, que projetavam na colina um retângulo luminoso. Dois bútios voejavam e mergulhavam no azul do céu. Num campo verde, que brilhava à luz do sol, viam-se corvos e cordeiros.

No cemitério, uma mulher vestida de preto andava para um lado e para outro entre as lápides. Depois passou pela grade e entrou no jardim tomado pelo mato. Estava a meio caminho, avançando pela grama, quando um cãozinho foi-lhe ao encontro saltitante, latindo e batendo as patas em sua saia. Ela jogou uma varinha numa moita, o cão correu e voltou sem a varinha, recomeçando a patear sua saia. Alguma coisa parecia impedi-la de entrar em casa.

Amos desceu a colina desabalado, os tacões de ferro retinindo nas pedras soltas. Debruçou-se então sobre a cerca do jardim, arquejando para recuperar o fôlego, e ela continuava imóvel entre os loureiros, com o cachorro quieto, deitado aos seus pés.

"Oh! É você!", disse ela voltando-se para ele.

"Seu pai...", gaguejou ele. "Sinto muito, senhorita..."

"Eu sei", interrompeu ela. "Por favor, entre."

Ele se desculpou pela lama em suas botas.

"Lama!", exclamou ela rindo. "A lama não vai deixar a casa mais suja do que já está. Além disso, tenho de mudar daqui."

Ela o levou ao escritório do seu pai. A sala estava empoeirada e cheia de livros. Do lado de fora da janela, as brácteas de uma araucária tapavam a luz do sol. Molhos de crina de cavalo caíam do sofá, indo parar num gasto tapete turco. A escrivaninha estava cheia de papéis amarelados em desordem e, numa estante giratória, havia Bíblias e Comentários sobre a Bíblia. No consolo de mármore preto da lareira havia alguns machados de sílex e fragmentos de cerâmica romana.

Ela foi até o piano, pegou o conteúdo de um vaso e jogou-o na lareira.

"Como são horríveis!", disse ela. "Detesto sempre-vivas!"

A mulher ficou observando-o enquanto ele olhava uma aquarela em que se viam arcadas brancas, uma tamareira e mulheres com cântaros.

"É o tanque de Bethesda", disse ela. "Estivemos aí. Viajamos por toda a Terra Santa quando voltávamos da Índia. Conhecemos Nazaré, Belém e o mar da Galiléia. Conhecemos Jerusalém. Era o sonho de meu pai."

"Pode me dar um pouco de água?"

Ela o levou à cozinha. A mesa estava vazia e nua. E não havia sinal de comida.

Ela disse: "Não posso lhe oferecer nem uma xícara de chá!".

Lá fora, de volta à luz do sol, Amos observou que os cabelos dela começavam a ficar grisalhos e que o rosto tinha pés-de-galinha. Mas gostou do brilho dos olhos castanhos entre os longos cílios negros. Um cinto de verniz preto modelava-lhe a cintura. Os olhos de Amos, olhos experimentados de criador de gado, examinaram-na dos ombros aos quadris.

"Eu nem ao menos sei seu nome", disse ela estendendo a mão.

"Amos Jones é um belo nome", comentou a mulher andando devagar ao seu lado, em direção ao portão do jardim. Ela lhe fez um aceno de despedida, e ele voltou correndo para casa. A última vez que a viu, ela estava de pé no escritório. Refletidos na vidraça, os negros tentáculos da araucária pareciam prender-lhe o rosto branco colado à janela.

Ele subiu a colina saltando de um montículo de grama ao outro, gritando a plenos pulmões: Mary Latimer! Mary Jones! Mary Latimer! Mary Jones! Mary!... Mary!... Mary!...

Dois dias depois Amos voltou à casa paroquial trazendo de presente uma galinha que ele próprio depenara e limpara.

Ela o esperava no pórtico, num longo vestido azul de lã, com um xale de caxemira aos ombros e um camafeu, com a imagem de Minerva, num lenço de veludo marrom em volta do pescoço.

"Não pude vir ontem", desculpou-se ele.

"Mas eu sabia que você vinha hoje."

Ela sacudiu a cabeça para trás e riu. O cão sentiu o cheiro da galinha e começou a pular, raspando as patas na calça de Amos. Ele tirou a galinha da mochila. Ela viu a fria carne granulosa. Seu sorriso se apagou, e a mulher ficou paralisada no vão da porta, trêmula.

Tentaram entabular uma conversa na entrada da casa, mas ela não parava de torcer as mãos, fitando os ladrilhos vermelhos do piso, enquanto ele deslocava o peso de um pé a outro, sentindo-se enrubescer do pescoço às orelhas.

Ambos tinham mil coisas para dizer um ao outro. Ambos sentiam, naquele momento, que não havia mais nada a dizer, que nada resultaria daquele encontro, que suas vozes nunca iriam se harmonizar. E que os dois deveriam voltar para as respectivas conchas — como se o clarão de reconhecimento experimentado na igreja fosse uma armadilha do destino ou uma tentação do demônio para destruí-los. Continuaram gaguejando por um tempo, e pouco a pouco as palavras foram se espaçando e reduzindo-se ao silêncio; seus olhares não mais se cruzaram até que ele tratou de sair, pondo-se a correr desabalado colina acima.

Ela estava faminta. Naquela noite, assou a galinha e fez um esforço para comê-la. Depois de um primeiro bocado, largou a faca e o garfo, colocou o prato no chão para o cachorro e subiu as escadas correndo, indo refugiar-se no quarto.

Deitou-se de bruços na cama estreita, soluçando no travesseiro, o vestido azul espalhado à sua volta e o vento uivando no cano da chaminé.

Por volta da meia-noite, pensou ter ouvido um rangido de passos no cascalho. "Ele voltou", exclamou ela em voz alta, arfando de felicidade, mas logo notou que era uma roseira trepadeira raspando seus espinhos na vidraça. Tentou contar carneiros pulando uma cerca, mas, em vez de fazê-la dormir, os estúpidos animais avivaram outra lembrança, a de seu outro amor, numa cidade poeirenta da Índia.

Ele era um anglo-indiano — um desses homens de olhos aveludados e palavras gentis. Vira-o pela primeira vez na agência dos correios, onde ele trabalhava. Quando a mãe de Mary e a jovem esposa dele sucumbiram à cólera, os dois trocaram os pêsames no cemitério anglicano. Depois disso, passaram a se encontrar à noite e passear às margens do rio de águas remansosas. Ele a levava a sua casa e lhe servia chá com leite de búfala e muito açúcar. Recitava trechos de Shakespeare. Cheio de esperança, ele lhe falava de amor platônico. Sua filhinha usava brincos e tinha as narinas cheias de muco.

"Puta!", berrara o pai de Mary quando o diretor da agência lhe dera conta do "deslize" da filha. Prendera-a durante três semanas no quarto abafado, para que se arrependesse, alimentando-a apenas com pão e água.

Por volta das duas da manhã o vento mudou de direção e passou a uivar num tom diferente. Ela ouviu um galho quebrar-se — *craque!* — e, com o ruído de madeira partindo-se, levantou-se de repente:

"Meu Deus, ele está engasgado com um osso de galinha!"

Desceu as escadas às apalpadelas. Uma rajada de vento apagou a vela quando ela abriu a porta da cozinha. Mary tiritava na escuridão. Apesar do barulho do vento, ouvia a respiração calma do cãozinho enrodilhado em seu cesto.

Ao amanhecer, ela olhou por cima das varas da cama e ficou pensando sobre a gravura de Holman Hunt. "Batei e abrir-se-vos-á", dissera Ele. Mas ela não batera e até mesmo agitara a lanterna na soleira da porta? Contudo, quando finalmente o sono chegou, o túnel sombrio em que ela vagava lhe parecia mais comprido e escuro que nunca.

4.

Amos sufocou a raiva. Durante todo o verão, entregou-se ao trabalho, como se para apagar a lembrança da mulher desdenhosa que lhe dera esperanças e depois as matara. Muitas vezes, solitário, ao lembrar-se de suas luvas cinzentas de pele de cabrito, esmurrava a mesa.

Na época do feno, ele foi para a colina Negra ajudar um fazendeiro, e conheceu uma moça chamada Liza Bevan.

Encontravam-se no pequeno vale e deitavam-se sob os amieiros. Ela lhe cobria a testa de beijos e passava os dedos ásperos nos cabelos dele. Mas nada que ele fizesse — ou que ela fizesse — conseguia apagar a imagem de Mary Latimer, franzindo o cenho em sinal de dolorosa censura. À noite — acordado, sozinho —, como desejava aquele corpo branco entre o seu e a parede!

Certo dia, na feira estival de pôneis de Rhulen, ele começou a conversar com o pastor que encontrara o corpo do prior.

"E a filha?", perguntou ele, sacudindo os ombros num gesto de fingida indiferença.

"Ela está arrumando as malas e fechando a casa", respondeu o homem.

Na manhã seguinte, quando Amos chegou a Bryn-Draenog, começou a chover. A chuva lhe escorria pelas faces e tamborilava nas folhas dos loureiros. Nas faias em volta da casa paroquial, filhotes de gralha aprendiam a flexionar as asas, enquanto os pais giravam em volta, soltando pios para encorajá-los. Um tílburi esperava em frente da casa. O cavalariço agitou sua almofaça para o estranho de cabelos ruivos que avançava em direção à casa.

Mary estava no estúdio com um senhor decrépito, quase calvo, de pincenê, que folheava as páginas de um livro encadernado em couro.

"Este é o professor Gethyn-Jones", disse ela a Amos, sem demonstrar a mínima surpresa. "E este é o senhor Jones, apenas Jones, que veio me levar a um passeio. Por favor, desculpe-nos! Pode continuar sua leitura!"

O professor pronunciou algumas palavras indistintas. Seu aperto de mão era seco e áspero. Veias cinzentas cingiam-lhe os nós dos dedos como raízes sobre rochas, e seu hálito era fétido.

Ela saiu do escritório e logo voltou, faces afogueadas, usando botas de cano alto e um impermeável.

"Um amigo de meu pai", sussurrou ela logo que teve certeza de que o velho não poderia ouvir. "Agora você vê o que sofri. E ele quer que eu lhe dê os livros — de graça!"

"Venda-os", disse Amos.

Foram andando, sob a chuva, pela trilha dos carneiros. A colina estava envolta em nuvens, e grossas cordas de água branca as fendiam. Ele ia na frente, afastando os tojos e as samambaias, e ela seguia as pegadas dele.

Descansaram nos rochedos, depois pegaram a estrada velha, de braços dados, conversando com a espontaneidade de amigos de infância. Às vezes ela tinha de fazer um esforço para entender seu dialeto de Radnor. Outras vezes ele lhe pedia que repetisse uma frase. Mas ambos agora estavam certos de que a barreira que havia entre eles tinha caído.

Ele falava de suas ambições, ela falava de seus temores. Ele queria uma mulher e uma fazenda, e filhos para herdar a fazenda. Ela temia ficar na dependência dos parentes, ou ter de trabalhar para alguém. Ela fora feliz na Índia, antes da morte da mãe. Contou-lhe da missão e dos dias terríveis antes da estação das chuvas:

"Que calor! A gente quase morria de calor!"

"E eu", disse ele, "não tinha lareira para me aquecer durante todo o inverno, exceto a do pub onde trabalhava."

"Quem sabe eu não deveria voltar para a Índia", disse ela, mas com tal irresolução que ficou claro não ser esse o seu desejo.

As nuvens se abriram, e raios oblíquos de luz amarela incidiram sobre a turfeira.

"Olhe!", exclamou ela, apontando uma cotovia acima de suas cabeças, voando em círculos, cada vez mais alto, como a saudar o sol. "A cotovia deve ter um ninho por aqui."

Ela ouviu um leve estalo e viu uma mancha amarela na ponta da bota.

"Oh, não!", exclamou. "Olha o que eu fiz!"

Ela esmagara um ninho cheio de ovos. Sentou-se num tufo de grama. Lágrimas escorreram-lhe pelas faces, e ela só parou de chorar quando ele pôs o braço em seus ombros.

Brincaram de fazer ricochetear pedrinhas nas águas escuras da lagoa de Mawn. Gaivotas levantaram vôo do juncal, enchendo o ar com pios tristes. Quando Amos a tomou nos braços para atravessar um charco, ela se sentiu leve e diáfana como a névoa.

De volta à casa paroquial, trocaram apenas umas poucas palavras anódinas e breves, como para pacificar a sombra do pai dela. Não perturbaram o professor, que estava enterrado nos livros.

"Venda-os!", disse Amos quando se despediu dela no pórtico.

Ela fez que sim com a cabeça e não lhe acenou. Agora sabia quando, e para que, ele iria voltar.

Ele veio na tarde de sábado, montado num *cob** galês baio, trazendo pela rédea um cavalo malhado castrado, com uma sela de amazona. Ela o chamou do quarto, tão logo ouviu o barulho das patas dos cavalos. Amos gritou: "Vamos depressa! Tem uma fazenda para alugar na colina Negra".

"Já estou indo", gritou ela, descendo as escadas às pressas, numa roupa de amazona de algodão cor de chumbo. Seu chapéu de palha, coroado de rosas, era preso por uma fita de cetim cor-de-rosa que passava sob o queixo.

Ele lançara mão de suas economias para comprar um novo par de botas, e ela exclamou: "Nossa! Que botas!".

Os perfumes estivais mesclavam-se nos caminhos. Nas sebes, as madressilvas entrelaçavam-se com as agalancéias; havia também gerânios azuis e dedaleiras purpúreas. Nos terreiros das fazendas, andavam patos em passo bamboleante; cães pastores latiam, e gansos silvavam e esticavam o pescoço. Amos quebrou um galho de sabugueiro para espantar as moscas.

Passaram por uma casinha com malvas-rosa no alpendre e cercadura de capuchinhas chamejantes. Uma velha senhora de

---

* Raça de cavalo de grande porte, de cauda cortada, considerada própria para tiro. Na Grã-Bretanha, durante muito tempo, esses cavalos foram utilizados nos trabalhos do campo, de pastoreio de ovelhas e também para levar a família à igreja. (N. T.)

touca pregueada levantou os olhos do tricô e grunhiu algumas palavras para os viajantes.

"É a velha senhora Mary Prosser", sussurrou ela. E, quando estavam a uma distância em que a mulher não os podia ouvir, acrescentou: "Dizem que ela é feiticeira".

Atravessaram a estrada de Hereford na encruzilhada de Fiddler, cruzaram a estrada de ferro e subiram pela trilha em ziguezague dos cavouqueiros, na encosta da escarpada colina Cefn.

Na orla do pinhal, pararam para que os cavalos descansassem e, voltando os olhos para trás, contemplaram a aldeia de Rhulen, a desordem dos telhados de ardósia, os muros em ruína de um castelo, a flecha do Memorial dos Bickerton e o catavento da igreja brilhando à pálida luz do sol. Ardia uma fogueira no jardim do presbitério, e uma fita de fumaça cinzenta pairava sobre as chaminés ao longo do vale.

Estava escuro e frio entre os pinheiros. Os cavalos arrastavam os cascos nas agulhas secas dos pinheiros. Mosquitos-pólvora zuniam, e os galhos caídos enfeitavam-se de fungos amarelos. Mary estremeceu ao avistar as longas fileiras de troncos de pinheiros. "Que lugar morto", comentou.

Avançaram até a orla do bosque e se viram sob a luz do sol, na encosta mais aberta. Quando os cavalos sentiram a grama sob os cascos, puseram-se a trote largo, levantando tufos de relva que voavam atrás deles como andorinhas.

Subiram a colina e desceram a trote até um vale onde se viam algumas fazendas entre renques de pilriteiros em flor — e chegaram à estrada de Lurkenhope. Cada vez que passavam por um portão, Amos fazia algum comentário sobre o dono: "Morgan-the-Bayley, sujeito muito organizado". "Williams-the-Vron, que casou com a prima!" Ou "Griffiths Cwm Cringlyn, que o pai morreu de tanto beber".

Numa campina, meninos faziam medas de feno, e, na beira da estrada, um homem de rosto rubicundo amolava uma foice, com a camisa aberta até o umbigo.

"Que linda amiga você arrumou!", disse ele piscando um olho para Amos quando passaram. Deram de beber aos cavalos num riacho e ficaram na ponte olhando as elódeas flutuando na correnteza e uma truta marrom que subia o rio. Cerca de meia milha mais adiante, Amos abriu um portão coberto de musgo. À frente, serpenteava um caminho que subia a colina em direção a uma casa rodeada de lariços.

"Eles a chamam de Visão", disse Amos. "São uns cinqüenta hectares, metade deles tomada por fetos."

5.

A Visão era uma fazenda isolada, no domínio de Lurken-hope, pertencente aos Bickerton, uma família tradicional enriquecida pelo comércio com as Antilhas.

O arrendatário morrera em 1896, deixando uma velha irmã solteirona que cuidou da fazenda sozinha até ser internada num hospício. No terreiro, um jovem freixo, o caule erguendo-se por entre as tábuas de uma carroça de feno. Os telhados das edificações estavam amarelos por causa dos saiões-acres, e as estrumeiras cobertas de grama. No fundo do jardim havia uma privada de alvenaria. Amos cortou urtigas para abrir caminho até o alpendre.

Um gonzo quebrado estorvava o movimento da porta, e, quando ele a ergueu, um bafio insuportável alcançou-lhes o rosto.

Ambos entraram na cozinha e viram, apodrecendo a um canto, uma trouxa com as roupas que pertenceram à velha senhora. O reboco das paredes descascava, e a laje estava coberta de limo. Gravetos de um ninho de gralha, em cima da chaminé, entupiam a lareira. A mesa ainda posta para duas pessoas, com as xícaras de chá cobertas de teias de aranha, e a toalha aos farrapos.

Amos pegou um guardanapo e com ele limpou os excrementos de rato que estavam na mesa.

"E tem ratos!", disse Mary animadamente, ao ouvirem o barulho de passos nas vigas. "Estou acostumada com ratos. Na Índia a gente precisa se acostumar com eles."

Num dos quartos ela achou uma velha boneca de pano e deu-a a Amos, sorrindo. Ele fez menção de jogá-la pela janela, mas Mary segurou-lhe a mão e disse: "Não, vou ficar com ela".

Saíram para examinar as construções da fazenda e o pomar. "Vai haver uma boa colheita de ameixas", disse ele, "mas as macieiras precisam ser replantadas." Olhando por entre as amoreiras silvestres, viu um renque de colméias cobertas de mofo.

"E eu", disse ela, "vou aprender tudo sobre as abelhas."

Amos ajudou-a a subir uma escada, e andaram colina acima, passando por dois campos cobertos de tojos e abrunheiros. O sol se escondera por trás de uma escarpa, e espirais de nuvens cor de cobre arrastavam-se por sobre a crista. Os espinhos feriam os tornozelos de Mary, e minúsculas gotas de sangue atravessavam suas meias brancas. Ela disse: "Tudo bem, eu me viro", quando ele se ofereceu para carregá-la.

A lua já ia alta quando voltaram para o lugar onde tinham deixado os cavalos. O luar beijava a curva do pescoço de Mary, e um rouxinol derramava notas suaves na escuridão. Amos lhe passou o braço pela cintura e disse: "Você moraria aqui?".

"Sim", respondeu ela voltando-se para encará-lo, enquanto ele enlaçava as mãos nas costas da jovem mulher.

Na manhã seguinte, ela foi à casa do pastor de Rhulen e pediu-lhe que publicasse os proclamas de casamento: ela trazia no dedo um anel de ervas trançadas.

O pastor, que estava tomando o café-da-manhã, derramou ovo na sotaina e gaguejou: "Não é o que o seu pai gostaria". Aconselhou-a a esperar seis meses antes de se decidir — ao que ela franziu os lábios e respondeu: "O inverno está chegando. Não temos tempo a perder".

Mais tarde, naquele mesmo dia, um grupo de mulheres da cidade viu Amos ajudando-a a subir em sua charrete. A esposa do vendedor de tecidos fitou-a furiosa, semicerrando os olhos como se estivesse olhando o buraco de uma agulha, e exclamou: "Está grávida de quatro meses". Outra mulher comentou: "Que vergonha!", e todas se perguntavam o que Amos tinha visto naquela "sirigaita".

Ao amanhecer da segunda-feira, quando todos ainda dormiam, Mary postou-se diante do escritório do domínio de Lurkenhope, esperando o corretor de terras dos Bickerton para discutir os termos do contrato de arrendamento. Ela estava sozinha. Amos tinha pouco controle das próprias reações quando se via diante da pequena nobreza.

O corretor — que tinha queixo quadrado, rosto vinoso, e era primo distante da família — fora dispensado das forças de ocupação da Índia e perdera a pensão. Os patrões lhe pagavam um salário vil, mas, como ele tinha facilidade com números e sabia lidar muito bem com inquilinos "presunçosos", deixavam-no caçar seus faisões e beber seu vinho do Porto.

O corretor se orgulhava do próprio humor e, quando Mary lhe explicou o motivo de sua visita, ele passou os polegares pelo colete e caiu na gargalhada:

"Quer dizer que você quer se tornar lavradora? Ah! Eu não faria isso!"

Ela corou. No alto da parede, havia uma cabeça de raposa roída pelas traças, dentes à mostra. O corretor tamborilou com os dedos no tampo de couro da escrivaninha.

"A Visão!", exclamou ele abruptamente. "Acho que nunca estive na Visão. Nem faço idéia de onde fica a Visão! Vamos procurar no mapa."

Ele se pôs de pé e levou-a pela mão até o mapa da região, que cobria a parede do fundo da sala. Suas unhas eram manchadas de nicotina.

O corretor ficou ao seu lado, respirando ruidosamente. "Lá na montanha deve ser muito frio, não?"

"Lá é mais seguro que na planície", disse ela, desvencilhando seus dedos dos dele.

Ele se sentou novamente e não a convidou a sentar. Resmungou qualquer coisa sobre "a lista de outros interessados" e disse-lhe que esperasse por quatro meses a resposta do coronel Bickerton.

"Temo que seja tarde demais", disse ela com um sorriso, e foi embora.

Mary voltou a pé para North Lodge, pediu uma folha de papel à mulher do guarda e escreveu um bilhete à senhora Bickerton, com quem se encontrara uma vez, em companhia de seu pai. O corretor ficou furioso ao saber que um criado do castelo transmitiu a Mary um convite para o chá naquela mesma tarde.

A senhora Bickerton era uma mulher delicada, de pele clara, com quase quarenta anos. Quando jovem, dedicara-se à pintura e vivera em Florença. Depois, quando a inspiração a abandonou, casou-se com um oficial da cavalaria bonito mas desmiolado, possivelmente por causa de sua coleção de quadros dos grandes mestres e também para irritar seus amigos artistas.

O coronel dera baixa havia pouco tempo, sem nunca ter disparado um tiro contra um inimigo. Eles tinham um filho chamado Reggie, e duas filhas — Nancy e Isobel. O mordomo conduziu Mary pelo portão do roseiral.

A senhora Bickerton protegia-se do calor do sol ao lado de uma mesa de chá feita de bambu, à sombra de um cedro-do-líbano. Roseiras trepadeiras ornavam a fachada sul, mas as cortinas de todas as janelas estavam fechadas, e o castelo parecia desabitado. Era um castelo "de mentira", construído na década de 1820. De outro gramado vinha o ruído de bolas de croqué e um riso de criança rica.

"China ou Índia?" — a senhora Bickerton teve de repetir a pergunta. Três cordões de pérolas descansavam nos folhos de sua blusa cinza, de gaze de seda.

"Índia", respondeu sua convidada distraidamente. E, quando a mais velha servia o chá, Mary ouviu-a dizer: "Você tem certeza de que é isso mesmo que deve fazer?".

"Tenho certeza", disse ela mordendo o lábio.

"Eu gosto dos galeses", continuou a senhora Bickerton. "Mas parecem andar tão irritados ultimamente. Deve ter alguma coisa a ver com o clima."

"Não", repetiu Mary. "Tenho certeza."

O rosto da senhora Bickerton estava triste e tenso, e sua mão tremia. Ofereceu a Mary o posto de preceptora de seus filhos, mas de nada adiantava discutir.

"Vou falar com o meu marido", disse ela. "Pode contar com a fazenda."

Quando o portão se abriu, Mary se perguntou se as mesmas rosas cor-de-rosa iriam florescer tão lindamente lá no alto, no lado da montanha que lhe caberia. Antes que o mês terminasse, ela e Amos tinham feito planos que ocupariam o resto de suas vidas.

A biblioteca de seu pai continha muitos volumes raros, que foram vendidos a um antiquário de Oxford. O dinheiro apurado deu para cobrir dois anos do aluguel da fazenda e para comprar uma parelha de cavalos de tiro, quatro vacas leiteiras, vinte bois, um arado e uma máquina corta-palha de segunda mão. Assinou-se o contrato. A casa sofreu uma faxina e caiação, e a porta da frente foi pintada de marrom. Amos pendurou nela um ramo de sorveira-brava "para afastar o mau-olhado" e comprou alguns pombos para o pombal.

Certo dia, Amos e seu pai transportaram o piano e a cama de colunas de Bryn-Draenog. Sofreram o diabo para levar a cama escada acima. Mais tarde, no pub, entre amigos, o velho Sam jactou-se de que a Visão era "um divino ninho de amor".

A noiva só tinha um receio: que sua irmã viesse de Cheltenham e pusesse o casamento a perder. Ela soltou um suspiro de alívio ao ler a carta em que declinava do convite e, quando chegou à expressão "indigno de você", teve um ataque de riso incontrolável e jogou a carta no fogo, com os últimos papéis de seu pai.

Às primeiras geadas, a senhora Jones estava grávida.

6.

Ela passou os primeiros meses de casada fazendo melhoramentos na casa.

O inverno foi duro. De janeiro a abril a neve continuou na colina, e as folhas congeladas das dedaleiras pendiam como as orelhas de um asno morto. Toda manhã ela olhava pela janela do quarto para ver se os lariços estavam negros ou cobertos de geada. Os animais ficavam em silêncio no frio glacial, e o matraquear de sua máquina de costura podia ser ouvido até no cercado onde as ovelhas pariam.

Ela fez cortinas de cretone para a cama, e de pelúcia verde para a sala de visitas. Cortou uma velha anágua de flanela e fez um tapete de retalhos, em forma de rosas, para colocar próximo à lareira. Depois da ceia, sentava-se no banco, tendo nos joelhos um trabalho de crochê, enquanto Amos contemplava em adoração sua hábil tecedeira.

Ele trabalhava sob quaisquer condições climáticas — arava, construía cercas, cavava fossos, instalava canos de escoamento, construía muros de pedra. Às seis da tarde, exausto e sujo, voltava, tomava uma caneca de chá quente e calçava suas pantufas. Vez por outra voltava encharcado até os ossos, e nuvens de vapor se elevavam até os caibros.

Mary não tinha idéia de quão forte ele era.

"Tire essas roupas", ela o repreendia. "Você vai terminar morrendo de pneumonia."

"Acho que sim", dizia ele com um sorriso, e soprava círculos de fumaça em seu rosto.

Amos a tratava como um objeto frágil que por acaso lhe havia caído às mãos e podia facilmente se quebrar. Tinha muito medo de lhe fazer mal ou de se descontrolar. A simples visão de seu espartilho de barbatanas de baleia bastava para deixá-lo completamente intimidado.

Antes de casar-se, ele se lavava uma vez por semana na lavanderia. Agora, para não chocar a sensibilidade da esposa, insistia em ter água quente no quarto.

Um jarro e uma bacia de porcelana de Minton, decorados com folhas de hera, ficavam no lavatório, sob a gravura de Holman Hunt. Antes de pôr o camisão de dormir, nu da cintura para cima, Amos ensaboava o peito e as axilas. Junto à saboneteira ficava uma vela; Mary recostava-se no travesseiro, observando a chama que tremulava através das costeletas de Amos; formava um halo dourado em volta de seus ombros e projetava uma enorme sombra no teto.

Não obstante, ele se sentia tão constrangido quando se lavava que, se percebia que ela o observava através das cortinas da cama, espremia a esponja e apagava a vela, levando para a cama o cheiro de animais e do sabonete de alfazema.

Nas manhãs de domingo, iam a Lurkenhope receber a Santa Comunhão na igreja paroquial. Reverentemente, Mary deixava a hóstia umedecer em sua língua: "O Corpo de Nosso Senhor Jesus Cristo que vos é dado...". Reverentemente, levantava o cálice aos lábios: "O Sangue de Nosso Senhor Jesus Cristo que é derramado por vós...". Então, levantando o olhar para a cruz de bronze do altar, tentava concentrar-se na Paixão, mas seus pensamentos terminavam dirigindo-se para o corpo musculoso e vivo ao seu lado.

Quanto aos seus vizinhos, a maioria freqüentava a capela*; sua desconfiança em relação à Inglaterra remontava à época dos barões normandos, séculos antes do "não-conformismo"**. As mulheres, em especial, desconfiavam de Mary, que logo, entretanto, conseguiu conquistá-las.

A forma como cuidava da casa causava inveja em todo o vale. Aos domingos, à hora do chá — desde que as estradas não estivessem obstruídas pelo gelo —, quatro ou cinco charretes puxadas por pôneis dirigiam-se à entrada da Visão. Os Reuben Jones não deixavam de comparecer, da mesma forma que Ruth e Dai Morgan-the-Bailey, o jovem Haines, de Red Daren, e Watkins-the-Coffin, com ar acabrunhado e rosto marcado pela varicela. Este último, apesar de manco, subia a montanha vindo de Craig-y-Fedw.

Os convidados chegavam com expressão solene e Bíblia debaixo do braço; o ar piedoso logo desaparecia quando começavam a degustar o bolo com recheio de frutas, as torradas de canela ou os bolinhos com creme e geléia de morango preparados por Mary.

Animando esses chás, Mary sentia como se havia anos fosse esposa de granjeiro e como se suas atividades cotidianas — bater manteiga, purgar bezerros, alimentar aves — não fossem coisas que ela aprendera, mas sim uma sua segunda natureza. Animadamente, conversava sobre sarna, cólica ou inflamação em

---

* Na Grã-Bretanha, capela é templo não anglicano. (N. T.)
** Movimento dos dissidentes anglicanos, surgido no século XVII. (N. T.)

cascos de cavalo. "Para falar a verdade", dizia ela, "não consigo entender por que as beterrabas de forragem estão tão pequenas este ano." Ou: "Tem tão pouco feno que não sei como vamos passar o inverno".

Do outro lado da mesa, Amos sentia-se terrivelmente incomodado. Detestava ouvir sua esposa, que era tão inteligente, expor-se ao ridículo. Quando ela notava o seu aborrecimento, mudava de assunto e divertia os convidados com as aquarelas de seu caderno de esboços trazido da Índia.

Ela lhes mostrava o Taj Mahal, as fogueiras de cremação e os iogues nus em suas camas de pregos.

"E de que tamanho eram os elefantes?", perguntou certa vez Watkins.

"Três vezes maiores que um cavalo de tiro", e o aleijado morreu de rir com o absurdo daquilo.

A Índia era longe demais, grande demais e confusa demais para a imaginação estreita daqueles galeses. Não obstante — como Amos não se cansava de lhes lembrar —, os pés de sua mulher pisaram nas pegadas do Senhor; ela vira também a verdadeira rosa de Sharon e, para ela, o monte Carmelo, o monte Tabor, o Hebron e a Galiléia eram tão reais como, por exemplo, Rhulen, Glascwm ou Llanfihangel-nant-Melan.

Muitos agricultores de Radnorshire conheciam bem capítulos e versículos da Bíblia, mas preferiam o Antigo ao Novo Testamento, porque no Antigo havia mais histórias de pastoreio de ovelhas. E Mary tinha tal talento para descrever a Terra Santa que todas as suas personagens favoritas pareciam estar sob os olhos de seus ouvintes: Rute no trigal, Esaú e Jacó, José e seu casaco remendado, Agar, a rejeitada, morrendo de sede à sombra de um espinheiro.

Evidentemente, nem todos acreditavam nela — e muito menos sua sogra, Hannah Jones.

Ela e Sam tinham o costume de aparecer sem terem sido convidados. Hannah ficava cismando à mesa, envolta num xale preto debruado, devorando sanduíches, deixando todo mundo pouco à vontade.

Certo domingo, ela interrompeu Mary para perguntar se por acaso tinha estado na Babilônia.

"Não. A Babilônia não fica na Terra Santa."

"Não", repetiu Haines, de Red Daren, "não fica na Terra Santa."

Por mais que Mary se esforçasse para agradá-la, a velha senhora odiara a mulher do filho à primeira vista. Ela estragou a refeição de núpcias chamando-a de "Vossa Senhoria"! A primeira refeição em família terminou em lágrimas quando Hannah lhe apontou o dedo e comentou: "Acho que você já passou da idade de ter filhos".

Ela nunca punha os pés na Visão sem descobrir alguma coisa de que zombar: os guardanapos dobrados como nenúfares, o pote de marmelada, o molho de alcaparras para a carne de carneiro. E, no dia em que debochou do porta-torradas de prata, Amos mandou que a mulher o tirasse, para não se exporem "ao ridículo".

Ele temia as visitas da mãe. Certa vez, ela golpeou o terrier de Mary com a ponta da sombrinha, e, desde esse dia, o cãozinho passou a mostrar-lhe os dentes e a se enfiar sob sua saia para tentar morder-lhe o tornozelo.

O rompimento definitivo se deu quando ela arrancou a manteiga da mão da nora, gritando-lhe: "Você não vai usar manteiga nessa massa!". Mary, que já estava com os nervos à flor da pele, retrucou: "Bem, e você? Como a usa? Para maquiar-se?".

Embora amasse a esposa e soubesse que ela tinha razão, Amos saía em defesa da mãe. "Mamãe não fala isso por mal", dizia ele. Ou "Ela teve uma vida dura". E, quando Hannah o chamava de lado para queixar-se das extravagâncias e atitudes pretensiosas de Mary, ele a deixava falar até o fim e, malgrado seu, dava-lhe razão.

A verdade era que, em vez de lhe agradarem, os "melhoramentos" feitos por Mary o incomodavam. Suas lajes impecavelmente limpas eram uma barreira a ser transposta. Suas toalhas de damasco eram uma censura às suas maneiras à mesa. Ele se aborrecia com os romances que ela lia em voz alta depois do jantar — e, para falar a verdade, a comida lhe era intragável.

Por ocasião do casamento, a senhora Bickerton enviara a Mary de presente um exemplar do *Manual da dona de casa*, da senhora Beeton — e, embora essas receitas não fossem nada adequadas a uma cozinha de fazenda, Mary as leu de cabo a rabo, e começou a planejar os cardápios com antecedência.

Assim, em lugar da esperada fatia de bacon, bolinhos de massa e batatas, ela servia pratos de que Amos nunca ouvira falar — fricassê de frango, lebre estufada ou carne de carneiro ao molho de sorva. Quando ele se queixou de prisão de ventre, ela disse: "Isso é sinal de que devemos plantar verduras", e fez uma lista de sementes a serem compradas para a horta. Mas, quando ela sugeriu que se plantasse uma leira de aspargos, Amos teve um acesso de raiva. Quem ela pensava que era? Estava pensando que se casara com um fidalgo?

A crise veio quando Mary serviu um suave curry. Ele pôs um pouco na boca e cuspiu. "Não quero saber dessa sua imunda comida indiana", rosnou Amos, jogando o prato no chão.

Ela não recolheu os cacos. Subiu correndo as escadas e enfiou o rosto no travesseiro. Ele não foi atrás dela. Na manhã seguinte, Amos não pediu desculpas. Passou a dormir ao ar livre, e saía para longos passeios à noite, com uma garrafa no bolso. Numa noite úmida, chegou em casa bêbado, sentou-se à mesa e se pôs a fitar raivosamente a toalha, cerrando e descerrando os punhos. A certa altura, levantou-se e partiu para cima dela.

Mary se encolheu e levantou o cotovelo.

"Não me bata", disse ela aos prantos.

"Não vou bater em você", rugiu ele, e saiu desabalado para a escuridão.

No fim de abril o pomar enfeitou-se de botões cor-de-rosa, e uma faixa de nuvens escondia o topo da montanha.

Mary tremia junto ao portão, escutando a chuva que caía sem cessar. A casa absorvia a umidade como uma esponja. A cal da parede cobria-se de manchas de bolor, e aqui e ali o papel de parede inchava.

Havia dias em que ela achava que tinha passado anos sentada no mesmo quarto úmido e escuro, na mesma cela de prisão, com o mesmo homem de maus bofes. Ela contemplava as próprias mãos cheias de bolhas, e sentia que iria ficar velha, grosseira e feia antes do tempo. Chegou a esquecer que havia tido pai e mãe. As alegres imagens da Índia tinham se apagado, e Mary começou a se identificar com o espinheiro batido pelo vento que ela avistava da janela, recortando-se contra a borda da escarpa.

7.

O bom tempo voltou.

Em 18 de maio — embora não fosse domingo — ouviram o repique dos sinos da igreja do outro lado da colina. Amos arreou o pônei, e partiram para Rhulen, onde tremulavam bandeiras britânicas a cada janela para celebrar a libertação de Mafeking*. Uma banda de música tocava, e um desfile de estudantes passava pela rua Broad, carregando imagens da rainha da Inglaterra e de Baden-Powell. Até os cães exibiam, atadas às coleiras, fitas tricolores.

À passagem do cortejo, Mary cutucou-lhe as costelas, e Amos sorriu.

"Talvez o inverno tenha me deixado louco." Ele parecia querer desculpar-se. "Alguns invernos parecem não ter fim."

"Bem, no próximo inverno", disse ela, "teremos mais alguém com quem nos preocuparmos."

---

* Cidade sul-africana sitiada sem sucesso pelos bôeres entre 1899 e 1900. (N. T.)

Ele lhe deu um beijo na testa, e ela passou-lhe o braço em volta do pescoço.

Quando Mary acordou na manhã seguinte, uma brisa balançava as cortinas de voile. Um tordo cantava na pereira, pombos arrulhavam no telhado, e raios de luz branca passeavam pela coberta da cama. Amos dormia, metido em seu camisão de calicô. O camisão desabotoara, deixando o peito nu. Sem virar a cabeça, ela olhou a caixa torácica que subia e descia, os pêlos ruivos em volta dos mamilos, a marca rósea deixada pela abotoadura do colarinho, e a linha que separava o pescoço queimado de sol e o tórax leitoso.

Mary colocou a mão em concha sobre seu bíceps, mas logo a retirou.

"E pensar que eu poderia tê-lo abandonado" — ela conteve essas palavras e, enrubescendo, virou o rosto para a parede.

Quanto a Amos, não pensava senão em seu bebê, que supunha ser um menino. E, em sua imaginação, era um garoto musculoso que limparia o estábulo.

Mary também torcia para que fosse um menino, e já tinha planos para o seu futuro. Fosse como fosse, ela o mandaria à escola, ele ganharia bolsas e acabaria sendo um político, um advogado ou um cirurgião que salvaria vidas.

Certa feita ela vinha andando numa vereda e, distraidamente, deu um ligeiro puxão num galho de freixo. Ao examinar as minúsculas folhas transparentes que saíam dos brotos escuros, deu-se conta de que também o bebê logo veria a luz do dia.

Sua grande amiga era Ruth Morgan-the-Bailey, uma mulher comum, de aspecto muito simples e com finos cabelos loiros arrepanhados sob uma touca. Ela era a melhor parteira do vale e ajudou Mary a preparar o enxoval.

Nos dias ensolarados, elas se sentavam em cadeiras de vime no jardim, cosendo roupinhas de flanela e faixas. Cortavam camisas, mantinhas e gorros, tricotavam sapatinhos azuis de lã cingidos com fitas de cetim.

Vez por outra, para exercitar suas mãos embotadas, Mary tocava valsas de Chopin no piano, que aliás estava precisando muito de afinação. Seus dedos corriam sobre o teclado, e uma profusão de sons dissonantes saía pela janela e subia até os pombos. Ruth Morgan suspirava, embevecida, e dizia que aquela era a música mais linda do mundo.

As duas só deixaram Amos admirar o enxoval quando este ficou todo pronto:

"Mas isso não é enxoval de menino", disse ele, indignado.

"Ah, sim!", exclamaram elas em uníssono. "É de menino!"

Duas semanas depois, Sam-the-Waggon veio dar uma mãozinha na tosquia e, em vez de voltar para casa, ficou para ajudar a cuidar da horta. Semeou, capinou, transplantou mudas de alface, cortou estacas para as ervilhas e suportes para os feijoeiros. Certo dia, ele e Mary fizeram um espantalho em trajes tropicais de missionário.

Sam tinha o rosto de um velho palhaço triste.

Cinqüenta anos de socos achataram seu nariz. No maxilar inferior havia apenas um incisivo. Seus olhos tinham estrias vermelhas, e, quando ele piscava, suas pálpebras pareciam farfalhar. A presença de uma mulher atraente o levava a galanteios exagerados.

Mary gostava de seus galanteios e ria de suas histórias — pois também ele "correra mundo". Toda manhã Sam oferecia a Mary um buquê de flores colhidas no canteiro dela. E toda noite, quando Amos passava por ele indo para o quarto, o velho esfregava as mãos e dizia, com um riso que mais parecia um cacarejo: "Eh, sortudo! Ah! se eu fosse mais novo...!".

Sam ainda tinha seu velho violino — uma relíquia de seus tempos de tropeiro — e, quando o tirava da caixa, acariciava a madeira brilhante como se fosse o corpo de uma mulher. Ele sabia unir as sobrancelhas como um concertista e fazer o instrumento planger e trinar. Mas, quando as notas eram muito agudas, o terrier de Mary levantava o focinho e uivava.

Vez por outra, quando Amos estava fora, faziam duetos — "Lorde Thomas e a bela Eleonor" ou "O túmulo assombrado". Certa fez ele os surpreendeu dançando polca nas lajes.

"Parem com isso!", gritou. "Vocês querem prejudicar o bebê?"

Hannah ficou tão irritada com o comportamento de Sam que caiu doente.

Antes da chegada de Mary, bastava que ela sussurrasse "Sam!" para que o marido levantasse a cabeça e dissesse "Sim, querida?", e saísse arrastando os pés para fazer algum serviço sem importância. Agora, a gente de Rhulen a via irromper violentamente no Red Dragon, enchendo a rua com seus berros "Saa-am! Saa-am!" — mas Sam estava na colina colhendo cogumelos para a nora.

Numa noite abafada e úmida — era a primeira semana de julho —, ouviu-se um ruído de rodas aproximando-se da casa, e Hughes-the-Carter apareceu com Hannah e algumas trouxas. Amos estava aparafusando uma nova dobradiça na porta do estábulo. Ele largou a chave de fenda e perguntou por que ela viera.

Hannah respondeu com voz lúgubre: "É meu dever ajudá-la".

Um ou dois dias depois, Mary acordou com ânsias de vômito e sentindo dores que lhe percorriam a coluna de alto a baixo. Quando Amos ia sair do quarto, ela agarrou-lhe o braço e suplicou: "Por favor, peça que ela vá embora. Vou me sentir melhor se ela se for. Por favor. Senão eu...".

"Não", disse ele tirando a tranca da porta. "O lugar de minha mãe é aqui. Ela tem de ficar."

A onda de calor durou o mês inteiro. O vento soprava do leste, e o céu era de um azul profundo e sem nuvens. O poço secou, a lama começou a gretar-se. Nuvens de moscas zumbiam em volta das urtigas, e Mary sentiu a dor na coluna piorar. Noite após noite, tinha o mesmo sonho, com sangue e nastúrcios.

Sentia lhe faltarem as forças. Sentia que algo se rompera dentro dela, que o bebê nasceria deformado, ou morto, ou que ela própria iria morrer. Desejou ter morrido na Índia, trabalhando pelos pobres. Recostada em travesseiros, rogava ao Redentor que lhe tirasse a vida, mas — Senhor! Senhor! — deixasse o bebê viver.

A velha Hannah passava as horas quentes do dia na cozinha, tiritando sob um xale preto, tricotando, com todo o vagar, um par de longas meias de lã brancas. Quando Amos matou uma cobra que se aquecia ao sol perto da entrada da casa, ela franziu os lábios e disse: "Isso é sinal de morte na família!".

O aniversário de Mary era em 15 de julho. Como estava se sentindo um pouco melhor nesse dia, desceu as escadas e tentou entabular uma conversa com a sogra. Hannah semicerrou os olhos e disse: "Leia para mim!".

"Que quer que eu leia?"

"As coroas fúnebres."

Mary procurou as notas de falecimento do *Hereford Times* e começou:

"'O funeral da senhorita Violet Gooch, que morreu tragicamente na última quinta-feira, aos dezessete anos, teve lugar na igreja de santo Asaph...'"

"Eu disse coroas fúnebres."

"Sim", disse ela, recomeçando do lugar certo:

"'Coroa de copos-de-leite da tia Vi e do tio Arthur, com a inscrição 'Para todo o sempre!'... Coroa de rosas amarelas, 'Saudade eterna de Poppet, Winnie e Stanley...' Uma coroa artificial numa caixa de vidro, 'Lembrança da loja Hooson...' Buquê de rosas Gloire de Dijon. 'Descanse em paz, minha querida. Da tia Mavis, hotel Mostyn, Llandrindod...' Buquê de flores silvestres. 'Apenas boa noite, querida, e não adeus!' De tua irmã Cissie, que muito te ama...'"

"Ora, continue", disse Hannah levantando uma pálpebra. "O que há com você? Continue, termine!"

"Sim... 'O féretro de carvalho, lindamente polido com guarnições de cobre, foi fabricado pelos senhores Lloyd e Lloyd, de Presteigne, com a seguinte inscrição gravada na tampa: 'Uma harpa, uma magnífica harpa, com uma corda partida!'"

"Ah!", fez a velha senhora.

Os preparativos para o parto de Mary deixaram Sam tão nervoso que se poderia pensar que o pai era ele, e não Amos. Estava sempre inventando coisas para agradá-la; para falar a verdade, só ele a fazia sorrir. Sam gastou suas últimas economias encomendando a Watkins um berço de balanço. Era pintado de vermelho, com listras azuis e brancas e quatro iniciais gravadas em forma de passarinhos.

"O senhor não devia...", Mary bateu palmas quando ele o experimentou nas lajes da cozinha.

"Ela precisa mesmo é de um caixão, não de um berço", resmungou Hannah, e continuou a tricotar.

Durante cinqüenta anos ela guardara, de seu enxoval de noiva, uma camisola branca de algodão que nunca fora lavada, com a qual ela queria ser enterrada, calçada com as meias brancas. Em primeiro de agosto, completou o calcanhar da segunda meia e, daquele dia em diante, passou a tricotar cada vez mais devagar, suspirando entre um ponto e outro e exclamando em tom lúgubre: "Agora falta pouco!".

Sua pele, que nos melhores dias parecia um pergaminho, tornou-se transparente. Ofegante, tinha dificuldade de mover a língua. Era evidente para todo mundo, menos para Amos, que ela viera para a Visão a fim de morrer.

No dia 8 de agosto o tempo mudou. Um amontoado de nuvens argênteas se formou por trás da colina. Às seis da tarde, Amos e Dai Morgan ceifavam a última plantação de aveia. Todos os pássaros estavam em silêncio, na calma que precede a tempestade. Lanugens de cardo flutuavam no ar, e um grito estridente atravessou o vale.

As dores do parto começavam. Lá em cima, no quarto, Mary gemia, chutava os lençóis e mordia o travesseiro. Ruth Morgan tentava acalmá-la. Sam estava na cozinha, pondo água para ferver. Sentada num banco, Hannah contava seus pontos de tricô.

Amos selou o cavalo e galopou colina acima, depois desceu precipitadamente a trilha dos cavouqueiros que levava a Rhulen.

"Coragem, meu velho!", disse o doutor Bulmer separando seus fórceps e calçando as botas de montar. Então, depois de enfiar um frasco de ergotina num bolso, uma garrafa de clorofórmio no outro, abotoou o colarinho da capa de chuva — e os dois enfrentaram a tempestade.

A chuva silvava nos telhados quando amarraram os cavalos na cerca do jardim.

Amos quis acompanhar o médico ao andar de cima, mas este o empurrou para trás, fazendo-o cair na cadeira de balanço como se tivesse levado um soco no peito.

"Deus queira que seja um menino", gemeu ele. "E nunca mais tocarei nela." Amos segurou o avental de Ruth Morgan quando esta passou por ele com um jarro de água. "Ela está bem?", perguntou com voz súplice. Mas Ruth desvencilhou-se dele, dizendo-lhe que deixasse de ser bobo.

Vinte minutos depois, a porta do quarto se abriu, e uma voz bradou:

"Podem trazer mais jornal? Um oleado? Qualquer coisa serve!"

"É um menino?"

"São dois."

Naquela noite, Hannah completou a segunda meia e, três dias depois, morreu.

8.

A recordação mais remota dos gêmeos — uma lembrança que partilhavam com igual nitidez — era do dia em que foram picados por uma vespa.

Estavam empoleirados em seus cadeirões junto à mesa, à hora do chá. Pelo menos achavam que fora à hora do chá, porque a luz do sol vinha do oeste, refletia-se na toalha da mesa e os fazia piscar. Deve ter sido lá para o fim do ano, talvez por volta de outubro, quando as vespas ficam meio sonolentas. Do outro lado da janela, uma pega desceu do céu, e galhos vermelhos de sorva balançavam ao vento. Ali dentro, as fatias de pão com manteiga brilhavam como prímulas ao sol. Com uma colher, Mary tentava colocar uma gema de ovo na boca de Lewis, enquanto Benjamin, num ataque de ciúme, agitava as mãos para chamar a atenção. Foi então que a mão esquerda do garoto acertou a vespa, e ela o picou.

Mary conseguiu encontrar no armário de remédios algodão e amoníaco, aplicou-os na mão dele, que inchava e ficava arroxeada. "Coragem, homenzinho, coragem!", dizia ela com voz calma.

Mas Benjamin não chorou. Simplesmente franziu os lábios, voltando os tristes olhos cinzentos para o irmão. Pois era Lewis, e não ele, quem estava choramingando de dor, e acariciando a própria mão esquerda, como se fosse um pássaro ferido. Lewis continuou soluçando até a hora de dormir. E só quando caíram nos braços um do outro os gêmeos conseguiram dormir — e desde então associaram ovos com vespas e passaram a desconfiar de tudo o que fosse amarelo.

Aquela foi a primeira vez que Lewis se mostrou capaz de tomar sobre si o sofrimento do irmão.

Ele era o mais forte dos dois, e fora o primeiro a nascer.

Para identificá-lo como o primeiro, o doutor Bulmer traçara uma cruz em seu punho; ainda no berço, podia-se ver que ele era o mais forte. Não tinha medo do escuro nem de estranhos. Gostava de brincar com os cães pastores. Certo dia, quando não havia ninguém por perto, passou por baixo do portão do estábulo, e lá Mary o encontrou, muitas horas depois, tagarelando junto ao touro.

Comparado a ele, Benjamin era um moleirão, que chupava o polegar, berrava quando separado do irmão e vivia tendo pesadelos — sonhava estar sendo estraçalhado pela máquina corta-palha ou pisoteado pelos cavalos de tiro. Quando, porém, ele se feria de verdade — por exemplo, ao cair nas urtigas ou machucar a canela —, era Lewis quem chorava.

Dormiam os dois numa bicama, numa peça de pé-direito baixo junto ao patamar da escada, onde, conforme outra lembrança também remota, acordaram certa manhã e notaram que o teto estava com uma tonalidade de cinza diferente. Olhando pela janela, viram a neve nos lariços e os flocos de neve caindo em espiral.

Quando Mary chegou para trocar a roupa deles, encontrou-os embolados e encolhidos no pé da cama.

"Deixem de bobagem", disse ela. "É a neve, só isso."

"Não, mamãe", responderam as duas vozes abafadas pelos cobertores. "Deus está cuspindo."

Excetuando as idas a Lurkenhope aos domingos, a primeira excursão deles ao mundo exterior foi uma visita à Exposição de Flores, de 1903, quando o pônei se assustou com um ouriço morto na estrada, e Mary ganhou o primeiro prêmio por seus feijões-flores.

Nunca tinham visto tal multidão e ficaram desnorteados com os gritos, as gargalhadas, os toldos tatalando ao vento, os arreios tilintantes e os desconhecidos que os levavam aos ombros para dar voltas pela exposição.

Eles estavam de roupinha de marinheiro. Seus olhos cinzentos, circunspectos, e os cabelos pretos cortados em franja logo atraíram um grupo de admiradores. Até o coronel Bickerton foi até eles:

"Ho! Ho! Meus alegres lobos-do-mar!", disse ele, dando-lhes tapinhas sob o queixo.

Mais tarde, Bickerton os levou para dar voltas em seu faeton. E, quando perguntou seus nomes, Lewis respondeu Benjamin, e Benjamin respondeu Lewis.

E então eles se perderam.

Às quatro da tarde, Amos foi defender as cores de Rhulen no cabo-de-guerra. E, como Mary ia participar da corrida com o ovo na colher, deixou os gêmeos aos cuidados da senhora Griffiths Cwm Cringlyn.

A senhora Griffiths era uma mulher alta, autoritária, de rosto reluzente. Tinha duas sobrinhas gêmeas e vangloriava-se de entender muito bem dessa coisa de gêmeos. Colocou os meninos lado a lado e examinou-os de alto a baixo até encontrar um minúsculo sinal atrás da orelha direita de Benjamin.

"Olha aí!", exclamou ela em voz alta. "Descobri uma diferença!" — e então Benjamin lançou um olhar desesperado ao irmão, que segurou a sua mão, e ambos mergulharam entre as pernas dos espectadores e se esconderam sob a grande tenda.

Esconderam-se sob a toalha da mesa montada sobre cavaletes, na qual estavam dispostas as abóboras vencedoras do concurso. Gostaram tanto de ficar olhando os pés das senhoras e dos cavalheiros que permaneceram escondidos até ouvir a voz de sua mãe chamando-os e tornando a chamar numa voz mais aguda e ansiosa que o balido de uma ovelha.

No caminho de volta a casa, embolados atrás da charrete, os dois comentavam a aventura em sua língua secreta. E, quando Amos os repreendeu: "Parem com essas bobagens!", Lewis retrucou: "Não é bobagem, papai. É a fala dos anjos. Já nascemos sabendo".

Mary tentou enfiar na cabeça deles a diferença entre *teu* e *meu*. Ela lhes comprou roupas domingueiras — de tweed cinza para Lewis e de brim azul para Benjamin. Usaram-nas por uma meia hora, depois sumiram e voltaram de casacos trocados. Insistiam em trocar tudo, até os sanduíches, que partiam em dois e trocavam as metades.

Certo Natal, seus presentes foram um ursinho de pelúcia macio e um boneco de feltro em forma de ovo. Na tarde do dia seguinte, porém, resolveram sacrificar o ursinho numa fogueira e concentrar seu amor no boneco, que chamaram de Dump.

Dump dormia no travesseiro deles, e eles o levavam para passear. Em março, porém, num dia cinzento e ventoso com amentilhos nos galhos e neve derretida nos caminhos, chegaram à conclusão de que também o boneco se metera entre eles. Então, aproveitando um instante em que a mãe lhes dera as costas, colocaram-no na ponte e empurraram-no no córrego.

"Olhe, mamãe!", exclamaram eles, dois rostos inexpressivos olhando por cima do parapeito aquela coisa escura que se agitava rio abaixo.

Mary viu o boneco ser colhido num remoinho e depois ficar preso num galho.

"Não saiam daí!", gritou ela correndo para pegar o boneco, mas perdeu o equilíbrio e quase caiu nas águas marrons e espumantes da correnteza. Pálida, com cabelos desgrenhados, correu para os gêmeos e os abraçou.

"Não tem importância, mamãe", disseram eles. "Jamais gostamos desse boneco."

E tampouco morreram de amores por Rebecca, a nova irmãzinha.

Eles tinham importunado a mãe pedindo a ela que lhes desse uma irmãzinha. Quando a menina chegou, subiram ao quarto, cada um levando um crisântemo cor de cobre numa tacinha de servir ovos quentes cheia de água. Viram então uma criaturinha cor-de-rosa mordendo o peito de Mary, jogaram os presentes no chão e desceram as escadas desabalados.

"Mandem ela embora", disseram os garotos aos prantos. Passaram um mês inteiro usando sua linguagem secreta e levaram um ano para tolerar a presença da menina. Certo dia, quando a senhora Griffiths Cwm Cringlyn veio fazer uma visita, encontrou-os contorcendo-se convulsivamente no chão da cozinha.

"O que há com os gêmeos?", perguntou ela, assustada.

"Não ligue", disse Mary. "Estão brincando de ter bebês."

Aos cinco anos de idade, já ajudavam no serviço da casa: sovavam a massa do pão, modelavam a manteiga em rodelas e polvilhavam açúcar de confeiteiro no pão-de-ló. Antes de dormir, Mary os recompensava contando-lhes uma história dos irmãos Grimm ou de Hans Christian Andersen; a história de que mais gostavam era a da sereia que foi morar no fundo do mar, no palácio do rei do mar.

Aos seis anos, já conseguiam ler sozinhos.

Amos Jones, que desconfiava de livros, ralhava com Mary, dizendo-lhe que não "mimasse os meninos".

Ele lhes deu espantalhos mecânicos e os deixou sozinhos na plantação de aveia para espantar as pombas-trocazes. Encarregou-os de preparar a ração das galinhas, depenar e eviscerar as aves para o mercado. Chovesse ou fizesse sol, Amos montava-os em seu pônei, um na frente outro atrás, e ia com eles inspecionar o rebanho na colina. No outono, observavam o acasalamento das ovelhas: cinco meses depois, assistiam ao nascimento dos cordeiros.

Sempre tiveram consciência da própria afinidade com os cordeiros gêmeos. Como cordeiros, também brincavam de "sou o rei do castelo". E, certa manhã em que soprava uma leve brisa e Mary colocava a roupa no varal, enfiaram-se sob seu avental, bateram as cabeças contra as coxas dela, fingindo que mamavam num úbere.

"Parem com isso vocês dois", disse ela rindo e empurrando-os. "Vão procurar seu avô!"

9.

O velho Sam viera morar na Visão, e entrou numa segunda infância.

Ele usava um colete de fustão, um boné preto meio folgado, e andava por toda parte com uma bengala de amieiro-negro. Dormia num desvão do tamanho de um guarda-louça, cheio de teias de aranha, rodeado dos poucos pertences que tivera o cuidado de conservar: o violino, um cachimbo, uma tabaqueira e uma estatueta de porcelana trazida não se sabe de onde, em uma de suas andanças. Era a figura de um homem corpulento com uma valise; em sua base, havia uma inscrição: "Vou começar uma grande viagem".

A principal ocupação de Sam era cuidar dos porcos de Amos. "Os porcos", dizia ele, "são mais inteligentes que as pessoas." E não havia dúvida de que as seis porcas o adoravam, roncavam quando ele chocalhava o balde de lavagem e respondiam quando as chamava pelo nome.

Sua preferida era uma porca grande chamada Hannah. Enquanto Hannah fuçava a terra procurando larvas sob as macieiras, ele coçava atrás das orelhas dela, rememorando os melhores momentos de seu casamento.

Mas Hannah era uma negação como mãe: esmagou sua primeira ninhada. Na segunda prenhez, depois de engordar enormemente, pariu um único porquinho, que os gêmeos adotaram, dando-lhe o nome de Porcolino.

Certo dia, quando Porcolino tinha três meses de idade, acharam que já estava na hora de batizá-lo.

"Vou ser o pastor", disse Lewis.

"Falei primeiro", disse Benjamin.

"Está bem! Então, você vai ser o pastor!"

Era um dia muito quente de junho. Línguas de fora, os cachorros descansavam à sombra do celeiro. As moscas voluteavam e zuniam. Vacas escuras pastavam mais adiante, um pouco abaixo da casa. Os pilriteiros estavam em flor. O campo estava preto, branco e verde.

Os gêmeos esgueiraram-se pela porta da cozinha trazendo um avental para usar como sobrepeliz e uma toalha listrada para servir de roupa de batismo. Depois de uma perseguição louca em todo o pomar, encurralaram Porcolino junto ao galinheiro e levaram-no guinchando até o pequeno vale. Lewis o segurou, e Benjamin umedeceu o dedo e fez uma cruz acima do focinho.

Mas, embora fosse tratado com vermífugos, embora os gêmeos o empanturrassem com bolos roubados, embora ele compensasse seu pequeno porte com um temperamento dócil — a ponto de deixar os gêmeos cavalgarem em seu dorso —, Porcolino era realmente nanico. E Amos não tinha o que fazer com animais nanicos. Certa manhã de novembro, Sam foi ao depósito pegar cevada e encontrou o filho amolando a lâmina de um cutelo. Ensaiou um protesto, mas Amos fechou a cara e passou a amolar ainda com mais furor.

"Não tem sentido manter um animal nanico", disse ele.

"Nem Porcolino?", gaguejou Sam.

"Eu disse que não tem sentido manter um nanico."

Tentando evitar que os meninos ouvissem o que iria ocorrer, o velho levou os netos para colher cogumelos na colina. Quando voltaram para casa ao anoitecer, Benjamin viu a poça de sangue perto da porta do depósito e, através de uma fresta, viu Porcolino morto, pendurado num gancho.

Os dois meninos reprimiram o choro até a hora de dormir, depois inundaram o travesseiro de lágrimas.

Tempos depois, Mary chegou a acreditar que eles nunca perdoariam o pai pelo assassinato. Faziam-se de estúpidos quando o pai lhes ensinava algum serviço de fazenda e se encolhiam quando Amos tentava acariciá-los. E, quando o pai agradava Rebecca, a irmã, odiavam-no ainda mais. Eles planejaram fugir. Falavam em voz baixa, em tom conspiratório, às suas costas. Finalmente até a própria Mary perdeu a paciência e suplicou: "Por favor, sejam gentis com seu pai". Mas os olhos dos gêmeos lançavam veneno quando disseram: "Ele matou nosso Porcolino".

10.

Os gêmeos adoravam passear com o avô, e não tinham preferência por nenhum dos passeios — um "passeio galês" montanha acima e um "passeio inglês" ao parque de Lurkenhope.

O "passeio galês" só era possível quando fazia bom tempo. Muitas vezes saíam com tempo bom, e voltavam para casa encharcados até os ossos. E muitas vezes também, quando andavam até Lurkenhope, voltavam os olhos para a cortina de chuva cinzenta a oeste, ao passo que acima deles as nuvens se abriam para o azul do céu, e borboletas voejavam sobre os pastos iluminados pelo sol.

Meia milha antes da aldeia, passavam pelo moinho de Maesyfelin e pela capela da congregação, que ficava ao lado. Em seguida vinham duas fileiras de casinhas de trabalhadores rurais do domínio, ornamentadas com longas chaminés de tijolos vermelhos e hortas cheias de repolhos e de tremoços. Do outro lado do relvado da aldeia, uma outra capela, batista, espreitava a igreja, o presbitério e a hospedaria Bannut Tree. O cemitério anglicano era rodeado de uma sebe de velhos teixos, e se dizia que a parede de tijolos do campanário, com vigas à mostra, representava as três cruzes do Gólgota.

Sam sempre parava no pub para tomar uns goles de sidra e jogar uma partida de jogo-da-bola com o senhor Godber, o taverneiro. Às vezes, quando o jogo se prolongava, a velha senhora Godber aparecia trazendo canecas de limonada para os gêmeos. Ela pedia que eles berrassem em sua corneta acústica e, se gostasse do que tivessem dito, dava-lhes uma moedinha, recomendando-lhes que não a gastassem em doces — e então os meninos corriam à agência dos correios e voltavam correndo, os queixos lambuzados de chocolate.

Mais cinco minutos de caminhada e chegavam à entrada oeste do parque. A partir daí, um caminho serpenteava colina abaixo, por entre grupos de carvalhos e de castanheiros. Gamos pastavam brotos tenros sob os galhos, abanando a cauda para espantar as moscas, os ventres lançando reflexos prateados em meio a grandes manchas de sombras. O som de vozes humanas os assustava, e as caudas brancas desapareciam agitando-se por entre as samambaias.

Os gêmeos tinham um amigo na pessoa do senhor Earnshaw, o jardineiro-chefe, um homem baixo e musculoso, de brilhantes olhos azul-esverdeados, que era assíduo freqüentador dos chás de Mary. Normalmente eles o encontravam na estufa, com um avental de couro, com meias-luas de terra preta sob as unhas.

Adoravam aspirar o ar quente, úmido e perfumado da estufa, passar as mãos na pele aveludada dos pêssegos brancos ou olhar as orquídeas que se pareciam com os macacos dos livros ilustrados. Nunca saíam de lá sem um presente — uma cinerária ou uma begônia de um vermelho intenso —, e setenta anos depois Benjamin ainda era capaz de apontar um gerânio cor-de-rosa e dizer: "Aquele é de uma muda de Earnshaw".

O gramado do castelo estendia-se em terraços até o lago. À margem havia uma casa de barcos construída com toros de pinheiro. Certo dia, ao se esconderem entre rododendros, os gêmeos viram o barco!

Sua quilha brilhante vinha na direção deles, sussurrando entre os nenúfares. Gotas de água caíam dos remos. O remador era um menino com um casaco de listras vermelhas. Na popa, meio escondida sob uma sombrinha branca, havia uma menina de vestido lilás. Seus cabelos loiros estavam compostos em grossas tranças, e ela corria os dedos pelas ondinhas verdes.

De volta à fazenda, os gêmeos precipitaram-se em direção à mãe:

"Nós vimos a senhorita Bickerton", exclamaram eles em uníssono. Quando ela lhes deu o beijo de boa-noite, Lewis sussurrou: "Mamãe, quando eu crescer vou casar com a senhorita Bickerton", e Benjamin se desfez em lágrimas.

Quando tomavam o "caminho galês", em geral andavam pelos campos até Cock-a-loftie, uma choupana de pastor abandonada desde a época da lei do cercamento*. Então caminhavam por degraus de pedra no pântano, e seguiam uma trilha rumo ao norte. À sua esquerda, num aclive abrupto, elevavam-se montes de pedras ao pé da montanha. Depois de passarem por um bosquezinho de bétulas, chegavam a um celeiro e a uma edificação de uns trinta metros de comprimento, em meio às ruínas de um muro. Da chaminé saía um jato de fumaça. Havia uns poucos freixos contorcidos, uns poucos salgueiros, e as margens de uma lagoa barrenta estavam cobertas com penugens de ganso.

---

* Promulgada no século XVIII, essa lei determinou o cercamento dos campos devolutos. (N. T.)

Era a residência da família Watkins em Craig-y-Fedw, Rocha entre Bétulas — mais conhecida na região como Rocha.

Na primeira visita dos gêmeos, cães pastores latiram, dando puxões nas correntes. Um menino magérrimo, de cabelos ruivos, correu para dentro de casa, e Aggie Watkins veio à porta e postou-se no vestíbulo, com uma saia preta comprida e um avental feito de saco de aniagem.

Ela piscava os olhos por causa do sol, mas sorriu quando reconheceu os caminhantes.

"Oh, é você, Sam", disse ela. "Venha tomar uma xícara de chá."

Era uma mulher magra, de corpo encurvado, rosto cheio de cistos, pele arroxeada e cabelos escorridos que voavam ao vento.

Na frente da casa estavam as pilhas de tábuas que Tom Watkins usava para fazer caixões.

"Pena que você não encontrou o velho Tom", continuou ela. "Ele foi em sua mula levar um caixão para a pobre senhora Williams Cringoed, que morreu dos pulmões."

Tom Watkins fazia os caixões mais baratos do condado e os vendia aos que eram pobres demais para bancar um funeral mais decente.

"E esses são os gêmeos!", exclamou ela cruzando os braços. "Chegados numa igreja como Amos e Mary?"

"Sim", disse Sam.

"Que o senhor os proteja! Faça-os entrar!"

A parede da cozinha fora caiada havia pouco tempo, mas os caibros estavam pretos de fuligem, e o chão coalhado de cocô de galinha ressecado. Passo empertigado, garnisés cor de cinza entravam e saíam, bicando as migalhas que caíam da mesa. Na sala contígua, sobre uma cama dobrável, empilhavam-se capotes e cobertores. Acima da pilha, fixado à parede, havia um texto emoldurado: "A Voz que Clama no Deserto. Preparai o Caminho do Senhor, Tornai Retas Suas Veredas...".

Em outra sala — que antes fora uma sala de visitas — duas novilhas comiam feno, e da porta da cozinha vinha um cheiro acre que se misturava ao cheiro de turfa e de coalhada. Aggie Watkins enxugou as mãos no avental antes de colocar um pouco de chá na chaleira:

"Que tempo, hein?", disse ela. "Frio demais para junho!"

"Está um gelo!", disse Sam.

Lewis e Benjamin sentaram-se na beira do assento de uma cadeira, enquanto o menino ruivo, agachado junto a um caldeirão, abanava o fogo com uma asa de ganso.

O nome do menino era Jim. Ele mostrou a língua e cuspiu. "Ah! Diabo!" Aggie Watkins ergueu o punho e fê-lo fugir em direção à porta. "Não liguem, não", disse ela estendendo uma toalha limpa de linho na mesa, pois, por mais difíceis que fossem os tempos, sempre punha uma toalha de linho branca como a neve na hora do chá.

Era uma mulher generosa, e esperava que o mundo não fosse tão mau quanto todo mundo dizia. Tinha problemas de coração, devido à pobreza e ao excesso de trabalho. Às vezes levava a roda de fiar à montanha e fiava fiapos de lã de carneiro presos nos tojos e urzes.

Nunca esquecia um insulto e nunca esquecia uma delicadeza. Certa vez, estando ela acamada, Mary pediu que Sam lhe levasse um embrulho com figos. Aggie nunca provara figos antes e, para ela, eram como manjar do céu.

Daquele dia em diante, nunca deixava Sam voltar sem levar um presente. "Leve para Mary um pote de geléia de amorapreta", dizia Aggie. Ou "Que tal levar uns bolos galeses? Sei que ela gosta". Ou ainda: "Será que ela não está precisando de uns ovos de pata?". E, quando seu frágil lilás florescia, cobria o velho Sam de ramos, como se o seu fosse o único lilás do mundo.

Os Watkins eram crentes e não tinham filhos.

Talvez pelo fato de não terem filhos, estavam sempre em busca de almas a socorrer. Depois da Grande Guerra, Aggie conseguiu "socorrer" várias crianças. E se alguém dizia: "Ele foi criado na Rocha" ou "Ela foi educada na Rocha", podia-se ter certeza de que se tratava de um filho bastardo ou de uma criança amalucada. Mas naquele tempo os Watkins tinham "socorrido" apenas o menino Jim e uma menina chamada Ethel — uma menina alta, de uns dez anos, que abria as coxas e olhava os gêmeos com calma fascinação, cobrindo um olho, depois o outro, como se estivesse vendo em dobro.

Uma trilha de gado partia da Rocha, contornava o contraforte norte da colina Negra. Em alguns pontos era tão escarpada que o velho tinha de parar para recuperar o fôlego.

Lewis e Benjamin iam na frente cabriolando, espantavam tetrazes, brincavam de bolinha com excrementos de coelho, perscrutavam o despenhadeiro em busca de falcões e corvos e, de vez em quando, se esgueiravam por entre as samambaias, e lá se escondiam.

Gostavam de fingir que estavam perdidos na floresta, como os gêmeos da história de Grimm, e que cada haste de samambaia era o tronco de uma árvore da floresta. Tudo era quieto, úmido e frio na sombra verde. Cogumelos levantavam a cabeça acima da vegetação que vinha se decompondo desde o ano anterior. E o vento assobiava bem acima deles.

Deitavam-se de costas e contemplavam as nuvens que vinham cobrir os poucos trechos de céu azul, os pontinhos ziguezagueantes, isto é, as moscas, e outros pontinhos pretos — as andorinhas rodopiando no céu.

Ou então deixavam a saliva cair gota a gota, como um escarro de cuco, e, quando a boca ficava seca, encostavam as testas uma na outra, cada um perdendo-se nos olhos cinzentos do outro, até o avô acordá-los do devaneio. Então apareciam no caminho, como se dele não tivessem saído.

Nas belas noites de verão, Sam levava-os até a Pedra da Águia: um menir de granito cinzento, manchado de líquenes cor de laranja, que, à luz rasante do entardecer, parecia uma águia pousada.

Sam dizia que havia um ancestral enterrado lá. Podia ser também uma cova de cavalo ou então um lugar onde os "fariseus" vinham dançar. Certo dia seu pai vira as fadas — "Elas têm asas como as libélulas" —, mas não conseguia lembrar-se exatamente onde.

Colocando os meninos em cima da pedra, Sam apontava fazendas, capelas e o monastério do reverendo Ambrosius, aninhados no fundo do vale. Havia noites em que o vale se cobria de brumas, mas, à frente deles, elevavam-se as colinas de Radnor, cujas silhuetas corcundas iam se afastando, de cinza em cinza, até os confins da Terra.

Sam sabia o nome de todas essas colinas: Whimble, Bach, Black Mixen. "E aquela é Smatcher, perto da qual eu nasci." Contava-lhes histórias do príncipe Llewellyn e seu cachorro, ou de personagens mais nebulosas como Artur, Merlim ou Vaughan, o Negro. Graças à riqueza de sua imaginação, Guilherme, o Conquistador, encontrava-se com Napoleão Bonaparte.

Os gêmeos consideravam o caminho que levava à Pedra da Águia propriedade deles. "Este caminho é nosso!", gritavam quando cruzavam com outros andarilhos. Marcas de botas no caminho bastavam para enfurecê-los, e eles tratavam de apagá-las com uma vara.

Certo dia, ao cair do sol, ao chegarem ao alto da colina, em vez da silhueta que lhes era familiar, viram dois barqueiros. Duas jovens, mãos nos quadris, estavam sentadas no alto da pedra. A poucos passos dali, um jovem de calça de flanela cinza inclinava-se para um tripé de máquina fotográfica.

"Agora não se mexam!", ordenou ele sob o pano negro agitado pelo vento. "Sorriam quando eu mandar! Um... dois... três... Sorriam!"

De repente, antes que Sam pudesse impedir, Lewis, que havia pegado sua bengala, bateu com ela no fotógrafo, na parte de trás dos joelhos.

O tripé balançou, a câmera caiu, e as moças, rindo convulsivamente, quase caíram da pedra.

Reggie Bickerton, porém — era ele o fotógrafo —, ficou vermelho feito um pimentão e correu atrás de Lewis por entre as urzes, gritando: "Vou te arrancar a pele, desgraçado!". E, embora suas irmãs gritassem "Não, Reggie. Não! Não! Não o machuque!", ele deitou o menino no joelho e deu-lhe uma surra.

No caminho de volta, Sam ensinou aos netos a expressão galesa para "malditos saxões", mas Mary ficou consternada ao ouvir aquela história.

Sentiu-se abatida e envergonhada — envergonhada de seus filhos e envergonhada por estar envergonhada deles. Tentou escrever um bilhete pedindo desculpas à senhora Bickerton, mas o bico da pena raspava o papel, e as palavras não vinham.

11.

Naquele outono, já se sentindo cansada pelo peso do inverno que se aproximava, Mary fez várias visitas ao vigário. O reverendo Thomas Tuke, erudito que vivia dos próprios recursos, resolvera morar em Lurkenhope porque o grande proprietário de terras da região era católico, e porque a areia do jardim do vicariato continha glauconita — ideal para o cultivo de arbustos raros do Himalaia.

Alto, ossudo, de cabelos brancos anelados, tinha o hábito de fixar em seus paroquianos um olhar cor de âmbar antes de lhes oferecer a glória de seu perfil.

A boa disposição de sua casa refletia uma mente organizada. Uma vez que a governanta era surda como uma porta, ele não precisava falar com ela. As prateleiras de sua biblioteca estavam abarrotadas de clássicos. Ele sabia todo o Homero de cor: de manhã, entre um banho frio e o desjejum, escrevia alguns hexâmetros. Na parede próxima à escada, havia alguns remos dispostos em forma de leque — ele fora um dos Remadores Azuis de Cambridge —, e na entrada, alinhados como pingüins, postavam-se vários pares de botas de montar, porque ele era também Mestre Caçador do Vale de Rhulen.

Para os aldeões, esse vigário era um mistério. A maioria das mulheres estava apaixonada por ele — ou extasiada com o som de sua voz. Mas ele vivia ocupado demais para atender-lhes as necessidades espirituais, e suas atitudes muitas vezes eram sentidas como uma afronta.

Certo domingo, antes da Santa Comunhão, algumas mulheres com chapéus floridos aproximavam-se da porta da igreja, semblantes compostos para receber o sacramento. De repente, uma janela da casa paroquial abriu-se bruscamente, e o pastor berrou: "Cuidado com as cabeças!" e disparou duas vezes contra as pombas-trocazes que arrulhavam nos olmos.

Um projétil se chocou contra as lápides. "Maldito pagão!", murmurou Amos, e a muito custo Mary conseguiu conter o riso.

Ela gostava do senso de ridículo e das expressões mordazes do vigário. A ele — e a mais ninguém — Mary confessava que a vida na fazenda a deprimia, que tinha sede de conversas e de troca de idéias.

"Você não é a única", dizia ele, afagando-lhe a mão. "Então, a gente tem de se acomodar à situação da melhor maneira possível."

Ele lhe emprestava livros. Shakespeare ou Eurípides, os upanixades ou Zola — sua mente transitava livremente por toda a vastidão da literatura. Dizia nunca ter encontrado uma mulher mais inteligente, como se aquilo fosse, em si mesmo, uma contradição.

Era com pesar que ele falava da decisão, tomada na juventude, de receber o sacramento da ordem. Lastimava até mesmo a Bíblia, a ponto de distribuir traduções da *Odisséia* na aldeia:

"E, afinal de contas, quem eram os israelitas? Ladrões de ovelhas, minha cara! Uma tribo de pastores errantes, ladrões de ovelhas!"

Seu hobby era criar abelhas. Num canto do jardim plantara um renque de flores com pólen.

"Aí está!", exclamou ele abrindo uma colméia. "A Atenas do mundo dos insetos!" Então, indicando com um gesto a arquitetura dos favos de mel, dissertou sobre a natureza da civilização, seus governantes e governados, suas guerras e conquistas, suas cidades e arrabaldes, sobre o trabalho dos trabalhadores, de que as cidades vivem.

"E os parasitas", acrescentou ele. "Como os conhecemos bem..."

"Sim", disse Mary. "Eu conheci muitos parasitas."

Ele a estimulou a recompor as antigas colméias da fazenda. Em meados da primeira estação, uma delas foi atacada por traças, e as abelhas enxamearam.

Amos, que estava andando na cozinha, disse com um sorriso divertido: "Suas abelhas estão todas amontoadas nas ameixeiras".

Sua oferta de ajuda de nada adiantou. Mary encarregou os meninos de evitar que o enxame fosse embora, e correu a Lurkenhope para chamar o vigário; Benjamin nunca haveria de esquecer a visão do velho descendo a escada, braços, peito e pescoço cobertos de uma massa marrom de abelhas que zumbiam.

"Você não tem medo?", perguntou ele, enquanto o vigário as tirava aos punhados e as colocava num saco.

"Claro que não! As abelhas só picam os covardes!"

Em outro canto do jardim, o vigário fez um arranjo com pedras para o cultivo dos bulbos que trouxera de suas viagens à Grécia. Em março havia crocos e cilas; em abril, ciclamens, tulipas e dentes-de-cão. E havia um enorme arão roxo-escuro que fedia a carne rançosa.

Mary adorava imaginar aquelas flores selvagens na montanha, em vastas extensões coloridas, porque achava triste vê-las exiladas entre as pedras do jardim.

Numa tarde ventosa, quando os meninos estavam jogando futebol próximo ao gramado, o vigário levou-a para ver uma fritilária das encostas do monte Ida, de Creta.

"É muito rara em jardins", disse ele. "Tive de enviar metade de meus bulbos ao Jardim Botânico!"

De repente, Lewis levantou a bola, o vento a desviou, e ela foi cair entre as pedras, esmagando a frágil campânula.

Mary caiu de joelhos, tentou endireitar o talo, reprimindo um soluço, não tanto pela flor, mas pelo futuro de seus filhos.

"Grosseirões!", ela disse amargamente. "É assim que vão crescer, sob a influência do pai..."

"Não se eu fizer valer minha influência", disse o vigário, ajudando-a a levantar-se.

No domingo, depois das matinas, ele se postou no pórtico sul, trocando apertos de mão com seus paroquianos. Quando chegou a vez de Amos, disse: "Você pode esperar um minuto, Jones? Só quero trocar umas palavrinhas".

"Sim, senhor!", disse Amos, e ficou andando em volta da pia batismal, lançando olhares nervosos às cordas do sino.

O vigário conduziu-o à sacristia. "É sobre os seus garotos", disse ele tirando a sobrepeliz pela cabeça. "Os dois são brilhantes! Já é tempo de pô-los na escola!"

"Sim, senhor!", gaguejou Amos. Ele não queria dizer "sim!" nem "senhor!". O tom peremptório do vigário o pegara de surpresa.

"Muito bem! Então está decidido! As aulas começam na segunda-feira."

"Sim, senhor!", disse ele novamente, dessa vez num tom

irônico que traía sua raiva. Amos enfiou o chapéu na cabeça e saiu andando depressa entre as lápides banhadas de sol.

Gralhas giravam em torno do campanário, e os olmeiros estalavam ao sopro do vento. Mary e os meninos já tinham subido na charrete. Amos estalou o chicote no dorso do pônei, e eles subiram a rua em ziguezague, a charrete balançando e dispersando alguns batistas.

A pequena Rebecca gritou de medo.

"Para que ir tão depressa?", disse Mary puxando-lhe a manga.

"Porque você me deixa louco!"

Depois de almoçar em silêncio, ele saiu para andar na colina. Gostaria de trabalhar, mas, como era dia de descanso religioso, foi andar sozinho, subindo e contornando a colina Negra. Já estava escuro quando voltou para casa, ainda amaldiçoando Mary e o vigário.

12.

Fosse como fosse, os gêmeos passaram a freqüentar a escola. Às sete da manhã, lá iam eles de paletó esportivo com pregas, calção na altura dos joelhos, colarinho branco largo e engomado que lhes irritava o pescoço, fixado por um laço de gorgorão. Nos dias úmidos, Mary lhes dava óleo de fígado de bacalhau e os agasalhava com cachecol. Ela embrulhava seus sanduíches em papel-manteiga e colocava-os, com os livros, nas mochilas.

Eles ficavam numa sala de aula ventosa, onde um relógio preto batia as horas, e o senhor Birds ensinava geografia, história e inglês. A senhorita Clifton ensinava matemática, ciências e a Sagrada Escritura.

Não gostavam do senhor Birds.

O rosto arroxeado, as veias das têmporas, o mau hálito e o hábito de cuspir num saquinho de rapé — tudo isso causava uma impressão muito desagradável, e eles se encolhiam sempre que Birds se aproximava.

Apesar de tudo, aprenderam a recitar a "Ode a uma cotovia", de Shelley, a pronunciar Titicaca e Popocatepetl. Aprenderam que o Império britânico era o melhor de todos os impérios possível, que os franceses eram covardes e os americanos traidores. E que os espanhóis queimavam criancinhas protestantes em fogueiras.

Em compensação, assistiam com prazer às aulas da senhorita Clifton, uma mulher rechonchuda, de pele leitosa e cabelo amarelo-pálido.

Benjamin era seu favorito. Ninguém sabia como conseguia distinguir um do outro, mas com certeza ele era o favorito. Quando ela se inclinava para corrigir as suas contas, ele aspirava seu cálido cheiro materno e aninhava a cabeça entre o corpete e a corrente de ouro de seu crucifixo, que oscilava no ar. Ela corou de prazer quando Benjamin lhe trouxe um buquê de cravinas-dos-poetas e, durante a merenda das onze horas, levou os gêmeos à sua sala e disse que eram "pequenos cavalheiros".

Seu favoritismo não os tornava muito populares. O valentão da escola, George Mudge, filho de um administrador, pressentia um desafio a sua autoridade e procurava sempre separá-los.

Fazia-os jogar em times adversários. Não obstante, no meio dos jogos, os olhares dos gêmeos se cruzavam, os lábios se abriam num sorriso, e eles driblavam, passando a bola um para o outro sem se preocuparem com os demais jogadores nem com as vaias.

Às vezes, na sala de aula, davam respostas idênticas. Cometeram o mesmo erro num verso de "A dama de Shalott". O senhor Birds acusou-os de terem colado, chamou-os para junto do quadro-negro, mandou que abaixassem o calção e aplicou seis varadas de vidoeiro no traseiro de cada um.

"Isso não é justo", queixaram-se eles quando Mary os fazia dormir contando-lhes uma história.

"Não, meus amores, isso não é justo." Ela apagou a vela e dirigiu-se à porta na ponta dos pés.

Pouco tempo depois o senhor Birds foi demitido do cargo por motivos "sobre os quais não se deve comentar".

Quinze dias antes do Natal chegou do Canadá um pacote enviado pelo tio Eddie, contendo uma oleografia representando um pele-vermelha.

O irmão de Amos trabalhara inicialmente como lenhador, mas agora estava muito bem. Era gerente de uma empresa comercial em Moose Jaw, Saskatchewan. Uma foto sua de chapéu de pele e com um pé sobre um urso pardo morto deixou os gêmeos loucos de excitação. Mary lhes deu seu exemplar do livro de poemas de Longfellow, e logo recitavam de cor a vida de Hiawatha e de Minnehaha.

Brincavam de comanches e de apaches com os outros meninos, no matagal atrás da escola. Lewis adotou o nome de Corvinho e entoava o canto de guerra dos comanches, batendo num velho balde de metal; cabia a Benjamin guardar as cabanas dos apaches. Os dois juraram odiar-se eternamente.

No intervalo do almoço, porém, George Mudge, o chefe apache, pegou os dois confraternizando entre as amoreiras e berrou: "Traidor!".

Chamou seus capangas, que tentaram submeter Benjamin à "tortura das urtigas", mas Lewis lhes barrou o caminho. Na luta que se seguiu, os apaches fugiram, deixando seu chefe à mercê dos gêmeos, que lhe torceram o braço e empurraram a cara dele na lama.

"Nós o esfolamos vivo!", exclamou Benjamin cantando vitória, quando se precipitaram cozinha adentro.

"É mesmo?", disse Mary com um suspiro, enojada com o estado de suas roupas.

Mas dessa vez Amos ficou satisfeito: "Esses, sim, são meus

filhos! Mostrem para seu pai onde vocês o atingiram! Ai! Uh! Os dois são bons de briga! Outra vez! Ai! Ai! E vocês torceram o braço dele? Ai! Assim é que se tem de fazer!".

Uma foto tirada em 1909, à época em que se faziam as medas de feno, mostra um grupo feliz e sorridente na frente de um carro puxado por um cavalo. Amos tem uma foice a tiraco-lo. O velho Sam está com seu colete de fustão. Mary, num vestido riscado, segura um ancinho. E as crianças — mais Jim, que veio para ganhar alguns trocados — estão sentadas no chão, de pernas cruzadas.

Àquela altura ainda não se podiam distinguir os gêmeos; anos mais tarde Lewis lembrava-se de que era ele quem segurava o cão pastor, enquanto Benjamin tentava fazer a irmã parar de rir — mas sem resultado, porque na foto Rebecca não passa de um borrão esbranquiçado.

Mais tarde, naquele mesmo verão, Amos treinou dois pôneis monteses, e os meninos começaram a cavalgar pelo campo, muitas vezes chegando até a serraria de Lurkenhope.

Era um edifício de tijolos vermelhos, plantado numa faixa de terra entre a corrente de água que movimentava a roda e a entrada de uma garganta. As telhas de ardósia tinham sido arrancadas pelo vento. Fetos cresciam nas calhas, mas a roda-d'água ainda acionava a serra circular e, do lado de fora, havia montes de serragem resinosa e pilhas de pranchas amarelas.

Os gêmeos gostavam de observar Bobbie Fifield empurrando os troncos da árvore na direção da lâmina rangente. Mas a verdadeira atração era sua filha, Rosie, uma menina endiabrada de dez anos que tinha um jeito insolente de jogar para trás a cabeça cheia de cachos loiros. A mãe vestia nela vestidos vermelho-cereja e dizia-lhe que era "bonita como uma pintura".

* * *

Rosie os levava a esconderijos secretos no mato. Nunca tomou um pelo outro, ainda que os irmãos a provocassem. Ela preferia ficar com Lewis. Aproximava-se dele devagarinho e sussurrava doces bobagens em seu ouvido.

Rosie arrancava as pétalas de uma margarida gritando: "Ele me ama, ele não me ama! Ele me ama! Ele não me ama!" — sempre reservando a última pétala para "Ele não me ama!".

"Mas eu amo você, Rosie!"

"Prove!"

"Como?"

"Ande nessas urtigas, e eu deixo você beijar a minha mão." Certa tarde, ela pôs a mão em concha no ouvido dele e sussurrou: "Sei onde tem uma enotera. Vamos embora sem Benjamin".

"Vamos."

Ela avançou por entre as aveleiras, e os dois chegaram a uma clareira banhada de sol. Ela soltou a alça do vestido e deixou-o cair em volta da cintura.

"Pode passar a mão neles", disse ela.

Devagar, ele apertou o bico do seio esquerdo entre os dedos — então ela saiu em disparada novamente, um lampejo verde e dourado, visto e entrevisto em meio às folhas trêmulas.

"Venha me pegar!", gritou ela. "Venha me pegar! Você não me pega!" Lewis correu, tropeçou numa raiz, levantou-se e continuou a correr:

"Rosie!"

"Rosie!"

"Rosie!"

Seus gritos ecoavam na mata. Ele a viu, perdeu-a de vista, tropeçou novamente e se estatelou no chão. Sentiu uma pontada de lado, e, vindos de muito longe, os gritos chorosos de Benjamin fizeram-no voltar.

"Ela é uma porca", disse Benjamin mais tarde, olhos semicerrados, ferido pelo ciúme.

"Ela não é uma porca. Os porcos são legais."

"Bem, ela é uma sapa."

Os gêmeos tinham um esconderijo. Ficava no vale, um pouco abaixo de Craig-y-Fedw — um buraco escondido entre sorveiras e bétulas, onde um regato passava sussurrante por uma pedra rodeada de grama que os carneiros pastavam, cortando-a rente.

Os garotos fizeram uma represa com galhos e turfa e, nos dias de calor, amontoavam a roupa na margem e entravam na água gelada. A água marrom envolvia seus frágeis corpos brancos, e cachos de sorvas roxas refletiam-se na superfície da água.

Estavam os dois deitados na grama para se secarem, sem falar nada entre si, apenas sentindo a água beijar-lhes os tornozelos, que se tocavam. De repente os galhos atrás deles se abriram, e os gêmeos levantaram:

"Estou vendo vocês."

Era Rosie Fifield.

Eles pegaram suas roupas, mas ela saiu correndo, e a última coisa que viram dela foram os cachos loiros deslocando-se celeremente, por entre os fetos, colina abaixo.

"Ela vai contar", disse Lewis.

"Ela não vai ter coragem."

"Vai, sim", disse ele com tristeza. "Ela é uma sapa."

13.

Depois da festa da colheita, as gaivotas voaram em direção ao interior, e Jim Watkins foi trabalhar na fazenda Visão.

Era um menino magro, vigoroso, de mãos extraordinariamente fortes, orelhas apontando sob o gorro como folhas de azedinha. Tinha o bigode de um rapazola de catorze anos, e um monte de cravos no nariz. Acabara de ser batizado e ficou satisfeito em encontrar trabalho fora de casa.

Amos ensinou-o a manejar o arado. Mary ficou assustada ao vê-lo tão pequeno lidando com cavalos tão grandes, mas ele logo aprendeu a fazer a volta na altura da cerca viva e traçar um sulco em linha reta. Embora fosse bastante ativo para sua idade, era um moleirão quando se tratava de limpar arreios, e Amos o chamava de "tampinha preguiçoso".

Ele dormia no desvão do depósito de feno, numa cama de palha.

Amos dizia: "Eu dormia num palheiro quando era moço, e é lá que ele tem de dormir".

O passatempo favorito de Jim era pegar toupeiras — "oonts",

como ele as chamava no dialeto de Radnor (os montinhos de terra feitos por elas eram chamados de "oontitumps"). Quando os gêmeos saíam, bem-arrumados, para ir à escola, ele se encostava no portão e, olhando-os de esguelha, zombava: "Ah! Ah! Ah! Bonitos feito toupeiras, não é?".

Jim levava os gêmeos em expedições de coleta de frutos.

Certo sábado, tinham ido recolher castanhas no parque de Lurkenhope quando um chicote assobiou na atmosfera cinzenta e a senhorita Nancy Bickerton surgiu montada num cavalo de caça preto. Esconderam-se atrás do tronco de uma árvore e ficaram espiando. Ela passou tão perto deles que chegaram a ver a malha da rede que lhe cingia o coque dourado. Então uma bruma envolveu as ancas do cavalo, e tudo o que restou foi um monte de esterco fumegante na relva murcha.

Benjamin sempre se perguntava por que Jim cheirava tão mal, e finalmente criou coragem para dizer: "O problema com você é que você fede".

"Mas quem fede não sou eu", disse Jim, acrescentando em tom misterioso: "É o outro". Levou os gêmeos para o desvão onde dormia, remexeu na palha e pegou um saco contendo uma coisa que se mexia. Desamarrou o barbante, e um pequeno focinho cor-de-rosa apontou.

"Meu furão", disse ele.

Prometeram manter segredo sobre o furão e, durante as férias, quando Amos e Mary estavam no mercado, os três foram caçar coelhos em Lower Brechfa. Depois de pegarem três coelhos, estavam excitados demais para notar as nuvens negras que se formavam acima da colina. A tempestade desabou, e começou a chover pedras de gelo. Encharcados e tremendo de frio, os meninos correram para casa e sentaram-se junto à lareira.

"Idiotas!", disse Mary quando chegou e viu as roupas molhadas deles. Deu-lhes mingau e xarope, agasalhou-os bem e os pôs na cama.

Por volta da meia-noite, ela acendeu uma vela e foi ao quarto dos meninos. A pequena Rebecca estava dormindo com uma boneca no travesseiro e o polegar na boca. Na cama maior, os meninos ressonavam em uníssono.

"Como estão as crianças?", disse Amos voltando-se para Mary quando ela se pôs debaixo dos cobertores, ao lado dele.

"Bem", disse ela. "Estão todos bem."

Mas na manhã seguinte Benjamin estava febril e reclamou de dores no peito.

No fim da tarde as dores aumentaram. No dia seguinte teve convulsões, tosse, e expeliu partículas duras de muco cor de ferrugem. Branco feito uma hóstia, e com manchas de febre nas faces, jazia na cama cheia de ondulações, prestando atenção apenas ao frufru da saia da mãe e aos passos do irmão na escada: era a primeira vez que dormiam separados.

O doutor Bulmer veio e diagnosticou pneumonia.

Por duas semanas Mary praticamente não se afastou da cama do filho. Enfiava-lhe goela abaixo alcaçuz e bagas de sabugueiro e, ao menor sinal de recuperação, dava-lhe colheradas de creme de ovos e torradas com manteiga.

Às vezes ele chorava e perguntava: "Quando eu vou morrer, mamãe?".

"Vou lhe dizer quando", respondia ela. "E vai ser daqui a muito tempo ainda."

"Sim, mamãe", murmurava ele, e adormecia.

Vez por outra o velho Sam implorava para morrer no lugar dele.

Então, quando menos se esperava, em 1º de dezembro Benjamin sentou-se na cama e disse que estava com muita fome.

84

No Natal já voltara à vida — mas não sem ter sofrido uma mudança de personalidade.

"Agora nós sabemos distinguir o Benjamin", diziam os vizinhos. "É o que está muito abatido." Seus ombros tinham se encurvado, suas costelas sobressaíam feito as dobras de uma sanfona, e ele tinha olheiras. Benjamin desmaiou duas vezes na igreja. E ficou obcecado pela morte.

Quando fazia calor, dava volta às sebes recolhendo pássaros e outros animais mortos para lhes dar um enterro cristão. Fez um minicemitério numa extremidade da leira de repolhos, e marcava cada cova com uma cruz feita de gravetos.

Agora preferia andar não ao lado do irmão, mas um passo atrás dele. Queria pisar nas pegadas dele, respirar o ar que ele respirara. Quando estava doente demais para ir à escola, ficava deitado no lado da cama onde o irmão dormia, repousando a cabeça na mossa deixada por Lewis no travesseiro.

Numa manhã chuvosa, a casa estava mergulhada num silêncio inabitual. A certa altura Mary ouviu um rangido no soalho do pavimento superior e subiu as escadas. Ao abrir a porta do próprio quarto, viu seu filho preferido vestido, das axilas para baixo, com sua saia de veludo verde, o rosto meio encoberto por seu chapéu de casamento.

"Oh, pelo amor de Deus", sussurrou ela. "Não deixe que seu pai o veja!" Ela ouvira o barulho de cravos de botas no chão da cozinha. "Tire essas coisas! Depressa, agora!" — e com esponja e água neutralizou o cheiro de água-de-colônia.

"Prometa que nunca mais vai fazer isso."

"Eu prometo", disse ele, e perguntou se podia fazer um bolo para o chá de Lewis.

Benjamin dissolveu a manteiga, bateu os ovos, peneirou a farinha e ficou olhando a crosta marrom subir. Então, depois de cortar o bolo horizontalmente, recheando-o com duas camadas de geléia de framboesa, polvilhou-o com açúcar de confeiteiro. Quando Lewis voltou esfomeado da escola, Benjamin o levou, todo orgulhoso, para a mesa.

Ele prendeu a respiração enquanto Lewis comia o primeiro bocado. "Está bom", disse Lewis. "Esse bolo é muito bom."

Mary viu na doença de Benjamin a oportunidade de lhe dar uma educação melhor, e resolveu ela própria instruí-lo. Leram Shakespeare e Dickens. E, como ela sabia um pouco de latim, pediu emprestados ao vigário um dicionário, uma gramática e alguns textos mais fáceis — César e Tácito, Cícero e Virgílio. As Odes de Horácio, porém, pareceram-lhes muito difíceis.

Quando Amos tentou se opor a isso, ela o interrompeu: "Ora, vamos, com certeza você pode tolerar um rato de biblioteca na família, não?". Mas ele sacudiu os ombros e disse: "Disso aí não vai sair nada de bom". Ele não se importava com a educação enquanto tal. O que temia era que os filhos ficassem instruídos demais e quisessem deixar a fazenda.

Para manter a paz do lar, Mary muitas vezes gritava com seu aluno: "Benjamin, vá imediatamente ajudar seu pai!". Intimamente, ela não cabia em si de orgulho quando, sem levantar a vista, o garoto dizia: "Mamãe, por favor! Não vê que estou lendo?". Para ela foi uma maravilhosa surpresa quando o vigário testou os conhecimentos do menino e disse: "Acho que temos aqui um homem de letras".

Não obstante, ninguém previu a reação de Lewis. Ele ficou amuado, deixava de fazer suas tarefas. Certa vez, de manhã bem cedo, ao ouvir um barulho na cozinha, Mary foi encontrá-lo, de olhos vermelhos por causa da luz da vela, tentando penetrar o sentido de um dos livros do irmão. E, o que era pior, os gêmeos começaram a brigar por causa de dinheiro.

Guardavam suas economias num porquinho de cerâmica. E, embora não houvesse dúvida quanto ao fato de que o conteúdo do porquinho pertencia a ambos, quando Lewis quis quebrar o porquinho, Benjamin balançou a cabeça, opondo-se.

Havia alguns meses, antes de começar uma partida de futebol, Lewis pedira ao irmão que guardasse seus trocados — o jogo pareceu violento demais para Benjamin. A partir de então, era Benjamin quem controlava o dinheiro do outro. Ele impediu o irmão de comprar uma pistola de água e não o deixava gastar mais que dez centavos.

E então, inesperadamente, Lewis começou a se interessar por aviação.

Na aula de ciências, a senhorita Clifton explicara o vôo do senhor Blériot sobre o canal da Mancha. Com base, porém, no desenho que ela fez no quadro-negro, os gêmeos imaginaram o monoplano dele como uma espécie de libélula mecânica.

Certa segunda-feira de junho de 1910, um menino chamado Alfie Bufton voltou de seu fim de semana com uma notícia sensacional: no sábado, seus pais o tinham levado a uma exposição aeronáutica na Feira de Agricultura de Worcester e Hereford, onde não apenas vira um monoplano de Blériot, mas também o vira espatifar-se no chão.

Durante toda a semana Lewis esperou impaciente o número seguinte do *Hereford Times*, mas foi proibido de abrir as suas páginas antes que o pai o tivesse lido. E Amos o leu em voz alta depois do jantar; pareceu-lhe ter passado uma eternidade até o pai chegar à queda do avião.

A primeira tentativa do aviador tinha sido um fiasco. A máquina se elevou uns poucos metros e caiu no chão. A multidão zombou dele e pediu o dinheiro de volta — então o aviador, o capitão Diabolo, pediu à polícia que liberasse a pista e fez uma segunda tentativa. Mais uma vez a máquina levantou vôo, agora um pouco mais alto. Mas aí ela guinou para a direita e caiu próximo à barraca onde as flores estavam expostas.

"'A hélice', continuou Amos fazendo pausas dramáticas, "'capaz de duas mil e setecentas revoluções por minuto, distribuiu golpes à direita e à esquerda.'" Muitos espectadores ficaram feridos, e a senhora Pitt, de Hindlip, morreu em conseqüência dos ferimentos, no hospital de Worcester.

"'É curioso notar'", continuou Amos, agora num tom mais grave, "'que, uns quarenta e cinco minutos depois do desastre, um cisne passou voando pela área da exposição. Seu gracioso vôo parecia reduzir ao ridículo as tentativas desastrosas do aviador.'"

Passou-se mais uma semana antes que Lewis fosse autorizado a recortar o artigo — e a ilustração — e pregá-lo em seu álbum de recortes, álbum que terminou por especializar-se em desastres aéreos. E o volume continuou a aumentar, volume após volume, até os meses antes da morte de Lewis. E, se alguém comentava os acidentes com os Comet na década de 1950 ou a colisão do Jumbo nas Canárias, ele balançava a cabeça e murmurava em tom sombrio: "Mas eu me lembro da catástrofe de Worcester".

O outro acontecimento memorável de 1910 foi a excursão deles ao litoral.

14.

Durante a primavera e todo o verão, Benjamin continuou a expelir um catarro verde, e, quando nele começaram a aparecer vestígios de sangue, o doutor Bulmer recomendou uma mudança de ares.

A irmã do reverendo Tuke tinha uma casa em St. David, em Pembrokeshire. E, como chegara a época das férias anuais dele, dedicadas à pintura, o reverendo lhe perguntou se poderia convidar seus dois jovens amigos.

Amos se irritou quando Mary tocou no assunto: "Sei como é isso. Conversas fantasiosas à beira-mar".

"Quer dizer que você prefere que seu filho pegue uma tuberculose?"

"Hum!", fez ele coçando as dobras do pescoço.

"E então?"

No dia 5 de agosto, o senhor Fogarty, o vigário, levou o grupo à estação de trem de Rhulen. Ela tinha sido pintada de marrom, e entre um pilar e outro haviam pendurado uma cestinha de metal com gerânios. O chefe da estação estava tentando resolver um problema criado por um bêbado.

Tratava-se de um galês que não pagara a passagem. Ele esmurrara o cabineiro, que revidara com um soco no queixo, e agora o bêbado jazia na plataforma, de cara no chão, num casaco de tweed rasgado, o sangue a escorrer-lhe do nariz. O vidro de seu relógio se quebrara, e os circunstantes se divertiam pisoteando os cacos.

O cabineiro encostou a boca no ouvido do bêbado e gritou: "Levante-se, galês!".

O homem machucado soltou um grunhido.

"Mamãe, por que bateram nele?", perguntou Benjamin, espiando através do círculo de lustrosas botas marrons de cano alto.

O bêbado tentou levantar-se, mas caiu novamente de joelhos. Dessa vez dois cabineiros agarraram-no pelos braços e puseram-no de pé. O rosto estava cinza, e os olhos, vermelhos, reviravam-se nas órbitas.

"Mas o que ele fez?", insistia Benjamin.

"O que fiz?", grunhiu o homem. "Nada!", disse ele abrindo a boca e soltando um monte de palavrões.

A multidão recuou. Alguém gritou: "Chamem um guarda!". O cabineiro esmurrou-lhe o rosto novamente, e o sangue escorreu mais uma vez queixo abaixo.

"Malditos saxões", gritou Benjamin. "Malditos sax...", mas Mary tapou-lhe a boca com a mão e sussurrou: "Se der mais um pio você volta para casa".

Ela arrastou os gêmeos para a extremidade da plataforma, onde podiam assistir à chegada da locomotiva. Era um dia quente, e o céu estava azul-escuro. Os trilhos brilhavam na altura em que emergiam do bosque de pinheiros. Era a primeira vez que os garotos andavam de trem.

"Mas quero saber o que ele fez", insistiu Benjamin aos pinotes.

"Calado, está ouvindo?" Naquele momento o braço do sinal abaixou — *cloque!* —, e o trem surgiu na curva, soltando baforadas de vapor. A locomotiva tinha rodas vermelhas, e o pistão ia e vinha, cada vez mais devagar, até a máquina parar, ofegante.

Mary e o senhor Fogarty ajudaram o religioso a colocar as malas no vagão. O trem apitou, a porta fechou com estrondo, e os gêmeos ficaram na janela acenando. Mary sacudia um lenço, sorrindo e chorando, pensando na coragem de Benjamin.

O trem passava por vales serpeantes, pontilhados de casas de fazenda caiadas nas encostas das colinas. Eles olhavam a dança dos fios do telégrafo pela janela, que se cruzavam, entrecruzavam e zuniam por cima do teto. Passavam estações, túneis, pontes, igrejas, gasômetros e aquedutos. Os bancos do vagão lembravam a textura de juncos. Os gêmeos viram uma garça à beira de um rio.

Como o trem estava atrasado, perderam a conexão em Carmarthen e o último ônibus de Haverfordwest para St. David. Felizmente, o vigário encontrou um fazendeiro que se ofereceu para levá-los em sua charrete.

Estava escuro quando chegaram ao alto da colina Keeston. Um dos tirantes do arreio se soltou, e, enquanto o homem descia para prendê-lo, os gêmeos se levantaram e contemplaram a baía de St. Bride.

Uma suave brisa marinha acariciava-lhes as faces. A lua cheia cintilava na água escura. Um barco de pesca passou lenta e silenciosamente, e desapareceu. Eles ouviam o marulho das ondas na praia e o gemido de uma bóia sonora. Dois faróis, um em Skommer, outro na ilha de Ramsay, lançavam raios de luz. As ruas de St. David estavam desertas quando a charrete rodou com um ruído surdo nas pedras do calçamento, passou pela catedral e parou diante de um grande portão branco.

Nos primeiros dias, os gêmeos sentiram-se intimidados com as senhoras que lá moravam e com o estilo "artístico" da casa.

A senhorita Catharine Tuke era a artista — uma bela e sensível mulher com uma franja de cabelos cinza feito uma nuvem, que ia de sala em sala num quimono florido, e raramente sorria. Seus olhos eram da cor de seu gato azul da Rússia. Em seu ateliê fizera um arranjo com azevinho e com madeiras lançadas à praia pelas ondas.

A senhorita Catharine passava os invernos na baía de Nápoles, onde pintava muitas vistas do Vesúvio e cenas da mitologia clássica. No verão, pintava marinhas e copiava os grandes mestres. Vez por outra, no meio de uma refeição, ela exclamava "Ah!", e saía rapidinho para ir trabalhar em alguma pintura. A tela que fascinava Benjamin mostrava um belo jovem, corpo nu recortado contra o céu azul, trespassado por flechas e sorrindo.

A companheira da senhorita Catharine chamava-se Adela Hart.

Era mais alta e mais melancólica, com um temperamento muito nervoso. Passava a maior parte do dia na cozinha, preparando os pratos que aprendera na Itália. Vestia sempre o mesmo traje vermelho-violáceo, que ficava a meio caminho entre um vestido e um xale. Usava um colar de contas de âmbar e vivia aos prantos.

Ela chorava na cozinha e chorava durante as refeições. Limpava o nariz num lencinho rendado e chamava a amiga de "meu amor", "minha gatinha", e a senhorita Catharine franzia o cenho, como a dizer: "Na frente das visitas não!". Mas isso só piorava as coisas, porque aí a outra se debulhava em lágrimas. "Eu não consigo me controlar", choramingava ela. "Não consigo!" E a senhorita Catharine franzia os lábios e dizia: "Por favor, vá para o seu quarto".

"Por que ela a chama de gatinha?", perguntou Benjamin ao vigário.

"Não sei."

"A senhorita Hart é que devia ser chamada de gata. Ela tem bigodes."

"Não seja indelicado com a senhorita Hart."

"Ela nos odeia."

"Ela não odeia vocês. Ela não está acostumada a ter meninos em casa."

"Bom, eu não queria que ninguém me chamasse de gatinho."

"Ninguém vai chamar você de gatinho", disse Lewis.

Andavam por uma estrada branca em direção ao mar. De lá se via a espuma branca da crista das ondas, e as espigas douradas da cevada zumbiam ao vento. O religioso não largava seu panamá nem seu cavalete. Benjamin carregava o estojo de tintas, e Lewis, arrastando o cabo da rede de pescar camarão atrás de si, deixava uma trilha na poeira feito a de uma cobra.

Chegando à enseada, o velho armou o cavalete, e os gêmeos saíram a toda para brincar nas poças de água formadas nas rochas.

Pegaram camarões e blênios, cutucaram anêmonas-do-mar com o dedo e passaram a mão nas algas, que pareciam lã coberta de limo. Uma a uma, as vagas rebentavam na areia cheia de seixos, onde alguns pescadores de lagosta calafetavam seu barco.

Na maré baixa, ostreiros voavam para lá, bicando os mariscos com os bicos rubros. Havia uma carcaça de escuna encalhada na entrada da angra, com as pranchas de madeira enfeitadas de algas e incrustadas de mexilhões e cracas.

Os gêmeos fizeram amizade com um dos pescadores de lagosta que morava numa cabana de telhado branco, e que fizera parte da tripulação da escuna.

Quando jovem, ele navegara em grandes veleiros que se aventuravam na passagem do cabo Horn. Vira os gigantes patagônios e as moças do Taiti. Ouvindo suas histórias, Lewis escancarava a boca de espanto e então saía a caminhar, entregue a devaneios.

Imaginava-se no cesto da gávea de um navio, perscrutando o horizonte em busca de uma costa orlada de palmeiras. Ou então deitava-se entre as armérias, estendendo o olhar para os rochedos escarpados, onde gaivotas vagueavam como réstias de luz solar, enquanto verdes vagas investiam contra as rochas, levantando cortinas brancas de borrifos.

Num dia em que o mar estava calmo, o velho marujo levou-os para pescar cavalas em seu lúgar. Velejaram para além do rochedo Guillemot e, mal abaixaram o anzol giratório, sentiram um zunido na linha e viram um brilho prateado na esteira. Os dedos do marujo estavam banhados em sangue quando conseguiu tirar o peixe do anzol.

No meio da manhã, as estivas ficavam cheias de peixes — debatendo-se, iridescentes, em sua agonia de morte; as guelras escarlates faziam os meninos se lembrarem dos cravos da estufa do senhor Earnshaw. A senhorita Hart cozinhou a cavala para o jantar. E desde então todos ficaram bons amigos.

No dia da partida deles, o marinheiro lhes deu um navio dentro de uma garrafa. As pontas das vergas eram feitas de palitos de fósforo, e as velas de um lenço. Quando o trem entrou na estação de Rhulen, Benjamin desceu de um salto para a plataforma gritando: "Veja o que ganhamos! Um navio numa garrafa!".

Mary mal podia acreditar que aquele menino sorridente e queimado de sol era o filho doente que ela embarcara no trem. Nem ela nem Amos prestaram muita atenção a Lewis, que se aproximou com a rede de camarões na mão e disse calmamente, com toda a ênfase: "Quando eu crescer vou ser marinheiro".

15.

O outono foi terrível. No dia de Guy Fawkes*, Mary lançou um olhar à lúgubre luz amarela sobre a colina e disse: "Parece que vai nevar".

"Ainda é cedo demais para nevar", disse Amos. Mas nevou.

A neve caiu durante a noite e derreteu, deixando longas faixas esbranquiçadas sobre o cascalho. Então voltou a cair, dessa vez mais intensamente, e, embora eles tivessem tirado muitos carneiros dos montes de neve, os corvos fizeram a festa quando a neve se fundiu.

E Sam adoeceu.

A princípio era um problema nos olhos. Acordou com as pálpebras cobertas de matéria purulenta, e Mary teve de limpá-las com água quente para que o sogro pudesse abrir os olhos. Ele começou a divagar. Ficava repetindo a mesma história de uma moça de uma taverna em Rosgoch e de uma xícara de chifre que ele escondera num vão acima da lareira.

---

* Soldado inglês, líder da Conspiração da Pólvora, cuja proposta era, em novembro de 1605, explodir o Parlamento. (N. T.)

"Eu queria essa xícara de volta", disse ele.

"Tenho certeza de que ainda está lá", disse ela. "E qualquer dia vamos buscá-la."

Foi pelo fim de novembro que começaram a perder galinhas. Lewis tinha uma franguinha de estimação que vinha comer grãos de milho em sua mão. Certa manhã, ao abrir o postigo do galinheiro, viu que ela tinha sumido. Uma semana depois, Mary contou as aves e percebeu que faltavam seis. Durante a noite sumiram mais duas. Ela procurou alguma pista e encontrou: não se tratava de sangue ou de penas, mas de marcas de botas de menino na lama.

"Meu Deus", disse ela soltando um suspiro, enquanto limpava os ovos e os guardava. "Acho que temos uma raposa de duas patas." Mas escondeu sua suspeita de Amos até dispor de uma prova, pois o marido já estava de péssimo humor.

Depois da nevada, ele levou metade do rebanho que estava na colina para pastar o restolho da plantação de aveia. Um matagal sufocado por sarças e cheio de tocas de texugo perlongava a parte mais alta da plantação. Na ponta desse matagal, uma sebe destroçada separava a fazenda Visão da Rocha. Certa tarde, Mary foi colher abrunhos e voltou com a notícia de que os carneiros do Watkins tinham rompido a cerca e se misturado aos deles.

Furioso, menos pela perda da comida que pelo risco de sarna — porque Watkins raramente se preocupava em tratar dos animais —, Amos separou os desgarrados e mandou que Jim os levasse embora.

"Faça o favor de dizer a seu pai que mantenha os animais no cercado."

Passou-se uma semana, e os carneiros invadiram a fazenda novamente. Dessa vez, porém, quando Amos examinou o matagal, viu pelos cortes recentes na galharia que alguém abrira uma passagem através dele.

"Isso resolve a questão", disse ele.

Amos pegou um machado e dois podões e, depois de chamar os gêmeos, foi ele próprio fechar a abertura.

O chão era duro. O céu estava azul. Sobre o restolho cor de creme, espalhavam-se beterrabas de forragem meio comidas, rodeadas de carneiros de um branco sujo. Uma cortina branca de barbas-de-velho elevava-se por trás da sebe. Mal derrubaram o primeiro espinheiro, Watkins veio manquejando pelo pasto, com uma espingarda na mão.

Mudo de raiva, as costas voltadas para o sol, o dedo tremendo no gatilho.

"Vá embora, Amos Jones", disse ele quebrando o silêncio. "Esta terra nos pertence" — e lançou uma série de insultos.

Amos respondeu que não, que a terra pertencia ao domínio e que ele tinha um mapa para prová-lo.

"Não, não", gritou Watkins. "A terra pertence a nós."

Continuaram gritando, mas Amos se deu conta do risco de provocá-lo mais. Então o acalmou, e os dois concordaram em encontrar-se em Rhulen, no Red Dragon, no dia da feira.

Estava um bocado quente no pub Red Dragon. Amos sentou-se longe da lareira, observando a rua através das cortinas de filó sujas. O barman estava enxugando o balcão. Já um pouco altos, alguns negociantes de cavalos tomavam cerveja e escarravam no chão coberto de serragem; de outra mesa chegava o ruído de peças de dominó e de riso de gente bêbada. Lá fora o céu estava cinza e granuloso, e o frio era intenso. O relógio mostrava que Watkins estava atrasado vinte minutos. Um chapéu preto movia-se para cima e para baixo na rua, na frente da janela da taberna.

"Vou dar a ele mais dez minutos", pensou Amos olhando o relógio novamente.

Sete minutos depois a porta se abriu, e Watkins adentrou a sala. Ele balançou a cabeça com o ar compenetrado de um homem num encontro religioso. Não tirou o chapéu nem se sentou.

"O que vai tomar?", perguntou Amos.

"Nada", disse Watkins cruzando os braços e chupando as bochechas de tal forma que as maçãs do rosto brilharam.

Amos tirou do bolso uma cópia de seu contrato de arrendamento da Visão. O copo de cerveja deixara um círculo de água na mesa. Ele o enxugou com a manga antes de desdobrar o mapa, pôs a unha numa pequena faixa cor-de-rosa onde se lia "1/2 acre".

"Aí está!", disse ele. "Olhe!"

Pela lei, não havia dúvida de que a área em disputa pertencia ao domínio de Lurkenhope.

Watkins fixou o olhar no labirinto de linhas, letras e números. O ar sibilava entre seus dentes. Seu corpo inteiro tremia quando agarrou o mapa, amassou-o e atirou-o ao fogo.

"Prendam-no!", gritou Amos. Mas, enquanto ele tentava pegar o papel em chamas, Watkins já se precipitara porta afora. Naquela noite o pequeno Jim também não apareceu.

Na manhã seguinte, depois de alimentar o gado, Amos vestiu seus trajes domingueiros e foi procurar o corretor de terras dos Bickerton. Com o queixo apoiado nos punhos, o corretor ouviu Amos, erguendo uma sobrancelha vez por outra. A integridade do domínio fora contestada: era preciso agir.

Quatro homens foram enviados para levantar um muro entre as duas fazendas, e um policial foi a Craig-y-Fedw comunicar aos Watkins que não tocassem numa pedra dele.

Todos os anos, na Visão, a semana antes do Natal era dedicada a "depenar" patos e gansos.

Amos lhes torcia o pescoço e os pendurava pelos pés, um após outro, numa viga do celeiro. Quando anoitecia, o lugar parecia ter sofrido uma nevasca. A pequena Rebecca espirrava o tempo todo enquanto enfiava as penas num saco. Lewis chamuscava as carcaças com uma vela. Benjamin não teve o menor sinal de indisposição quando as aves foram evisceradas.

Eles guardaram as aves já tratadas na leiteria, que se dizia ser à prova de ratos. Amos forrou o carroção com palha e mandou todo mundo para a cama — teriam de levantar às quatro da manhã, para chegar a tempo de pegar os compradores de Birmingham.

Naquela noite o céu estava sem nuvens, e Mary não conseguia dormir por causa da lua. Pouco depois da meia-noite, pensou ter ouvido um animal no terreiro. Andou na ponta dos pés até a janela e olhou para fora. Os lariços escondiam a lua com suas cabeleiras negras. A figura de um menino desapareceu na escuridão do estábulo. Um ferrolho rangeu. Os cachorros não latiram.

"Lá está a raposa", disse Mary com um suspiro.

Ela acordou o marido, que vestiu um casaco e pegou Jim na leiteria, já com cinco gansos dentro do saco. Os cavalos de tiro relincharam ao som de seus gritos.

"Espero que não o tenha machucado demais", disse Mary quando Amos deitou na cama.

"Malditos ladrões", disse ele virando-se para a parede.

Começava a nevar novamente, em Rhulen, naquele crepúsculo da véspera de Natal. Na frente do açougue da rua Broad, fieiras de lebres, perus e faisões balançavam ao vento. Flocos de neve brilhavam em guirlandas de azevinhos e de hera, e, quando os fregueses passavam sob a luz dos lampiões de gás, uma porta abriu-se de repente, e um raio de luz mais forte iluminou o calçamento. Uma voz animada gritou: "E um feliz Natal para você! Entre para tomar um trago!".

Um coro de crianças cantava hinos de Natal: os flocos de neve crepitavam quando caíam na manga de seus candeeiros.

"Olhe!", disse Benjamin cutucando a mãe. "A senhora Watkins!"

Aggie Watkins ia andando na rua, com um chapéu de fitas pretas e um xale xadrez marrom, trazendo sob o braço uma cesta de ovos:

"Ovos frescos! Ovos frescos!"

Mary pôs a própria cesta no chão e foi em direção da outra com um sorriso grave:

"Aggie, sinto muito por Jim, mas..."

Mary deu um salto para trás, esquivando-se da cusparada da velha, que terminou por lhe atingir a barra do vestido.

"Ovos frescos! Ovos frescos!" A voz rouca de Aggie aumentou de volume. Ela ficava repetindo sem parar: "Ovos frescos! Ovos frescos!". E, quando o comprador de Hereford lhe barrou o caminho — "Ora vamos, senhora Watkins! É Natal! Quanto quer pela cesta?" —, ela ergueu o braço, furiosa, como se ele quisesse roubar seu bebê. "Ovos frescos! Ovos frescos!" Então ela desapareceu na noite, por trás da cortina de flocos de neve.

"Pobre criatura", disse Mary. Subiu na charrete e cobriu as crianças com uma manta. "Acho que ela está meio lelé."

16.

Três anos depois, com uma grande pisadura no olho esquerdo, Mary escreveu a sua irmã em Cheltenham explicando os motivos que a faziam separar-se de Amos Jones.

Ela não se desculpava nem esperava compaixão. Simplesmente pedia à irmã que a recebesse em sua casa até encontrar um emprego. Enquanto escrevia, porém, as lágrimas manchavam o papel, e ela pensava consigo mesma que seu casamento não fora um fracasso completo, que bem podia ter dado certo, que os dois se amaram e ainda se amavam, e que todos os seus problemas começaram com o incêndio.

Por volta das onze horas da noite de 2 de outubro de 1911, Amos largara os cinzéis e estava olhando a mulher arrematando um bordado quando Lewis descera as escadas correndo, aos gritos: "Fogo! Está tendo um incêndio!".

Abrindo as cortinas, viram um clarão avermelhado acima da linha do telhado do estábulo. No mesmo instante, uma coluna de centelhas e de chamas se ergueu nas trevas.

"É nos montes de feno", disse Amos, precipitando-se porta afora.

Ele tinha duas medas de feno no terreno que ficava entre os edifícios e o pomar.

O vento soprava do leste e avivava as chamas. Fragmentos de palha em chamas erguiam-se com a nuvem de fumaça e caíam. Assustados com o brilho e os estalidos, os animais entraram em pânico. O touro mugia, os cavalos escoiceavam nas baias. Os pombos, róseos à luz das chamas, voavam em círculos irregulares.

Mary desdobrava-se no braço da bomba. Os gêmeos carregavam, escada acima, baldes de água transbordantes para o pai, que tentava desesperadamente encharcar a palha da segunda meda. Mas as faíscas voavam por toda parte, e logo essa meda também virou uma verdadeira fornalha.

O fogo era visível a quilômetros de distância, e, quando Dai Morgan chegou com seu empregado, as duas medas já tinham ruído.

"Desapareça da minha vista", rosnou Amos. Mary tentou segurar-lhe o braço, mas ele se desvencilhou dela de modo brusco.

Ao amanhecer, uma cortina de fumaça pairava sobre os edifícios, e Amos tinha desaparecido. Sufocada pela fumaça, Mary gritava, assustada: "Amos! Amos! Responda! Onde você está?", e terminou por encontrá-lo abatido, o rosto enegrecido, afundado no esterco, junto ao muro do chiqueiro.

"Venha para casa", disse ela. "Você precisa dormir. A gente não pode fazer nada." Ele rilhou os dentes e disse: "Eu vou matá-lo".

Evidentemente, Amos achava que o incêndio fora provocado. Evidentemente, achava que o incendiário fora Watkins. Mas o senhor Hudson, o policial encarregado do caso, era um sujeito de rosto rosado, modos gentis, que não queria se meter numa rixa de vizinhos. Disse que com certeza o feno estava úmido.

"Deve ter sido combustão retardada", disse ele levantando o boné e erguendo a perna para montar na bicicleta.

"Eu vou mostrar a ele umas combustões retardadas!", disse Amos — e voltou para dentro de casa cambaleante, enlameando o chão da cozinha. Uma xícara passou zunindo perto da cabeça de Mary, quebrou um vidro da cristaleira, e ela percebeu que ia passar maus momentos.

O cabelo dele caía aos punhados. Seu rosto ficou riscado de veias arroxeadas. E os olhos azuis, outrora amistosos, agora estavam fundos e observavam, como se de dentro de um túnel, um mundo exterior hostil.

Agora Amos não se lavava e raramente fazia a barba — se bem que isso, em certo sentido, fosse um alívio. Porque, quando afiava a navalha, perpassava-lhe o olhar um brilho tão perverso que Mary prendia a respiração e recuava para a porta.

Na cama, ele a possuía brutalmente. Para abafar-lhe os gemidos, ele tapava a boca da mulher com a mão. Em seu quarto junto ao patamar da escada, os meninos ouviam aquelas lutas e apertavam-se um contra o outro.

Amos surrava-os pelo mínimo deslize. Chegava a bater neles quando falavam numa linguagem que lhe parecia refinada demais. Os gêmeos aprenderam a reformular os próprios pensamentos no dialeto de Radnorshire.

A única coisa que parecia lhe importar era sua filha — uma criança voluntariosa, de olhar perverso, cujo maior divertimento era arrancar pernas de aranha. Tinha cabelos ruivos escorridos. Ele a balançava nos joelhos falando baixinho: "Você é a única que gosta de mim. Não é? Não é?". E Rebecca, que percebia a falta de afeição da mãe, olhava para ela e para os irmãos como se fossem de uma tribo inimiga.

Aos poucos a guerra com a Rocha transformou-se num ritual de ataques e contra-ataques; recorrer à justiça seria indigno de ambas as partes em conflito. Tampouco existiam ações premeditadas. Era um cordeiro esfolado aqui, um bezerro morto ali, um ganso pendurado numa árvore — que serviam para lembrar que a luta continuava.

Mary se habituara aos acessos de raiva do marido, que iam e voltavam ao sabor das estações. Até os recebia bem, como se faz com os trovões, porque, depois dos trovões, o seu antigo amor costumava voltar.

Em outros anos, valera um acordo tácito: a tormenta passaria à época da Páscoa. Durante toda a Semana Santa ela assistia à luta dele contra os próprios demônios. No sábado de Aleluia, iam passear no bosque e voltavam com uma cesta de prímulas e violetas para fazer as cruzes florais que iriam enfeitar o altar da igreja de Lurkenhope.

Depois do jantar, ela espalhava as flores na mesa e, separando as violetas para as letras INRI, enfiava os talos das prímulas numa armação de fio de cobre. Ele ficava de pé atrás dela, acariciando-lhe a nuca. Terminada a última letra, ele a tomava nos braços e levava-a para a cama.

Mas naquele ano — o ano do incêndio — ele não a acompanhou no passeio e não jantou. E, quando Mary, muito ansiosa, colocou as prímulas na mesa, Amos investiu contra elas, golpeando-as como se fossem moscas, esmagando-as e reduzindo-as a uma papa esverdeada.

Ela soltou um grito abafado e saiu correndo para a escuridão da noite.

E naquele verão o feno apodreceu, e os carneiros não foram tosados.

Amos proibiu Mary de visitar os poucos amigos que tinha. Bateu nela por colocar um segundo punhado de chá na chaleira. Proibiu-a de pôr o pé na loja de tecidos Albion, para evitar que esbanjasse dinheiro comprando sedas bordadas. E, quando chegou a notícia da morte do reverendo Tuke — de pneumonia, em conseqüência de uma queda num viveiro de salmões —, ele a impediu de mandar flores para o funeral.

"Ele era meu amigo", disse ela.

"Ele era um pagão", respondeu ele.

"Eu vou deixar você", disse ela, mas não tinha para onde ir — seu outro amigo, Sam, estava à beira da morte.

Durante toda a primavera Sam se queixara de "furúnculos" do lado esquerdo, e estava fraco demais para sair do desvão onde dormia. Deixava-se ficar debaixo da colcha ensebada, contemplando as teias de aranha ou cochilando. Certa vez, quando Benjamin chegou com a comida dele numa travessa, disse:

"Queria minha xícara de volta. Seja bonzinho e vá até Rosgoch e peça a ela que lhe dê a xícara."

Em junho, ele não suportava mais a dor daquela existência. Sofria por Mary e, num momento de lucidez, tentou chamar o filho à razão.

"Cuide da sua vida, seu velho estúpido e maluco!", disse Amos.

Num dia de feira, quando estavam sozinhos em casa, Sam convenceu a nora a visitar Aggie Watkins:

"Despeça-se dela por mim! Ela é uma boa pessoa, uma pessoa às direitas, que nunca quis fazer mal a ninguém."

Mary colocou um par de galochas e foi chapinhando na pastagem alagadiça. O vento varria os campos, as ervas cintilavam como cardumes de vairões, e se viam orquídeas roxas e azedinhas vermelhas. Duas lavandeiras levantaram vôo, guinchando; a mãe pousou num junco e estendeu sua asa "quebrada".

Mary fez uma prece silenciosa no momento em que abria o portão de entrada de Craig-y-Fedw.

Os cães uivaram, e Aggie Watkins apareceu na porta. Seu rosto não mostrou nenhuma emoção, nenhuma expressão. Inclinando-se para a frente, soltou um vira-lata preto que estava amarrado junto da tina de água de chuva.

"Pega", disse ela.

O cão abaixou-se e mostrou os dentes e quando Mary se voltou para o portão, ele pulou para a frente e enfiou os dentes em sua mão.

Amos viu a atadura e adivinhou o que tinha acontecido. Deu de ombros e disse: "Bem feito para você!".

No domingo, a ferida infeccionou. Na segunda-feira ela se queixou de uma íngua na axila. De má vontade, o marido se ofereceu para levá-la ao pronto-socorro — levaria junto Rebecca, que estava com dor de garganta.

Os gêmeos voltaram da escola e encontraram o pai engraxando o eixo da charrete. Mary, pálida mas sorridente, estava sentada na cozinha com o braço numa tipóia.

"Estávamos esperando por vocês", disse ela. "Não se preocupem. Façam seus deveres e prestem atenção ao vovô."

Quando o sol se pôs, os gêmeos estavam mudos de pesar, e fazia duas horas que o velho Sam morrera.

Às cinco da tarde, os meninos estavam fazendo contas na mesa da cozinha quando um rangido no patamar da escada os fez parar. O avô deles estava descendo a escada às apalpadelas.

"*Psiu!*", fez Benjamin, puxando a manga do irmão.

"Ele devia estar na cama", disse Lewis.

"*Psiu!*", repetiu ele, e arrastou-o para a pequena peça anexa à cozinha. O velho passou manquejando pela cozinha e saiu de casa. Ventava muito, o céu estava limpo e os cavalinhos-d'água pareciam dançar no ritmo dos lariços. Ele vestia sua melhor roupa, aquela com que se casara — sobrecasaca, calça, sapatos leves, pretos, de couro envernizado. Um lenço vermelho, amarrado em volta do pescoço, o rejuvenescia — e ele levava o violino e o arco.

Os gêmeos ficaram espiando próximo às cortinas.

"Ele tem de voltar para a cama", sussurrou Lewis.

"Cale a boca!", retrucou Benjamin. "Ele vai tocar."

Um rangido agudo saiu do velho instrumento. A segunda nota, porém, foi mais suave, e as que se seguiram ainda mais suaves. Cabeça erguida, queixo colado firmemente ao instrumento, Sam batia os pés na laje, marcando o ritmo da música.

A certa altura ele tossiu, e a música se interrompeu. O velho subiu a escada lentamente, medindo os passos. Tossiu mais uma vez, mais uma, e depois, silêncio.

Os meninos o encontraram estendido sobre a colcha, mãos agarradas ao violino. No rosto sem cor, um ar de divertida condescendência. Preso dentro do quarto, um abelhão zumbia, chocando-se contra a vidraça.

"Não chorem, meus amores!", disse Mary envolvendo-os com o braço são, enquanto eles, gaguejando, lhe davam a notícia. "Por favor, não chorem. Algum dia ele tinha de morrer. E foi um jeito maravilhoso de morrer."

Amos não mediu despesas para o funeral: encomendou um caixão ornado de cobre na casa Lloyd, de Presteigne.

O carro fúnebre foi puxado por uma parelha de negros cavalos brilhantes. Nos quatro cantos do teto, havia urnas negras cheias de rosas amarelas. O cortejo fúnebre seguia a pé, avançando como podia entre poças e sulcos de rodas de carros. Mary usava um colar de contas de azeviche que herdara de uma tia.

O senhor Earnshaw mandara uma coroa de copos-de-leite para ser posta na tampa do caixão. Quando, porém, o caixão foi colocado na capela-mor, havia muitas outras a serem postas à sua volta.

A maioria tinha sido mandada por pessoas que Mary não conhecia, mas que certamente conheciam o velho Sam. Ela não reconhecia quase ninguém. Olhando à sua volta, na igreja, perguntava-se — pelo amor de Deus — quem eram todas aquelas velhas criadas que, lenço no nariz, choravam e fungavam. Será que o velho tivera tantas amantes?

Amos pôs Rebecca de pé no banco da igreja, para que ela pudesse ver o que se passava.

"'Morte, não te orgulhes...'", o novo vigário começou seu sermão. E embora as palavras fossem belas, embora a voz do vigário fosse vibrante e agradável, o pensamento de Mary teimava em girar em torno dos dois meninos sentados ao seu lado.

Como estavam crescidos! Logo terão de se barbear, pensou ela. Mas como estavam magros e cansados! Como era cansativo chegar da escola e ter de trabalhar na fazenda! E como pareciam desajeitados naquelas roupas surradas! Se ela tivesse dinheiro, compraria ternos novos para eles! E botas novas! Era tão injusto fazê-los sair com botas dois números menores que o deles! E injusto também não deixá-los voltar ao litoral! Tinham sido muito felizes no último verão. E agora Benjamin recomeçara a tossir! Ela devia tricotar-lhe um novo cachenê para o inverno, mas onde iria arrumar a lã?

"'Tu és pó e ao pó hás de tornar...'" A terra caía na tampa do caixão. Mary deu uma moeda de vinte xelins ao coveiro e foi andando com Amos para o portão de entrada, e ali os dois ficaram, despedindo-se das pessoas que tinham vindo ao enterro.

"Obrigada por ter vindo", dizia ela. "Obrigada... Não, ele teve uma morte muito tranqüila... Foi uma bênção... Sim, senhora Williams, Deus seja louvado! Não, este ano nós não vamos. Estamos com muito trabalho..." Ela balançava a cabeça, suspirava, sorria e apertava a mão de todas aquelas pessoas gentis e solidárias, até os dedos começarem a doer.

Mais tarde, em casa, depois de tirar os alfinetes do chapéu — que jazia na mesa da cozinha feito uma lesma — ela se voltou para Amos com um olhar sentido, mas ele lhe deu as costas e escarneceu: "Acho que você nunca teve pai".

17.

Em outubro daquele ano, a Visão recebeu um novo visitante.

O senhor Owen Gomer Davies era um ministro congregacional, recém-transferido de Bala para Rhulen, que assumira o cargo na capela de Maesyfelin. Morava com a irmã no Jubilee Terrace, número 3, e tinha no jardim um pequeno chafariz para pássaros e uma iúca.

Era um homem corpulento, de pele branca um tanto repulsiva, uma dobra de gordura em volta do colarinho, e traços do rosto em forma de cruz grega. Os lábios finos ficavam ainda mais finos quando ele sorria. Seu aperto de mão era frio, e sua voz, melodiosa e cantante.

Ao chegar à aldeia, uma das primeiras coisas que fez foi desentender-se com Tom Watkins por causa do preço de um caixão. Isso lhe bastou para merecer a simpatia de Amos — embora Mary o achasse grotesco.

A visão que ele tinha da Bíblia era pueril. A doutrina da Transubstanciação era obscura demais para seu pensamento literal. E, pelo gesto santimonial com que colocou um tablete de açúcar na xícara de chá, Mary percebeu que ele tinha um fraco por doces.

Certa vez, quando tomavam chá, ele apoiou gravemente os punhos na mesa e afirmou que o inferno era "mais quente que o Egilto ou a Jamaico!". E Mary, que pouco sorrira durante toda a semana, teve de disfarçar o riso com um guardanapo.

Provocava-o usando uma quantidade excessiva de jóias. "Ah!", disse ele. "O pecado de Jesebel!"

Ele recuava o corpo toda vez que ela abria a boca, como se bastasse o seu sotaque inglês para condená-la ao fogo eterno. Parecia decidido a separá-la do marido, e Amos era facilmente influenciável.

A rixa com Watkins tinha-lhe perturbado o espírito. Ele se colocara na mão de Deus, e finalmente um homem de Deus queria tomar o partido dele. Amos lia, com furiosa concentração, os montes de folhetos que o pregador colocava na mesinha de centro. Ele abandonou a Igreja anglicana, tirou os gêmeos da escola e obrigou Benjamin a dormir separado do irmão, no desvão do palheiro. E, quando surpreendeu o menino subindo as escadas furtivamente, levando o navio na garrafa, tomou-a.

Os gêmeos tinham de trabalhar o dia inteiro, dez, doze horas, até à exaustão, exceto, evidentemente, aos domingos, quando a família se dedicava aos cultos.

A capela de Maesyfelin era um dos mais antigos centros de não-conformismo da região.

Era um comprido edifício de pedra, sem nenhuma decoração, salvo o relógio de sol acima da porta. Situado entre o ribeiro e a estrada, era protegido do vento por um renque de loureiros portugueses. Ao lado ficava a sala de reuniões, com paredes ásperas pintadas de verde.

As paredes do interior da capela eram caiadas. Os genuflexórios e os bancos eram de carvalho, e no púlpito estavam inscritos os nomes dos ministros do culto anteriores — os Parry, os Williams, os Vaughan e os Jones — remontando até a época da Commonwealth*. A mesa de comunhão, na qual estava gravada a data de 1682, ficava no extremo leste do prédio.

Na Índia, Mary observara os modos dos missionários não-conformistas, e para ela a palavra *capela* representava tudo o que era grosseiro, rígido e intolerante. Não obstante, ela dissimulou seus sentimentos e consentiu em acompanhar o marido. A charlatanice do senhor Gomer Davies era tão flagrante que talvez fosse melhor deixá-lo enganar Amos por um tempo; quem sabe este, um dia, não abriria os olhos? Ela mandou um bilhete ao seu pároco explicando sua ausência. "É uma fase que logo vai passar", acrescentou num pós-escrito. Pois era-lhe impossível levá-lo a sério.

Como ficar impassível enquanto a senhora Reuben Jones martelava no harmônio arquejante os hinos de William Williams? Ou diante daquelas vozes agudas e chapéus de plumas tremulantes? Ou à vista daqueles homens — agricultores sensatos durante toda a semana — suando, balançando o corpo e gritando "Aleluia!", "Amém!" e "Sim, Senhor!"? E quando, no meio do salmo 150, a senhora Griffiths Cwm Cringlyn sacou um pandeiro da bolsa, mais uma vez Mary teve de fechar os olhos e reprimir o desejo de cair na risada.

Os sermões não passavam de pura bobagem.

Certo domingo, o senhor Gomer Davies estava enumerando, no culto da noite, os animais que embarcaram na arca de

---

* De 1649 a 1660, a Inglaterra foi republicana. (N. T.)

Noé, e conseguiu se superar. Colocou cinco velas acesas na borda do púlpito de forma que, quando ele apontava o dedo para os fiéis, cinco sombras diferentes de seu braço projetavam-se no teto. Então, numa voz baixa e litúrgica, começou: "Eu vejo seus pecados como olhos de gato na noite...".

Malgrado tudo isso, chegou um tempo em que Mary sentiu vergonha de ter escarnecido daquelas cerimônias austeras, em que lhe parecia que a divina palavra fazia as paredes tremerem. E aconteceu também que, em certa ocasião, se deixou avassalar pela eloqüência de um pregador visitante:

"Ele é um Cordeiro Negro, meu amado cordeiro, negro como um corvo e chefe entre um milhar. Meu amado é um Cordeiro Branco, um cordeiro excepcional e chefe em dez mil. Ele é um Cordeiro Vermelho. Quem é aquele que vem de Edom, os trajes vermelhos, de Bozrah? Não é um Cordeiro Maravilhoso, meus irmãos? Oh, meus irmãos, esforcem-se para pegar esse cordeiro! Esforcem-se! Esforcem-se para pegar uma perna desse cordeiro...!"

Depois do sermão, o pregador chamou os fiéis à comunhão. Sentaram-se nos bancos, os maridos de frente para as esposas. Em todo o comprimento da mesa, estendia-se uma toalha de linho impecavelmente passada a ferro.

O pregador cortou um pão em pedaços, abençoou-os e fê-los passar ao longo da mesa numa bandeja de estanho. Então abençoou o vinho numa taça de estanho. Mary recebeu a taça do vizinho e, quando seus lábios tocaram a borda, ela compreendeu, num átimo, que aquele era mesmo o Festim do Senhor, era mesmo o lugar por excelência do convívio espiritual. E que todas as grandes catedrais do mundo foram construídas não tanto para a glória do Senhor, mas para satisfazer a vaidade dos homens. Que os papas e bispos eram césares e príncipes. E se, depois daquele dia, alguém a recriminava por ter abandonado a

Igreja anglicana, ela inclinava a cabeça para a frente e dizia apenas: "A capela me dá um grande consolo".

Mas Amos continuava vociferando, deblaterando, sofrendo de enxaquecas e de insônia. Nunca — nem mesmo entre faquires e flagelantes — Mary encontrara tanto fanatismo. À noite, forçando a vista à luz da lâmpada, ele esquadrinhava a Bíblia para nela encontrar a confirmação de seus direitos. Ele lia o Livro de Jó: "A noite traspassa meus ossos, consome-os, os males que me roem não dormem".

Ameaçava mudar-se, comprar uma fazenda em Carmarthenshire, no coração de Gales. Mas sua conta bancária estava a zero, e sua sede de vingança o prendia ao lugar em que estava.

Em março de 1912, surpreendeu Watkins derrubando um portão a machadadas. Eles lutaram; Amos voltou cambaleante para casa, com um corte acima da têmpora. Uma semana depois, o carteiro encontrou a mula dos Watkins à beira do caminho, ainda respirando, os intestinos esparramados na grama. No dia 1º de abril, ao acordar, Amos descobriu seu cão preferido morto na esterqueira. Então se descontrolou e chorou como um bebê.

Mary não via o fim daquela provação. Olhava-se no espelho e via um rosto mais cinza e mais gretado que a superfície corroída que o refletia. Desejava morrer, mas sabia que tinha de viver para os gêmeos. Para distrair-se, lia os romances que amara quando jovem — ela os escondia de Amos, que, no estado de ânimo em que se encontrava, iria queimá-los. Certa tarde de inverno Mary estava cochilando à lareira, com um exemplar de *O morro dos ventos uivantes* aberto ao colo. Ele entrou na sala, acordou-a brutalmente, e a aresta da lombada entrou no olho dela.

Mary se levantou de um salto. Já suportara demais. Seu medo desaparecera, e se sentia forte novamente. Endireitou o corpo e disse: "Pobre imbecil!".

Ele ficou por um tempo perto do piano, tremendo da cabeça aos pés, o lábio pendente — e saiu.

Agora só restava um caminho para ela — sua irmã em Cheltenham! Sua irmã, que tinha casa e renda! Ela pegou duas folhas de papel de carta. "Nada", escreveu no último parágrafo, "pode ser mais solitário que a solidão do casamento..."

Na manhã seguinte, antes do desjejum, ao tirar os latões de leite da leiteria, Amos a viu entregar o envelope ao carteiro. Ele parecia conhecer cada linha daquela carta. Tentou mostrar-se gentil com os gêmeos, mas estes reagiram com um olhar duro.

À medida que o olho machucado ia melhorando e ficando roxo-amarelado, Mary sentia-se cada vez mais exaltada. Os narcisos estavam em flor. Ela começou a perdoá-lo e, vendo seus olhares arrependidos, entendeu que ele aceitaria as condições dela. Mary resistiu à tentação de cantar vitória. E chegou a carta de Cheltenham. Amos estava muitíssimo nervoso quando a viu abrir a carta.

Os olhos dela dançavam acompanhando a caligrafia de solteirona da irmã, e ela jogou a cabeça para trás, caindo na risada:

"... Papai sempre dizia que você era cabeça-dura e impulsiva... um sacramento sagrado... e você deve ficar com seu marido nos bons e nos maus momentos..."

"Não vou lhe dizer o que está escrito aqui", disse Mary mandando-lhe um beijo. Os lábios dela tremiam de ternura enquanto a carta ardia no fogo.

18.

Seis meses depois, Benjamin crescera bastante, estava seis centímetros mais alto que Lewis.

Primeiro lhe nasceu a sombra de um bigode preto, e logo os pêlos se espalharam pelo rosto e pelo queixo. Em seguida todo o rosto se encheu de espinhas, e aquilo não era nada bonito de ver. Ele sentia vergonha e ficava embaraçado de ser tão mais alto que o irmão.

E Lewis ficou com ciúme — ciúme da voz esganiçada e até das espinhas, e com receio de nunca ficar tão alto como o irmão. Eles evitavam o olhar um do outro, e as refeições se faziam em silêncio. Na manhã em que Benjamin se barbeou pela primeira vez, Lewis sumiu de casa.

Mary foi buscar um espelho e pôs uma bacia de água quente na mesa da cozinha. Amos amolou a navalha na tira de couro destinada a isso e mostrou-lhe como a devia segurar. Mas Benjamin estava tão nervoso, as mãos tão trêmulas que, quando limpou a espuma, o rosto estava coberto de cortes sangrentos.

Dez dias depois, barbeou-se novamente, sozinho.

No passado, muitas vezes, se algum dos gêmeos via de repente a própria imagem — refletida num espelho, numa vidraça ou mesmo na água —, confundia-a com o irmão. E agora, quando Benjamin colocava a navalha ao alcance da mão e olhava para o espelho, tinha a sensação de cortar o pescoço de Lewis.

Depois disso, teimou em não fazer a barba até Lewis ficar tão alto quanto ele, e também ter barba. Mary observava os filhos e sentia que, um dia, voltariam ao mesmo esquema antigo de dependência mútua. Nesse meio-tempo, Lewis começou a flertar com garotas. E, como era meigo e atraente, as moças lhe eram receptivas.

Ele flertou com Rosie Fifield. Trocaram um beijo ofegante atrás de um monte de feno e, num sarau, ficaram de mãos dadas durante vinte minutos. Numa noite sem lua, ele ia andando por um caminho de Lurkenhope quando passou por algumas jovens de vestido branco, que estavam procurando vagalumes nas cercas vivas. Lewis ouviu o riso claro e fresco de Rosie rompendo a escuridão. Ele deslizou a mão em sua fita de cetim, mas ela o esbofeteou:

"Vá embora, Lewis Jones! E afaste esse seu narigão de meu rosto!"

Benjamin amava sua mãe e seu irmão, e não gostava de moças. Toda vez que Lewis saía da sala, seu olhar dirigia-se à porta, e os olhos se ensombreavam. Quando Lewis voltava, suas pupilas se iluminavam.

Nunca mais voltaram à escola. Trabalhavam na fazenda e, desde que pudessem fazê-lo juntos, davam conta do trabalho de quatro. Se deixado sozinho — para colher batatas ou descascar nabos —, Benjamin começava a perder as forças, respirava com dificuldade, tossia e se deixava vencer pela lassidão. O pai percebeu isso e, com sua visão experiente de fazendeiro, entendeu que não devia separá-los; os gêmeos levaram mais dez anos para ter um bom desempenho respeitando a divisão do trabalho.

Lewis ainda sonhava com viagens a terras distantes, mas agora se interessava por dirigíveis. E, quando aparecia uma foto de zepelim no jornal — ou alguma referência ao conde Zeppelin —, ele recortava o artigo e colava-o em seu álbum de recortes.

Benjamin dizia que os zepelins pareciam pepinos.

Nunca pensou em viajar para o exterior. Queria viver com Lewis para todo o sempre, comer a mesma comida, usar as mesmas roupas, dividir a mesma cama e seguir o mesmo rumo. Havia quatro portões de entrada para a Visão. Para Benjamin, eram os Quatro Portões para o Paraíso.

Amava as ovelhas, a vida ao ar livre o revigorava. Tinha um verdadeiro olho clínico para identificar rins com problemas ou úteros caídos. À época em que as ovelhas davam cria, ele ficava andando no meio do rebanho com um gancho debaixo do braço, examinando as tetas delas para verificar se o leite fluía normalmente.

Era também muito religioso.

Certa noite, atravessando a pradaria, observou o vôo rasante das andorinhas sobre os dentes-de-leão e os carneiros recortados contra o sol poente, cada um deles com uma auréola dourada. E então Benjamin entendeu por que o Cordeiro de Deus tinha uma auréola.

Ele passava longas horas organizando suas idéias sobre pecado e castigo num vasto sistema teológico que um dia haveria de salvar o mundo. Então, quando seus olhos se cansavam das letrinhas miúdas — os gêmeos tinham um pouco de astigmatismo —, absorvia-se na contemplação da litografia em cores de Amos, *O Caminho Largo e o Caminho Estreito*.

A estampa, um presente do senhor Gomer Davies, ficava pendurada junto à lareira, em sua moldura de nichos góticos.

No lado esquerdo da litografia, as senhoras e os cavalheiros andavam em grupos em direção ao Caminho da Perdição. Estátuas de Vênus e de Baco bêbado flanqueavam o portão; por trás deles, pessoas elegantes bebiam, dançavam, jogavam, iam a teatros, arriscavam seus bens ou tomavam trens domingueiros.

Mais adiante, o mesmo tipo de gente era visto roubando, matando, escravizando e indo para a guerra. E finalmente, pairando acima de muralhas ardentes — que pareciam um pouco com o Castelo de Windsor —, os servos de Satã pesavam as almas dos pecadores.

No lado direito da gravura, via-se o Caminho da Salvação. E ali os edifícios eram indiscutivelmente galeses. Na verdade, a capela, a escola dominical e a instituição das diaconisas — todas munidas de espigões e telhados de ardósia — lembravam a Benjamin um folheto ilustrado do balneário Llandrindod Wells.

Somente as classes mais humildes se podiam ver naquele caminho estreito e difícil, realizando todos os tipos de atos piedosos, até se encontrarem na encosta de uma montanha muito semelhante à colina Negra. E lá no cume ficava a cidade de Nova Jerusalém, o Cordeiro de Sião e um coro de anjos tocando trombetas!

Essa era a imagem que incendiava a imaginação de Benjamin. E ele acreditava piamente que o Caminho do Inferno era a estrada de Hereford, e que o Caminho do Céu levava às montanhas de Radnor.

19.

E então estourou a guerra.

Durante anos os comerciantes de Rhulen comentavam que ia haver uma guerra com a Alemanha, embora ninguém soubesse o que significaria tal conflito. Não tinha havido nenhuma guerra de verdade desde Waterloo, embora fosse consenso que, com estradas de ferro e armas modernas, essa guerra haveria de ser muito terrível ou muito rápida.

Em 7 de agosto de 1914, Amos Jones e seus filhos estavam roçando cardos quando um homem gritou por cima da sebe que os alemães invadiram a Bélgica, ignorando o ultimato inglês. Abrira-se um posto de recrutamento na prefeitura, e vinte rapazes da região já se tinham inscrito.

"Bando de trouxas", disse Amos sacudindo os ombros e lançando um olhar sombrio a Herefordshire.

Os três continuaram roçando cardos, mas à hora do jantar os meninos pareciam muito inquietos.

Mary estivera preparando conservas de beterraba, e seu avental estava cheio de manchas arroxeadas.

"Não se preocupem", disse ela. "Vocês são novos demais para ir para a guerra. Além disso, com certeza até o Natal tudo terá acabado."

Chegou o inverno, e a guerra não acabou. O senhor Gomer Davies começou a fazer sermões patrióticos e, certa sexta-feira, mandou um recado para a Visão, convidando-os para uma palestra seguida de projeções, no salão da congregação.

O céu escurecia, passando do carmesim ao bronze. Havia duas limusines estacionadas na entrada. Uma multidão de jovens camponeses, todos em roupas domingueiras, conversava com os motoristas ou espiava pelas janelas os bancos forrados de couro. Os rapazes nunca tinham visto de perto aquele tipo de veículo. De um barracão próximo vinha o ronco de um gerador elétrico.

O senhor Gomer Davies estava de pé no vestíbulo, recebendo a todos com um aperto de mão e um sorriso vago. A guerra, dizia ele, era uma Cruzada por Cristo.

Dentro do salão, ardia o fogo de um aquecedor a carvão, e o vapor se condensara nos vidros das janelas. Uma série de lâmpadas elétricas banhava de uma luz amarela as paredes revestidas de madeira envernizada. Viam-se muitas bandeiras e um retrato de lorde Kitchener*.

A lanterna mágica estava no meio da nave. Haviam pendurado um lençol branco para servir de tela. Um major vestido de cáqui, com um braço numa tipóia, entregava ao projecionista a caixa com placas de vidro pintadas.

Envolto numa nuvem de fumaça de charuto, o principal orador, o coronel Bickerton, já se sentara no palco e conversava com um veterano da guerra dos bôeres. Sua perna inutiliza-

---

* Marechal britânico (1850-1916) que reorganizou o Exército e foi ministro da Guerra de 1914 a 1916. (N. T.)

da estava estendida em direção ao público. Sobre a toalha de mesa de baeta verde havia um chapéu de seda branco, uma garrafa de água e um copo.

Vários ministros de Deus — que tinham esquecido suas diferenças em nome do patriotismo — foram cumprimentar o castelão e indagar se estava bem acomodado.

"Ah, sim. Estou muito bem instalado aqui, obrigado." O coronel pronunciava cada sílaba à perfeição. "Agradeço pela atenção que têm comigo. Bela reunião, não? Muito animador, não é?"

O salão estava cheio. Rapazes de rosto fresco e bronzeado ocupavam os bancos e abriam caminho a cotoveladas para ver melhor a filha dos Bickerton, a senhorita Isobel — uma jovem trigueira com úmidos lábios vermelhos e úmidos olhos castanhos, sentada próximo à plataforma, bem-composta e sorridente, numa capa de raposa cor de prata. De seu elegante chapéu saía uma pena de avestruz rosa-acinzentada. Agachado ao seu lado, com a boca escancarada, um jovem de cabelos cor de cenoura.

Era Jim.

Os Jones sentaram-se num banco no fundo do salão. Mary sentia a presença do marido, tenso e cheio de fúria, ao seu lado. Ela temia que ele fizesse uma cena.

O vigário de Rhulen abriu a sessão propondo uma moção de agradecimento ao senhor Gomer Davies pelo uso do salão e pela iluminação.

Gritos de "Apoiado! Apoiado!" encheram a sala. Ele continuou sua fala com um breve histórico das origens da guerra.

Poucos agricultores do lugar entendiam por que o assassinato de um arquiduque dos Bálcãs provocara a invasão da Bélgica. Mas, quando o vigário falou de "ameaça ao nosso querido Império", as pessoas começaram a se levantar.

"Não podemos descansar", disse ele levantando a voz, "até que esse câncer seja extirpado da sociedade européia. Os alemães haverão de gritar, como fazem todos os poltrões, quando se virem acuados. Mas não deve haver nenhum acordo: não se pode apertar a mão ao diabo. É impossível argumentar com um crocodilo. É preciso matá-lo!"

O público aplaudiu, e o clérigo se sentou.

Em seguida foi a vez do major, que, segundo ele próprio, fora ferido em Mons. Ele começou com um trocadilho sobre o "Reno vinolento". Ao que o coronel respondeu dizendo que nunca apreciara os vinhos do Reno. "Frutados demais, não é?"

Então o major ergueu sua bengala elegante.

"As luzes!", disse ele, e as lâmpadas se apagaram.

Uma após outra, sucederam-se imagens indistintas na tela — soldados no acampamento, soldados desfilando, atravessando o canal da Mancha de barco; soldados num café francês; soldados nas trincheiras, armando as baionetas, investindo contra o inimigo. Algumas imagens eram tão confusas que ficava difícil distinguir a sombra da pena do chapéu da senhorita Isobel das explosões das granadas.

A última placa mostrava um rosto absurdo, olhos arregalados, asas de corvo no lábio superior e uma águia dourada no capacete.

"Este", disse o major, "é nosso inimigo — o cáiser Guilherme II, da Alemanha."

A sala encheu-se de gritos: "Enforquem-no!", "Cortem-no em pedaços!" — e então o major se sentou.

O coronel Bickerton se pôs de pé e pediu desculpas ao público pela ausência da esposa, que estava se sentindo mal.

Seu filho, informou, estava lutando em Flandres. E, depois daquelas cenas perturbadoras que tinham acabado de ver, ele esperava que poucas pessoas no distrito fugissem às suas responsabilidades.

"Quando a guerra tiver terminado", disse ele, "haverá duas categorias de indivíduos neste país: os que estavam aptos a integrar as Forças Armadas e se recusaram a fazê-lo..."

"Vergonha!", guinchou uma mulher de chapéu azul.

"Eu serei o primeiro!", gritou um jovem levantando a mão.

Mas o coronel levantou as abotoaduras para a multidão, e fez-se silêncio:

"... e aqueles que estavam aptos e se apresentaram para cumprir seu dever para com o seu rei, a sua pátria... e para com as mulheres de sua família."

"Sim! Sim!" Mais uma vez o coronel levantou as mãos, e mais uma vez a multidão silenciou:

"E nem preciso dizer que esta última categoria de indivíduos representará a aristocracia de nosso país — no ocaso de suas vidas, terão o consolo de saber que fizeram o que a Inglaterra espera de cada um de seus filhos: que cumpra o seu dever..."

"E quanto ao País de Gales?", perguntou uma voz cantante, à direita da senhorita Bickerton. Mas a pergunta de Jim se perdeu em meio à confusão geral.

Os voluntários apressavam-se a dar seus nomes ao major. Ouviam-se gritos de "Hip hip hurra!". Outras vozes se puseram a cantar "Eles são bons companheiros...". A mulher de chapéu azul esbofeteou o filho gritando "Você vai, sim!". Um ar de serenidade infantil abrandou o semblante do coronel.

Ele continuou num tom comovido: "Agora que lorde Kitchener diz que precisa de você, ele quer dizer VOCÊ. Porque cada um de vocês, meus bravos rapazes, é único e indispensável. Ainda há pouco ouvi uma voz à minha esquerda perguntando 'E quanto ao País de Gales?'".

De repente, podia-se ouvir uma mosca voar...

"Podem acreditar: esse grito 'E quanto ao País de Gales?' vai direto ao meu coração. Porque em minhas veias o sangue galês e o sangue inglês correm em igual proporção. E é por isso... que minha filha e eu trouxemos dois automóveis esta noite. Aqueles que quiserem se alistar em nosso querido regimento de Herefordshire, virão em meu carro... Mas aqueles que, leais galeses, preferirem integrar o corajoso regimento fronteiriço de Gales Sul, poderão ir para Brecon com minha filha e o major Llewellyn-Smythe..."

Foi assim que Jim partiu para a guerra — porque queria ir embora de casa e por causa de uma jovem de lábios vermelhos úmidos e olhos castanhos úmidos.

20.

Na Índia, certa vez Mary vira os lanceiros partirem a cavalo para a fronteira, e o som do clarim a fizera estremecer. Ela acreditava na causa aliada. Acreditava na Vitória e, atendendo ao apelo da senhora Bickerton, que pedia roupas para os soldados, aproveitava o tempo livre, acompanhada de Rebecca, para fazer luvas e gorros de tricô para os soldados.

Amos odiava a guerra e nem queria ouvir falar dela.

Escondeu seus cavalos para evitar que fossem requisitados e ignorou a ordem de plantar trigo na encosta norte. Era uma questão de orgulho — tanto em sua condição de homem como de galês — impedir que seus filhos lutassem pelos ingleses.

Encontrou na Bíblia a confirmação de seu ponto de vista. Não seria a guerra uma aparição de Deus nas Cidades da Planície? Tudo aquilo que lia nos jornais — bombardeios, submarinos alemães e gás de mostarda — não seriam instrumentos de Sua vingança? Quem sabe o cáiser não seria um novo Nabucodonosor? Quem sabe os ingleses também não sofreriam Setenta Anos de Cativeiro? Será que alguns seriam poupados, como os recabitas, que não bebiam vinho, nem viviam em cidades, nem adoravam falsos ídolos, mas obedeciam ao Deus Vivo?

Expôs essas opiniões ao senhor Gomer Davies, que olhava para ele como se olha para um louco, e o acusou de ser um traidor. De sua parte, Amos acusou Gomer de violar o Sexto Mandamento, e deixou de freqüentar a capela.

Em janeiro de 1916 — quando foi sancionada a lei sobre o alistamento —, ele teve notícia de que a Sociedade Recabita fazia reuniões regulares em Rhulen, e assim entrou em contato com esse grupo, que, por motivos religiosos, se recusava a combater.

Levava os gêmeos para as reuniões realizadas num sótão ventoso da rua South, em cima da loja de um sapateiro.

A sociedade era formada por uma maioria de artesãos ou trabalhadores braçais, mas entre eles havia um cavalheiro — um jovem alto e magro, com pomo-de-adão proeminente, que usava tweeds surrados e redigia as atas numa prosa rebuscada.

Os recabitas afirmavam que o chá era um estimulante pecaminoso; assim, à hora da merenda, limitavam-se a uma bebida à base de groselha e a uma travessa com biscoitinhos de araruta. Um após outro, os oradores professaram sua fé num mundo pacífico e pronunciaram-se sobre a sorte de seus companheiros. Muitos destes tinham sido condenados por uma corte marcial ou estavam na prisão. Entre eles, um cavouqueiro que fizera greve de fome na prisão do quartel de Hereford quando os sargentos tentaram obrigá-lo a distribuir doses de rum. Ele morreu de pneumonia, depois de ter sido forçado a comer. Uma mistura de leite e chocolate entrara por suas narinas e fora parar nos pulmões.

"Pobre Tom!", exclamou o sapateiro, e pediu que fizessem três minutos de silêncio.

A assembléia ficou de pé, cabeças calvas inclinadas formando um arco no círculo iluminado pela luz elétrica. Então deram-se as mãos e cantaram uma canção cuja letra todos conheciam, mas não a melodia:

Nação com nação, terra com terra
Viverão sem armas, companheiros livres,
E em cada coração e mente
Pulsará a mesma fraternidade.

A princípio, Mary não conseguia entender como o marido podia conciliar o temperamento violento com o pacifismo; depois da batalha de Somme, ela admitiu que talvez ele estivesse certo.

Duas vezes por semana ela ia a pé até Lurkenhope para preparar uma refeição para Betty Palmer, uma pobre viúva que perdera na batalha o filho único e a vontade de comer. E, em maio de 1917, Mary se reconciliou com Aggie Watkins.

Ela avistou uma figura solitária de preto andando devagar em volta das barracas do mercado, enxugando as lágrimas na manga do vestido.

"Deve ser Jim", exclamou ela em voz alta.

O rosto de Aggie estava inchado por causa das lágrimas que derramara, e o chapéu virado para um lado. Caía uma chuvinha fina, e os vendedores ambulantes cobriam suas mercadorias e se abrigavam sob as arcadas da prefeitura.

"É ele mesmo", disse Aggie aos soluços. "Ele estava na França, cuidando das mulas. E agora recebo este postal dizendo que Jim morreu."

Ela enfiou os dedos deformados pela artrite em sua cesta de ovos, tirou um cartão amarfanhado e passou-o a Mary.

Era um cartão-postal militar, desses que os soldados enviavam à família depois de uma batalha.

Mary franziu o cenho enquanto tentava decifrá-lo, e então abriu um sorriso aliviado.

"Mas ele não morreu, Aggie. Ele está bem. Veja, essa cruz quer dizer 'Vou muito bem'."

O rosto da velha senhora se contorceu. Incrédula e afogueada, arrancou o cartão das mãos de Mary. Vendo, porém, Mary de braços abertos, lágrimas nos olhos, largou a cesta de ovos, e as duas se abraçaram e se beijaram.

"Veja o que você fez", disse Mary apontando as gemas se espalhando nas pedras brilhantes do calçamento.

"Ora, ovos!", disse a senhora Watkins desdenhosamente.

"Olhe aqui!", disse Mary pegando o cartão de volta. "Tem um endereço para mandar encomendas. Vamos mandar um bolo para ele!"

Naquela tarde ela fez um grande bolo recheado com passas, nozes e cerejas confeitadas. Ela escreveu "JIM DA ROCHA" com amêndoas sem as peles, e deixou-o na mesa para que Amos o visse.

Ele sacudiu os ombros e disse: "Eu bem que queria um bolo como esse". Um ou dois dias depois, ele cruzou com Tom Watkins. Trocaram um aceno de cabeça, e estabeleceu-se uma trégua entre eles.

Mas as notícias da Grande Guerra não podiam ser piores.

Nas cozinhas das choupanas, as mães se deixavam ficar, impotentes, esperando que o carteiro batesse na porta. Quando a carta era do rei da Inglaterra, aparecia um envelope tarjado de preto numa das janelas. Numa choupana à beira da estrada para Rhulen, Mary viu dois cartões pregados na frente das cortinas de filó. Depois da batalha de Passchendaele, um terceiro cartão se somou aos outros dois.

"Não suporto isso", disse ela sentindo-se sufocar e agarrando Amos pela manga quando passaram pela choupana. "Não é possível que tenham morrido os três!" Em agosto, os gêmeos completariam dezoito anos, e então poderiam ser convocados.

Durante todo o inverno ela foi atormentada pelo mesmo sonho — via Benjamin debaixo de uma macieira, um buraco sangrento na testa e um sorriso de reprovação.

No dia 21 de fevereiro — uma data cuja lembrança faria Mary estremecer — o senhor Arkwright, procurador de Rhulen, chegou à Visão de carro. Ele era um dos cinco membros do tribunal local, encarregado de assuntos militares. Homem de baixa estatura, elegante, olhar frio e bigodes ruivos encerados, usava chapéu de feltro cinza e sobretudo de brim. E, no banco ao lado do motorista, estava sua cadela setter vermelha.

Ele começou por perguntar por que, pelo amor de Deus, os gêmeos ainda não tinham providenciado sua carteira de identidade. Será que não sabiam que estavam infringindo a lei? Então, com muito cuidado para não enlamear as polainas e os sapatos, foi anotando as peculiaridades da propriedade: número de animais, de edificações — e terminou declarando com toda a solenidade, como um juiz pronunciando uma sentença, que a Visão era pequena demais para justificar a dispensa de mais de um filho do serviço militar.

"Evidentemente", acrescentou ele, "nenhum de nós deseja tirar os jovens do campo. Por causa da escassez de alimentos e tudo o mais. Mas lei é lei!"

"Eles são gêmeos", gaguejou Amos.

"Eu sei que são gêmeos. Meu caro senhor, não podemos começar a abrir exceções..."

"Se os separarmos, morrerão..."

"Ora, ora, ora! Rapazes saudáveis como eles! Nunca ouvi um absurdo tamanho! Maudie! Maudie!" A cadela estava latindo junto a uma toca de coelho na sebe. Ela voltou saltitando em direção ao dono e postou-se novamente no banco do passageiro. O senhor Arkwright ligou o carro e soltou o freio de mão.

Os pneus estalaram as poças congeladas quando o carro fez meia-volta no terreiro.

"Tirano ordinário!", exclamou Amos levantando o punho, envolto na fumaça azul do escapamento.

21.

No dia de feira que se seguiu, Amos procurou o administrador de uma grande fazenda próxima a Rhydspence, que diziam estar precisando de braços para o trabalho. O homem concordou em contratar Lewis como lavrador e responsabilizar-se por ele quando seu caso chegasse ao tribunal.

Benjamin quase desmaiou quando soube da notícia.

"Quando a guerra acabar ele volta", disse Mary tentando consolar o filho. "Além disso, a fazenda fica só a dez milhas daqui. Ele vem nos visitar aos domingos."

"Você não entende", respondeu ele.

Lewis se encheu de coragem quando chegou a hora de partir. Fez uma trouxa com umas poucas roupas, beijou a mãe e o irmão e saltou para a charrete, pondo-se ao lado de Amos. O vento enfunava as mangas do casaco de Benjamin enquanto ele os via desaparecer na estrada.

Ele começou a definhar.

Embora comesse sua comida, a idéia de que Lewis comia uma comida diferente, num prato diferente, numa outra mesa, tornava-o cada dia mais triste, e logo ele ficou magro e debilitado. De noite estendia a mão para tocar o irmão, mas só encontrava um travesseiro frio e intacto. Parou de tomar banho por medo de se lembrar de que Lewis — naquele mesmo instante — pudesse estar partilhando uma toalha com outra pessoa.

"Anime-se", dizia Mary. Ela percebia que o filho não podia suportar a dor da separação.

Benjamin ia aos lugares onde costumavam brincar quando eram menores. Às vezes, chamava o cão pastor: "Mott, Mott, vamos procurar seu dono! Onde ele está? Onde ele está?". O cachorro pulava, sacudia a cauda, e os dois escalavam os montes de pedras do sopé da colina Negra até que se pudesse avistar Wye, rebrilhando ao sol do inverno, e os campos marrons recém-arados próximo de Rhydspence, onde Lewis devia estar trabalhando.

Outras vezes, ia sozinho ao pequeno vale e ficava olhando a água lodosa fluindo no pequeno poço em que costumavam se banhar. Via o rosto de Lewis por toda parte — no cocho do gado, no balde de leite e até nas poças de esterco líquido.

Benjamin odiava Lewis por ter partido e desconfiava que o outro roubara sua alma. Certo dia, olhando-se no espelho que usava para barbear-se, viu o próprio rosto apagar-se pouco a pouco, como se o vidro estivesse comendo a sua imagem, até que ele próprio desaparecesse em meio a uma bruma cristalina.

Pela primeira vez na vida ele pensou em se matar.

Lewis costumava chegar para o almoço aos domingos, o rosto afogueado depois de andar dez milhas pelo campo, perneiras cobertas de lama e calções cheios de carrapicho.

Divertia-os com histórias da vida numa grande fazenda. Gostava do trabalho. Gostava de tentar consertar as máquinas modernas, e chegara a dirigir um trator. Gostava de cuidar das vacas hereford, gostava do administrador, que o iniciara nos mistérios do pedigree dos cavalos, e fizera amizade com uma das moças que trabalhavam na leiteria. Detestava o vaqueiro irlandês, um sujeito "bêbado e brutal".

Numa quarta-feira, no final de abril, o administrador mandou-o de trem a Hereford levar alguns animais para serem vendidos num leilão. Como as vendas se encerrariam às onze horas, o resto do dia seria livre.

Era um dia muito sombrio, e as nuvens passavam, a baixa altura, por cima da torre da catedral. Pedras de gelo estalavam no calçamento das ruas e tamborilavam nas capotas dos fiacres. Na cidade alta, os pobres cavalos de fiacre faziam fila ao longo de uma sarjeta coberta de água. Sob um toldo verde, alguns cocheiros esquentavam as mãos num braseiro.

"Venha para cá, rapaz!", disse um deles, e Lewis se aproximou do grupo.

Chegou um veículo militar, e dois sargentos avançaram, dando-se ares de importância, vestidos em suas capas de chuva.

"Péssimo dia para um enterro", disse um homem de pele amarelada.

"De fato", concordou outro.

"E quantos anos você tem, meu rapaz?", perguntou o primeiro, mexendo nas brasas com o atiçador.

"Dezessete", disse Lewis.

"Em que mês você nasceu?"

"Agosto."

"Cuidado, rapaz! Cuidado, senão com certeza vão pegar você."

Lewis se mexeu no banco. Quando o granizo cessou, saiu a passear no labirinto de ruas por trás da cervejaria Watkins. Parou na frente da loja de um tanoeiro e viu barris novinhos em folha em meio a pilhas de cavacos amarelos. Ouviu o som de uma música em outra rua e andou nessa direção.

Na frente do hotel Green Dragon, um grupo de curiosos olhava a passagem de um cortejo fúnebre.

O defunto era um certo coronel do regimento de Hereford, morto em conseqüência de ferimentos de guerra. A Guarda de Honra marchava com os olhos fitos na ponta das espadas desembainhadas. O homem do tambor estava vestido numa pele de leopardo. Tocavam a marcha fúnebre de *Saul*.

As rodas da carreta rangiam no macadame, e o caixão, coberto com uma bandeira britânica, passava diante dos olhos fixos das damas. Seguiam-se quatro automóveis pretos, com a viúva, o prefeito e os demais acompanhantes. Gralhas voaram do campanário quando os sinos começaram a tocar. Uma mulher com um casaco de pele de raposa agarrou Lewis pelo braço e gritou com voz estridente:

"E você, meu jovem, não tem vergonha de aparecer assim à paisana?"

Lewis escapuliu por uma ruela em direção ao mercado.

Um cheiro de grãos de café fê-lo parar em frente a uma janela arcada. Nas prateleiras se viam cestinhas de vime com montículos cônicos de chá: os nomes dos rótulos — Darjeeling, Keemun, Lapsang Souchong, Oolong — o transportaram para um Oriente misterioso. Os cafés estavam nas prateleiras inferiores, e em cada grão, quente e marrom, ele via os lábios morenos e quentes de uma negra.

Estava sonhando acordado com tendas de ratã e mares preguiçosos quando a carroça de um açougueiro passou perto dele. O carroceiro gritou: "Cuidado, amigo!", e Lewis tomou um banho de água suja que lhe emporcalhou os calções.

Na rua Eign, parou para admirar um boné de tweed de padrão axadrezado na vitrine de uma loja de confecções para cavalheiros, pertencente aos senhores Parberry e Williams.

O próprio Parberry estava à entrada da loja, balançando-se num pé e no outro, com mechas de cabelos negros oleosos cingindo-lhe o crânio.

"Entre, rapaz!", disse numa voz esganiçada. "Não custa nada dar uma olhada. E do que é que você gostou nesta bela manhã primaveril?"

"Do boné", disse Lewis.

A loja cheirava a capas de oleado e querosene. O senhor Parberry tirou o boné da vitrine, apalpou a etiqueta e deu o preço: "Cinco xelins e seis pence", acrescentando em seguida: "Mas tiro os seis pence para você!"

Lewis passou o polegar nas bordas denteadas dos florins em seu bolso. Ele acabara de receber o seu salário. Uma libra em moedas de prata.

O senhor Parberry pôs o boné na cabeça de Lewis e fê-lo voltar-se para o grande espelho. O número era aquele mesmo. Era um boné muito elegante.

"Vou levar dois", disse Lewis. "Um é para o meu irmão."

"Você está certo!", disse o senhor Parberry, e mandou que o balconista pegasse uma caixa oval. Espalhou os bonés no balcão, mas não havia dois iguais. Quando Lewis insistiu: "Não, têm de ser iguais", o homem explodiu: "Saia já daqui, seu presunçoso! Saia e não me faça perder tempo!".

À uma da tarde, Lewis entrou no restaurante City and County para comer alguma coisa. A garçonete disse que logo teria uma mesa, que esperasse cinco minutos. Ele escolheu no cardápio um prato de carne e rim, e um rocambole com geléia de frutas de sobremesa.

Agricultores mal barbeados devoravam grandes quantidades de rim e de morcela, e um senhor implicava com a garçonete porque ainda não o servira. De vez em quando o ruído dos pratos elevava-se acima do burburinho, e ouvia-se uma explosão de xingamentos vindos da cozinha. O cheiro de fritura e de tabaco dominava o salão. Um gato malhado andava para lá e para cá entre as pernas dos fregueses, e o chão estava cheio de serragem encharcada de cerveja.

A garçonete displicente voltou, sorriu, pôs as mãos nos quadris e disse: "Venha, lindinho!" — e Lewis pinicou.

Ele comprou um pastelão de carne de um ambulante e, muito abatido, refugiou-se à entrada de uma loja de modas.

Manequins em trajes vespertinos fitavam a rua chuvosa com seus olhos azuis de vidro. Na parede se via um retrato do primeiro-ministro francês Clemenceau ao lado do rei e da rainha da Inglaterra.

Lewis estava prestes a morder o pastelão quando começou a tremer. Viu que seus dedos perdiam a cor. Sentiu então que seu irmão estava em perigo e correu para a estação.

O trem para Rhulen partia da plataforma número um.

Estava quente e abafado na cabine, os vidros das janelas embaçados pelo vapor. Ele continuava batendo os dentes e sentia a pele arrepiada roçando no tecido da camisa.

Uma jovem de rosto afogueado entrou na cabine, colocou sua cesta no chão e sentou-se no canto mais afastado. Tirou em seguida o xale de tricô e o chapéu, e colocou-os no banco. A tarde estava muito escura. As luzes se acenderam. O trem partiu com um apito e um solavanco.

Lewis passou a manga da camisa no vidro da janela e ficou olhando os postes telegráficos que passavam céleres, um após outro, através da rósea imagem da jovem refletida na vidraça.

"Você está com febre", disse ela.

"Não", respondeu ele sem se voltar. "Meu irmão é que está morrendo de frio."

Ele limpou a janela novamente. Os sulcos de um campo arado passavam velozes como os raios de uma roda. Lewis viu as plantações da colina Cefn e da colina Negra cobertas de neve. Esperava diante da porta aberta, pronto para saltar, quando o trem entrou na estação de Rhulen.

"Posso ajudá-lo?", perguntou a moça.

"Não", respondeu ele, e disparou pela plataforma.

Passava das quatro horas quando chegou à Visão. Rebecca estava sozinha na cozinha, cerzindo distraidamente uma meia.

"Foram procurar Benjamin", disse ela.

"Eu sei onde ele está", disse Lewis.

Ele foi à entrada da casa, trocou a capa molhada por uma seca, pôs um chapéu de oleado na cabeça e saiu para a neve.

Por volta das onze horas daquela manhã, Amos olhara na direção oeste e dissera: "Não estou gostando do jeito daquelas nuvens. É melhor trazer as ovelhas da colina".

O período de dar cria já estava no fim, e as ovelhas pastavam na montanha com os cordeiros. O sol brilhara esplendoroso durante dez dias. Os tordos faziam ninhos, e as bétulas do pequeno vale marchetavam-se de verde. Ninguém imaginava que ainda voltasse a nevar.

"Não", repetiu Amos. "Não estou gostando nada daquelas nuvens."

Ele estremeceu, sentindo as pernas e as costas enrijecidas. Mary pegou-lhe as botas e as polainas e notou, de repente, que ele estava velho. Amos se curvou para amarrar os cadarços. A coluna estalou, e ele se deixou cair na cadeira.

"Eu vou", disse Benjamin.

"Então vá logo!", disse o pai. "Antes que comece a nevar."

Benjamin chamou o cachorro com um assobio e partiu pelo campo afora, rumo a Cock-a-loftie. De lá pegou um caminho mais íngreme rumo à escarpa. Quando chegou à borda, um corvo levantou vôo de um espinheiro, crocitando.

A nuvem desceu, e os carneiros, quando ele conseguia avistá-los, pareciam pequenas nuvens de vapor — e então começou a nevar.

A neve caía em espessos flocos semelhantes a lã. O vento se intensificou e jogou neve no caminho. Benjamin viu um vulto negro ao seu lado: era o cachorro sacudindo a neve das costas. Gotas geladas escorriam-lhe pelo pescoço, e ele se deu conta de que sua capa sumira. As mãos estavam nos bolsos, mas ele não as sentia. Os pés estavam tão pesados que não valia a pena se dar ao trabalho de tentar mais um passo — e, justamente naquele momento, a neve mudou de cor.

Já não era mais branca, mas de um rosa creme e dourado. E já não era fria. As touceiras de bambu, antes ásperas, agora estavam macias e convidativas. Tudo o que queria era deitar-se naquela neve macia, quente e confortável — e dormir.

Suas pernas começaram a fraquejar, e ele ouviu o irmão gritando em seu ouvido:

"Você tem de continuar, não pode parar. Se você dormir eu vou morrer."

Então, arrastando uma perna após a outra, ele voltou em direção às pedras à borda do rochedo. E ali era mesmo o melhor lugar para se encolher com o cão, ao abrigo do vento, e dormir.

Tudo estava branco quando ele acordou, e ele levou algum tempo para perceber que a brancura não era da neve, mas de lençóis. Lewis estava ao lado da cama, e a clara luz da primavera entrava pela janela.

"Como está se sentindo?", perguntou Lewis.

"Você me deixou", disse Benjamin.

22.

A mão direita de Benjamin tinha congelado. Por algum tempo, pensou-se que poderia perder um ou dois dedos. Lewis se manteve ao lado do irmão até este se restabelecer, e faltou uma semana no trabalho. Então, quando voltou a Rhydspence, o administrador perdeu a paciência, disse que sua fazenda não era refúgio para vagabundos e mandou-o embora.

Envergonhado e com os pés doloridos, Lewis chegou em casa à hora do jantar, sentou-se à mesa e apoiou a cabeça nas mãos.

"Desculpe-me, papai", disse ele, quando terminou de contar o que se passara.

"Hum!", fez Amos recolocando a tampa da queijeira.

Vinte minutos se passaram, durante os quais se ouviam apenas o ruído dos talheres e o tique-taque do relógio de pêndulo.

"Você não tem culpa", disse ele pegando a bolsa de tabaco. Amos se levantou da mesa, pôs a mão no ombro do filho e foi sentar-se junto à lareira.

Durante toda a semana seguinte, Amos não parou de se preocupar com o tribunal. Culpava a si mesmo, culpava a Lewis e se perguntava o que iria acontecer. Finalmente, resolveu ir consultar o senhor Arkwright.

O procurador pouco falava sobre seu passado, mas sabia-se que vivera em Chester antes de conseguir seu cargo em Rhulen, em 1912. Era duro com as pessoas humildes, mas se derramava em gentilezas na presença de um fidalgo. Morava com a mulher numa vila chamada Os Cedros, num estilo que se pretendia Tudor, e vangloriava-se de ter um gramado sem dentes-de-leão. Havia quem dissesse que existia "algo suspeito naquele sujeito".

Uma placa de cobre gravada com seu nome em maiúsculas romanas reluzia à frente de seu escritório, que ficava na rua Broad, 14.

O funcionário conduziu Amos a uma sala no primeiro andar, forrada com papel de parede bege, com documentos empilhados em caixas de estanho pretas e uma estante atulhada de anuários da Sociedade Jurídica. O tapete era ornamentado com flores azuis; no consolo da lareira, de ardósia cor de cinza, via-se um pequeno relógio.

Sem nem ao menos fazer menção de levantar-se, o procurador recostou-se na cadeira de couro, tirando baforadas no cachimbo, enquanto Amos, afogueado e nervoso, explicava-lhe que seus filhos não eram duas pessoas, mas uma.

"É mesmo!", disse o senhor Arkwright coçando o queixo. Depois de ouvir a história da nevasca, pôs-se de pé e deu um tapinha nas costas do visitante.

"Não se preocupe mais com isso!", disse. "É um problema simples. Vou resolver isso com meus colegas."

"Nós não somos ogros, sabe?", acrescentou ele. Em seguida, estendeu uma mão fria e seca a Amos e conduziu-o até a rua.

O sol brilhava no dia do tribunal, e quatro de seus cinco membros transbordavam de alegria. Os matutinos traziam a notícia de que os Aliados tinham rompido as linhas inimigas na França. O major Gattie, representante militar, sugeriu "um belo dum almoço para comemorar". O senhor Evenjobb, comerciante de produtos agrícolas, concordou. O vigário concordou, e o senhor Arkwright confessou que estava "um pouco faminto".

Então os membros do tribunal ofereceram-se um almoço de primeira classe no Red Dragon, tomaram três garrafas de clarete, sentaram-se meio sonolentos em seus lugares no salão da prefeitura e esperaram seu presidente, o coronel Bickerton.

O salão cheirava a desinfetante e estava tão quente e abafado que as moscas pararam de voar em torno da clarabóia. O senhor Evenjobb cochilava. O reverendo Pile entusiasmava-se com a idéia de juventude e sacrifício, enquanto os conscritos, que esperavam a dispensa do serviço militar, aguardavam nos bancos de um sombrio corredor verde, vigiados por um guarda.

O coronel chegou um pouco atrasado de um almoço em Lurkenhope. Face afogueada, um botão de rosa na botoeira da lapela, não estava nem um pouco propenso a conceder dispensas, uma vez que na sessão anterior dispensara dois de seus ajudantes de caça e seu criado.

"Este tribunal deve ser imparcial", principiou ele. "Temos de levar em conta as necessidades da agricultura da comunidade. Não obstante, há um grande e bárbaro inimigo que tem de ser destruído. E para destruí-lo o Exército precisa de homens!"

"Apoiado!", disse o major Gattie, examinando as próprias unhas. O primeiro a ser chamado foi Tom Philips, um jovem pastor de Mousecastle, que murmurou alguma coisa sobre sua mãe doente e sobre o fato de que não haveria ninguém para cuidar do rebanho.

"Fale alto, meu rapaz", interrompeu o coronel. "Não estou ouvindo nem uma palavra do que está dizendo."

Mas Tom não conseguia fazer-se entender, e o coronel perdeu a paciência. "Apresente-se no quartel de Hereford dentro de cinco dias."

"Sim, senhor!", disse ele.

A comissão ouviu em seguida o caso de um jovem pálido que afirmou, alto e bom som, ser socialista e quaker. Nada, disse ele, poderia obrigá-lo a submeter sua consciência à disciplina militar.

"Nesse caso", disse o coronel, "recomendo então que vá para a cama cedo e levante cedo, que sua consciência vai parar de incomodá-lo. Dispensa recusada. Apresente-se no quartel de Hereford dentro de cinco dias."

Os gêmeos achavam que o coronel lhes sorriria: afinal, ele os conhecia desde que tinham três anos de idade. Seu rosto ficou inexpressivo quando apareceram no vão da porta.

"Um de cada vez, cavalheiros! Um de cada vez! Você, à esquerda, venha até aqui, por favor. Que o outro cavalheiro se retire!"

As tábuas do assoalho rangeram quando Lewis se aproximou do comitê. Mal ele abriu a boca, o senhor Arkwright levantou-se e cochichou no ouvido do coronel. O coronel balançou a cabeça, fez "Ah!" e, com ar de quem dava uma bênção: "Dispensa concedida. O próximo, por favor!".

Mas, quando Benjamin entrou na sala, o major Gattie mediu-o de alto a baixo e falou com voz arrastada: "Nós precisamos desse homem!".

Mais tarde, Benjamin só se recordaria do sentido geral do que se seguiu. Mas se lembraria de ter visto o vigário inclinando-se para a frente para lhe perguntar se ele acreditava na santidade da Causa Aliada. E de ouvir a própria voz responder: "E você acredita em Deus?".

A cabeça do vigário se ergueu como a de uma galinha assustada.

"Mas que grande impertinência! Você esquece que sou um religioso?"

"Quer dizer então que acredita no Sexto Mandamento?"

"No Sexto Mandamento?"

"Não matarás!*"

"Que grande atrevimento, hein?", disse o major Gattie erguendo uma sobrancelha.

"Um maldito atrevimento!", disse Arkwright, fazendo-lhe eco. E até o senhor Evenjobb saiu de seu torpor quando o coronel pronunciou a fórmula padrão:

"Tendo considerado com toda a atenção o seu caso, este tribunal acha por bem não lhe conceder dispensa do serviço nas Forças Armadas de Sua Majestade. Apresente-se no quartel de Hereford dentro de cinco dias!"

Mary estava esquentando cera de abelha para lacrar alguns potes de geléia de amora-preta. O cheiro de frutas cozidas enchia a cozinha. Ela ouviu o ruído de patas no terreiro, sobressaltou-se com a fisionomia transtornada de Lewis e entendeu o que tinha acontecido com o irmão dele.

"Eu vou, mamãe", disse Benjamin calmamente. "A guerra já deve estar terminando."

"Não acredito nisso", disse ela.

A noite estava úmida e abafada. Nuvens de mosquitos volteavam em torno de duas novilhas. Eles ouviam o barulho de excremento de vaca esparramando-se no chão e o murmúrio de gansos no pomar. Rabo entre as pernas, o cão pastor avançou

---

* O Quinto Mandamento, para a Igreja católica. (N. T.)

furtivamente pelo caminho de acesso à casa. Todas as flores do jardim — as gailárdias, as fúcsias, as rosas — estavam roxas, amarelas ou vermelhas. Mary nunca imaginou que Benjamin pudesse voltar vivo.

Ela achava que Amos tinha sacrificado o filho mais fraco, o favorito dela. Achava que o senhor Arkwright o mandara escolher. E ele escolhera Lewis, o gêmeo que tinha condições de cuidar de si mesmo.

Amos pendurou o boné na entrada da casa. Tentou alinhavar algumas desculpas, mas ela se voltou e gritou: "Não minta para mim, seu grosseirão!".

Ela queria bater nele, cuspir-lhe na cara. Olhar vazio, Amos fitava a escuridão da sala, aturdido com a fúria da mulher.

Ela pegou uma vela para acender o lampião. O pavio se inflamou bruscamente. Então, quando Mary recolocava a manga verde do lampião, a luz incidiu sobre a foto de seu casamento. Ela a retirou do gancho, jogou-a no chão e precipitou-se escada acima.

Amos ficou arrasado.

A moldura se soltou, o vidro se quebrou, mas a foto ficou intacta. Ele recolheu os cacos de vidro numa pá de lixo, pegou a moldura e começou a consertá-la.

Sem ao menos se trocar, Mary passou a noite no catre que fora do velho Sam, olhando as nuvens deslizando na frente da lua. À hora do desjejum, ela se trancou na leiteria — qualquer lugar serviria, desde que evitasse um novo confronto. Benjamin encontrou-a girando à toa a manivela da batedeira de manteiga.

"Não seja dura com o papai", disse ele tocando-lhe a manga do vestido. "Não foi culpa dele. A culpa foi minha, pode acreditar."

Sem parar de girar a manivela, Mary disse: "Você não sabe do que está falando".

Lewis se ofereceu para ir no lugar do irmão. Ninguém, acrescentou ele, notaria a diferença.

"Não", disse Benjamin. "Eu mesmo vou."

Ele se mostrou muito corajoso, arrumou as suas coisas, com todo o cuidado, numa mochila de lona. Na manhã da partida, piscando por causa do sol, disse: "Vou ficar aqui até virem me buscar".

Amos arquitetou um plano para esconder os dois filhos, num lugar secreto, no alto da floresta de Radnor. Mas Mary zombou dele e disse: "Será que você nunca ouviu falar de cães farejadores?".

No dia 2 de setembro, os policiais Crimp e Bannister chegaram à fazenda e deram um espetáculo procurando Benjamin no celeiro. E mal conseguiram esconder o desapontamento quando este saiu de casa, pálido, mas com um meio sorriso no rosto, e arregaçou as mangas para que lhe pusessem as algemas.

Depois de uma noite na cela, levaram-no diante do magistrado de Rhulen, que o "condenou" a ser soldado e aplicou uma multa de duas libras por ter deixado de se apresentar. E então um suboficial o levou de trem para Hereford.

Na Visão, esperaram notícias dele, mas em vão. Um mês depois, Lewis sentiu no corpo alguns sinais de que o Exército desistira de treinar seu irmão e passara a usar a força.

A dor no cóccix indicava a Lewis quando obrigavam Benjamin a saltar feito uma rã no pátio do quartel. A dor nos pulsos, quando o amarravam ao estrado da cama. Um eczema no peito era sinal de que tinham passado soda nos mamilos de Benjamin. Certa manhã, o nariz de Lewis começou a sangrar e ficou sangrando até o pôr-do-sol: foi o dia em que puseram Benjamin num ringue de boxe e esmurraram-lhe o rosto.

Então, numa chuvosa manhã de novembro, a guerra acabou. O cáiser e seus asseclas "caíram como pinos de boliche". O mundo se abria para a democracia.

Nas ruas de Hereford, escoceses tocavam gaitas-de-foles, a sirene da fábrica de doces estava a todo o volume, as locomotivas apitavam. Galeses passeavam tocando harmônica ou cantando seu hino nacional, "Land of our fathers". Um soldado que ficara surdo e mudo desde a expedição de Dardanelos viu a bandeira britânica tremulando no alto da redação do jornal e recuperou a fala, mas não a audição.

Na catedral, o bispo, com um manto bordado de ouro, fez a Primeira Leitura no altar: "Cantarei ao Senhor, porque fez brilhar Sua glória: precipitou no mar cavalos e cavaleiros..."

Na longínqua Londres, o rei mostrou-se no balcão do Palácio de Buckingham, acompanhado pela rainha Mary, num casaco de zibelina.

Enquanto isso, Benjamin Jones jazia na cama, respirando com dificuldade, na prisão do quartel de Hereford.

Estava com a gripe espanhola.

Diante do portão, Lewis Jones, aos berros, exigia que o deixassem entrar, mas era contido por um guarda armado de baioneta.

23.

Depois de ser expulso do Exército, Benjamin passou três meses recusando-se a sair da fazenda. Dormia até tarde, ficava dentro de casa, e fazia um ou outro pequeno trabalho aqui e ali. Tinha rugas profundas na testa e olheiras fundas. Um tique nervoso lhe contorcia o rosto. Parecia ter regredido à infância, e só queria fazer bolos para o irmão — ou entregar-se à leitura.

Mary suspirava ao vê-lo abatido, não barbeado, sentado no banco: "Você não podia sair e ir ajudá-los? Hoje o dia está lindo, e as ovelhas estão dando cria, sabe?".

"Eu sei, mãe."

"Você gostava de ajudar as ovelhas a dar cria."

"Sim."

"Por favor, por favor, não fique aí sentado sem fazer nada."

"Por favor, mamãe, estou lendo" —, mas estava lendo apenas os anúncios do *Hereford Times*.

Mary recriminava-se pelos modos do filho. Sentia-se culpada por ter permitido que o levassem, e mais culpada ainda pelo dia em que ele voltara.

Naquela manhã o céu estava nublado, e o trem de Hereford atrasara. Havia pingentes de gelo num friso do telhado, e caíam gotas sobre o calçamento. Ela estava de pé ao lado do chefe da estação, agasalhada num casaco de inverno, as mãos protegidas por regalos. Quando o trem entrou na estação, não se podiam ver os dois últimos vagões por causa da neblina. Portas se abriam e se fechavam. Os passageiros — vultos cinzentos e indistintos na plataforma — entregavam seus bilhetes e avançavam em direção à saída. Ansiosa e sorridente, ela tirou a mão direita do regalo, pronta para abraçar Benjamin. De repente Lewis disparou em direção de um homem magro, de cabelos cortados, que arrastava uma mochila de soldado pela correia.

Ela gritou: "Esse não é Benj...". Era Benjamin. Ele a ouviu. Mary correu-lhe ao encontro: "Oh, pobre querido!".

Ele queria esquecer — forçar-se a esquecer — a prisão do quartel, mas mesmo o rangido das molas da cama recordava-o do dormitório. Até os sapatos com cravos de Amos lembravam os do cabo que vinha "buscá-lo" ao toque da alvorada.

Para evitar mostrar o rosto em público, ele ficava em casa enquanto o resto da família ia à capela. Mary só conseguiu convencê-lo a ir na sexta-feira da Paixão; Benjamin ficou entre ela e Lewis, sem abrir a boca para cantar e sem levantar os olhos do banco à sua frente.

Felizmente, o senhor Gomer Davies voltara para Bala. O novo ministro, um certo senhor Owen Nantlys Williams, era uma pessoa muito mais agradável. Viera de Rhymney Valley, e era partidário do pacifismo. Logo que o culto acabou, pegou Benjamin pelo braço e levou-o para os fundos do edifício.

"Pelo que me contaram", disse, "você é um jovem muito corajoso. Um exemplo para todos nós! Mas agora você tem de perdoá-los. Não tinham idéia do que estavam fazendo."

149

Chegou a primavera. As macieiras estavam em flor. Benjamin agora saía para dar uns passeios, e sua aparência começou a melhorar. Mas certa noite Mary saiu de casa para pegar um raminho de salsa e encontrou-o, braços abertos junto de umas urtigas, batendo a cabeça contra a parede.

A princípio ela pensou que ele estava tendo um ataque epiléptico. Ela se agachou e viu que os olhos e a língua dele estavam normais. Cantarolando baixinho, pousou a cabeça do filho no colo:

"Fale-me! Diga-me o que está acontecendo! Você pode contar tudo a sua mãe."

Ele se recompôs, sacudiu a poeira das roupas e disse: "Não é nada".

"Nada?", disse ela com voz súplice, mas ele lhe deu as costas e se afastou.

Por algum tempo Mary notou-lhe o olhar ressentido quando o irmão vinha do campo. Depois do jantar, ela pediu a Lewis que levasse um prato para a despensa. Então aproximou-se dele e disse-lhe rispidamente: "Agora você vai me contar o que está havendo com Benjamin".

"Eu não sei", disse Lewis hesitante.

Então é isso, pensou ela. Uma garota!

Amos alugara dois campos vizinhos e, tendo decidido aumentar seu rebanho de bovinos, mandou Lewis examinar um touro hereford, oferecido como reprodutor numa fazenda próximo a Glan Ithon.

Na volta, Lewis cortou caminho pelo parque de Lurkenhope. Contornou o lago e entrou no desfiladeiro que leva ao moinho. O céu estava nublado, e as faias cobriam-se de brotinhos de folhas. No alto da vereda ficava a caverna, que exalava um forte fedor de morcegos, e onde — pelo que contavam — um ancestral dos Bickerton pagara a um eremita para que ele ficasse contemplando uma caveira.

Mais abaixo, o rio lambia os rochedos no meio da corrente, e grandes trutas batiam preguiçosamente as nadadeiras nas profundezas verdes. Pombos arrulhavam, e ele ouviu o toquetoque de um pica-pau.

Em alguns trechos, as enchentes do inverno tinham danificado o caminho, por isso ele tinha de andar com muito cuidado. Ramos e galhos secos estavam presos nas moitas das margens. Ele subiu numa escarpa. Ao descer, viu alguns lírios-do-vale que apontavam no tapete de musgo. Sentou-se e ficou olhando o rio através dos galhos.

À montante do rio havia uma touceira de freixos novos, ainda sem folhas, erguendo-se de um tapete de jacintos, alhos-do-campo e de eufórbias de flores verdes.

De repente, em meio ao barulho da água, ergueu-se a voz de uma jovem que cantava uma canção lenta e triste. Uma jovem vestida de cinza andava rio abaixo, por entre os jacintos. Lewis não se mexeu até o momento em que ela começou a subir a escarpa. Quando a cabeça da moça chegou à altura de seus pés, ele a chamou: "Rosie!".

"Oh, meu Deus, você me assustou!" Ofegante, ela se sentou ao seu lado. Ele estendeu o casaco para cobrir o musgo úmido. Lewis estava com suspensórios pretos e uma camisa de lã listrada.

"Eu estava indo para o trabalho", disse ela, o rosto contraído pelo sofrimento; ele já sabia dos dois anos trágicos que ela acabara de passar.

A mãe dela morrera de tuberculose no inverno de 1917. O irmão morrera de febre no Egito. Então, quando a guerra estava acabando, Bobbie Fifield sucumbiu à gripe espanhola. Ao saber que ela estava sem ter onde morar, a senhora Bickerton ofereceu-lhe emprego de camareira. Mas o casarão a assustava: havia um leão no patamar da escada. Os outros empregados infernizavam sua vida, e o mordomo assediou-a na despensa.

A senhora B. não era má, disse ela. Era uma lady. Mas o coronel era muito rude... e a tal da senhorita Nancy! Inconsolável com a morte do marido. Não parava de alfinetá-la. Sempre, sempre, sempre. E os cachorros dela! Uns latidos terríveis!

Ela continuou a falar, olhos brilhando com a mesma malícia de sempre, enquanto o sol declinava no horizonte e os teixos estendiam suas sombras sobre o rio.

E o senhor Reginald! Ela não sabia o que fazer com o senhor Reggie. Não sabia para onde olhar! Ele perdera a perna na guerra... mas isso não o impedia de nada! Nem mesmo à hora do desjejum! Ela lhe levava a bandeja com o desjejum, e ele tentava arrastá-la para a cama...

"Psiu!", fez Lewis levando o dedo aos lábios. Um casal de patos silvestres pousara um pouco abaixo do lugar onde eles se encontravam. O pato cobria a pata num remoinho sob um rochedo. Ele tinha uma bela cabeça verde brilhante.

"Ooh-ooh! Ele é uma beleza!", exclamou ela batendo as mãos e espantando as aves, que levantaram vôo rio acima.

Ela o lembrou das brincadeiras que faziam quando eram crianças.

Ele abriu um sorriso: "Lembra quando você nos pegou na beira da lagoa?".

Ela jogou a cabeça para trás numa sonora gargalhada: "Lembra-se da enotera?".

"A gente podia ir procurar outra, Rosie!"

Ela contemplou por um segundo seu rosto tenso, embaraçado: "Não, não podemos", disse ela afagando-lhe a mão. "Ainda não, não podemos."

Rosie levantou-se e, com um piparote, tirou uma folha da barra da saia. Combinou encontrar-se com ele na sexta-feira seguinte. Então roçou o rosto no dele e foi embora.

Depois disso passaram a se encontrar uma vez por semana na frente da caverna, e davam longos passeios no bosque.

Benjamin observava as idas e vindas do irmão, nada comentava — mas sabia de tudo.

Em meados de julho, Lewis e Rosie combinaram de encontrar-se em Rhulen, na Festa Nacional da Paz; haveria um culto de Ação de Graças na igreja paroquial e competições esportivas no parque de Lurkenhope.

"Você não precisa vir", disse Lewis, enquanto ajeitava a gravata diante do espelho.

"Eu vou", disse Benjamin.

24.

A manhã da comemoração anunciava um belo dia de sol. Desde as primeiras horas, os moradores da cidade se puseram a limpar a entrada das casas, a polir as aldravas e a enfeitar as janelas com bandeirolas. Às nove horas, podia-se ver o senhor Arkwright, o grande animador da festa, com o pescoço de passarinho apertado num colarinho engomado, correndo de um lado para outro para garantir que tudo iria sair como planejado. Toda vez que encontrava algum desconhecido, tocava a aba do chapéu de feltro e desejava-lhe um bom divertimento.

Sob seu "olhar que tudo via", a fachada da prefeitura foi decorada, com muito bom gosto, com troféus e flâmulas. Apenas uma semana antes, ele tivera a idéia de plantar um canteiro patriótico de sálvias, lobélias e alissos brancos em volta da base do relógio municipal. E, embora o resultado tenha sido meio chocho, seu colega Evenjobb qualificou-o como um "rasgo de gênio".

Num extremo da rua Broad — no lugar reservado para o monumento aos que morreram na guerra — erguia-se uma simples cruz de madeira, a base meio escondida sob um montículo de papoulas vermelhas. Um estojo de vidro continha um pergaminho ornado com iluminuras, com os nomes dos "trinta e dois bravos" que fizeram o "sacrifício supremo".

Quando os gêmeos chegaram à igreja, a cerimônia já tinha terminado. Uma orquestra de ex-combatentes estava tocando trechos de "The maid of the mountains", e já começava a se formar o cortejo triunfal que devia dirigir-se a Lurkenhope.

Os Bickerton e sua comitiva já tinham ido embora de carro. Num ato de "generosidade espontânea" — nas palavras do senhor Arkwright — "abriram suas portas e corações para o público", e estavam oferecendo um almoço aos heróis, a suas mulheres e namoradas, e aos paroquianos com mais de setenta anos.

Mas todos eram bem-vindos a um sopão. E haveria um desfile esportivo e carnavalesco a partir das três da tarde.

Ao longo da manhã, agricultores e suas famílias foram chegando à cidade. Soldados desmobilizados pavoneavam-se de um lado para outro, de braços dados com moças e medalhas ao peito. Algumas "mulheres oferecidas" — também nas palavras do senhor Arkwright — "exibiam-se em trajes indecorosos". As mulheres dos agricultores usavam chapéus floridos; as meninas, gorros ao estilo de Kate Greenaway*; e os meninos, roupinhas de marinheiro e gorros de lã em estilo escocês, com borla.

Os homens vestiam-se de modo mais sóbrio, mas aqui e ali um panamá ou uma jaqueta esporte listrada quebravam a monotonia de paletós pretos e trajes militares.

Os gêmeos vestiam ternos idênticos, de brim azul.

Na frente da farmácia, alguns moleques estavam atirando com zarabatana num refugiado belga: "Merci Bocu, Mon Siê! Bon Siê, Mon Siê!".

---

* Escritora inglesa (1846-1901), autora e ilustradora de livros infantis. (N. T.)

"Vocheis pensarr que podem rirr", disse o homem levantando o punho. "Mas logo voucheis vão chorarr!"

Benjamin duvidava da conveniência de aparecerem em público, e tentava passar despercebido — mas sem sucesso, porque Lewis avançava abrindo caminho a cotoveladas, procurando Rosie Fifield por toda parte. Os irmãos tentaram esconder-se quando P.C. Crimp afastou-se da multidão e precipitou-se em sua direção:

"Ah! Ah! São os gêmeos Jones!", trombeteou ele, enxugando o suor da testa e agarrando o ombro de Lewis: "Qual de vocês dois é Benjamin?".

"Sou eu", disse Lewis.

"Não pense que pode escapar, meu jovem!", disse o policial dando risadas, apertando o rapaz contra os botões prateados. "Que bom ver você tão forte e bem-disposto! Não tenho nada contra vocês, viu? Seus vagabundos de Hereford!"

Ali perto, o senhor Arkwright estava tendo uma animada conversa com um membro da unidade feminina do Exército britânico. Era uma mulher corpulenta, altiva, vestida de cáqui, que reclamava da organização do desfile: "Não, senhor Arkwright! Não estou tentando rebaixar as enfermeiras da Cruz Vermelha. Apenas insisto na unidade das Forças Armadas..."

"Está vendo aqueles dois?", interrompeu o procurador. "Recusaram-se a lutar! Como ousam se mostrar? Que atrevimento!"

"Não", disse ela ignorando o que o outro dizia. "Ou minhas meninas desfilam *atrás* dos rapazes do Exército, ou *antes* deles... Mas devem desfilar juntos!"

"Isso mesmo!", disse ele balançando a cabeça num gesto vago. "Mas nossa benfeitora, a senhora Bickerton, na qualidade de presidente da Cruz Vermelha de Rhulen..."

"Senhor Arkwright, o senhor não entendeu. Eu..."

"Com licença!" disse ele ao avistar um velho soldado de muletas, encostado ao muro do cemitério. "O Sobrevivente de Rorke's Drift!", murmurou ele. "Com a sua licença. Tenho de apresentar meus cumprimentos..."

O Sobrevivente, o primeiro-sargento Gosling, condecorado com a Victoria Cross, era uma personalidade local. Em tais ocasiões, sempre saía vestido com o uniforme vermelho-vivo do regimento fronteiriço de Gales Sul.

O senhor Arkwright avançou com dificuldade em direção ao veterano, encostou o bigode em seu ouvido e murmurou alguma banalidade sobre "O campo de batalha de Flandres".

"Como?"

"Eu disse: 'O campo de batalha de Flandres'."

"Ah, sim! Quem pensaria em dar-lhes um campo onde lutar!"

"Velho imbecil", falou em voz baixa, e se afastou, esgueirando-se por trás da mulher com quem estivera discutindo.

Enquanto isso, Lewis Jones estava perguntando a Deus e a todo mundo: "Você viu Rosie Fifield?". Ela estava sumida. A certa altura pensou tê-la visto de braço dado com um marinheiro, mas a moça que se voltou era Cissie Pantall-the-Beeches.

"Por favor, senhor Jones", disse ela num tom escandalizado, enquanto o olhar de Lewis se demorava no queixo de buldogue de seu companheiro. Às doze e vinte, o senhor Arkwright apitou três vezes, a multidão aplaudiu, e o cortejo entrou na estrada para Lurkenhope.

À frente iam os meninos do coro, os escoteiros com seus guias, e os internos da Casa dos Jovens Trabalhadores. Em seguida vinham os bombeiros, os empregados da ferrovia, as *land girls** com enxadas aos ombros, as operárias da fábrica de muni-

---

* Moças britânicas que trabalhavam no campo, substituindo os homens que tinham ido lutar na Grande Guerra. (N. T.)

ções, com a bandeira britânica amarrada à cabeça, à maneira dos piratas. A Ordem Beneficente Oddfellows mandara uma pequena delegação. O chefe da delegação da Cruz Vermelha trazia uma bandeira bordada com a imagem da enfermeira Edith Cavell* com seu cão. Seguia-se a unidade feminina do Exército britânico — que assumira, depois de uma altercação violenta, seu lugar de direito no desfile. Seguia-se a banda de música e finalmente os Gloriosos Combatentes.

Fechava o cortejo um carro aberto, com bancos transversais, abarrotado de ex-combatentes e feridos de guerra. Uma dezena deles, com ternos azul-celestes e gravatas vermelhas, agitavam suas muletas, acenando para a multidão. Alguns tinham tampões nos olhos. A alguns faltavam sobrancelhas ou pálpebras. A outros, braços ou pernas. Os espectadores precipitaram-se atrás do veículo quando este entrou chacoalhando na rua Castle.

Tinham chegado à altura do memorial dos Bickerton quando alguém gritou ao ouvido do senhor Arkwright: "Onde está o Bombardeiro?"

"Oh, meu Deus, só me faltava essa!", explodiu ele. "Esqueceram o Bombardeiro!"

Mal estas palavras foram pronunciadas, viram-se dois escolares, gorros com borla na cabeça, correndo em direção à igreja. Dois minutos depois, lá vinham eles correndo de volta, empurrando a toda a velocidade uma cadeira de rodas de vime, na qual se empoleirava uma figura de ombros caídos, vestida num uniforme.

"Abram alas para o Bombardeiro!", gritou um dos meninos.

"Abram alas para o Bombardeiro!" — e a multidão abriu passagem para o herói de Rhulen, que salvara um oficial na

---

* Enfermeira inglesa fuzilada pelos alemães. (N. T.)

batalha de Passchendaele. A medalha militar estava presa ao seu blusão.

"Viva o Bombardeiro!"

Seus lábios eram roxos, e o rosto cinza esticado feito o couro de um tambor. Algumas crianças jogaram-lhe confetes, e os olhos dele reviraram de terror.

Um fraco ruído lhe saiu da garganta quando tentou levantar-se da cadeira.

"Coitado!", Benjamin ouviu alguém dizer. "Ele ainda pensa que a guerra continua."

Pouco depois da uma hora, os líderes do cortejo avistaram o leão de pedra na ala norte do castelo.

A senhora Bickerton pensara em servir o almoço na sala de jantar. Diante da indignação do mordomo, porém, ela o transferiu para o salão onde antes se fazia o adestramento dos cavalos; à guisa de economia em época de guerra, o coronel abandonara a criação de cavalos árabes.

Ela planejara também estar presente, com a família e com seus hóspedes, mas o convidado de honra, o general Vernon-Murray, devia voltar para Umberslade naquela noite. Longe dele perder o dia inteiro com aquela gentinha.

De qualquer forma, a refeição foi esplêndida.

Duas mesas apoiadas em cavaletes, cobertas com toalhas de lustroso damasco branco, pegavam todo o comprimento do galpão. E diante de cada prato havia um buquê de ervilhas-de-cheiro e um pratinho com chocolates e ameixas para os que gostavam de guloseimas. Havia canecões com aipo, maionese, potes com picles, vidros de ketchup; e, mais ou menos a cada metro, uma pirâmide de laranjas e maçãs. Uma terceira mesa arqueava-se ao peso das iguarias expostas — ao redor das quais um grupo de criados solícitos esperava para trinchar ou para servir. Havia dois pernis decorados com enfeites de papel. Havia bifes rolês condimentados, um peru assado frio, lingüiça, carne de porco, empadões e três salmões do rio Wye — que repousavam num leito de corações de alface, rodeados de fatias de pepino.

Um pote de geléia de mocotó tinha sido reservado para o Bombardeiro.

Na parede do fundo viam-se retratos de garanhões árabes — Hassan, Mokhtar, Mahmud e Omar — que tinham sido o orgulho do haras Lurkenhope. Acima deles via-se uma flâmula em que se lia em letras vermelhas "OBRIGADO, RAPAZES".

Moças com jarras de cerveja e sidra enchiam até as bordas os copos dos heróis, e o som das risadas chegava até o lago.

Lewis e Benjamin serviram-se uma tigela de sopa com curry e foram passear na orla do bosque, parando aqui e ali para falar com as pessoas que faziam piquenique na relva. O tempo estava esfriando. As mulheres tremiam sob os xales e olhavam as nuvens escuras que cobriam a colina Negra.

Lewis avistou um dos jardineiros e perguntou-lhe se vira Rosie Fifield.

"Rosie?", disse o homem coçando a cabeça. "Acho que está servindo o almoço."

Lewis se dirigiu ao galpão de adestramento de cavalos, avançando com dificuldade através da multidão que se aglomerava em volta das portas duplas. Os discursos iam começar. As garrafas de vinho do Porto esvaziavam-se depressa.

Em seu lugar no centro da mesa, o senhor Arkwright já fizera um brinde, *in absentia*, à família Bickerton, e estava prestes a começar seu discurso.

"Agora que a espada voltou à bainha", principiou, "eu me pergunto quantos de nós se lembram daqueles dias ensolarados do verão de 1914, quando uma nuvem não maior que uma mão humana surgiu no horizonte político da Europa..."

À palavra *nuvem* alguns rostos levantaram-se para olhar a clarabóia, através da qual a luz do sol brilhava poucos minutos antes.

"Uma nuvem que se avolumou, trazendo a morte e a destruição a quase todo o continente europeu, e mesmo aos quatro cantos do globo..."

"Vou para casa", disse Benjamin cutucando o irmão.

Um suboficial — um de seus torturadores do quartel de Hereford — estava olhando-o de esguelha através de uma nuvem de fumaça de charuto.

Lewis sussurrou: "Ainda não!", e o senhor Arkwright elevou a voz num barítono trêmulo:

"Uma formidável potência militar levantou-se e, esquecendo o compromisso assumido de respeitar as fronteiras das nações mais fracas, invadiu a Bélgica..."

"Onde está o velho belga?", gritou uma voz.

"... incendiou suas cidades, aldeias, povoações, martirizou seus bravos habitantes..."

"A ele não fizeram nada!" — e alguém empurrou para a frente o refugiado, que lá ficou de pé, de boca aberta, olhos turvos sob a boina.

"Bravo, ó velho belga!"

"Mas os hunos não contavam com o espírito de justiça e de honra, um atributo do povo britânico... e o poder da virtude britânica fez pender a balança contra eles..."

Os olhos do suboficial agora se tinham reduzido a duas finas fendas ameaçadoras.

"Vou embora", disse Benjamin, recuando em direção à porta.

O orador temperou a garganta e continuou: "Aqui não é lugar para um mero civil fazer uma sinopse dos acontecimentos. Nem é preciso falar desse punhado de homens gloriosos, a Força Expedicionária, esses homens que se bateram com um inimigo tão vil, para os quais o sentido da vida era o estudo da morte...".

O senhor Arkwright olhou por sobre os óculos para verificar se os ouvintes tinham entendido todo o sabor de seu *bon mot*. A multidão de rostos inexpressivos mostrou-lhe que não. Ele tornou a consultar as suas anotações:

"Não é preciso falar do vigoroso toque de clarim de lorde Kitchener — pois 'Homens e mais homens...'"

Uma criada vestida de cinza estava perto de Lewis com uma jarra de sidra na mão. Ele lhe perguntou se vira Rosie Fifield.

"Não a vi esta manhã", sussurrou ela. "Com certeza ela saiu com o senhor Reggie."

"Ah!"

"Não é preciso lembrar as frustrações, os meses que se alongaram em anos, sem que se encontrasse uma brecha na armadura do inimigo..."

"Muito bem! Muito bem!", bradou o suboficial.

"Todos nesta sala hão de lembrar como o demônio da guerra devorou a fina flor de nossa juventude — e o monstro não parava de crescer..."

A última observação certamente tocara a imaginação do suboficial. Ele se pôs a rir, mostrando as gengivas, continuando a fitar Benjamin. Um trovão fez estremecer o edifício. Gotas de chuva caíam na clarabóia, e as pessoas que estavam fora avançaram pela porta, empurrando os gêmeos para perto do orador.

Sem se deixar perturbar pelo temporal, o senhor Arkwright continuou: "Homens e mais homens era a palavra de ordem, e enquanto isso a pirataria submarina ameaçava matar de fome aqueles aos quais coube continuar na pátria...".

"Esse risco ele não correu", murmurou uma mulher ali perto, que devia estar a par dos pecadilhos de Arkwright no mercado negro.

"*Psiu!*"

A mulher se calou. Ao que parecia, o procurador aproximava-se do fecho do discurso: "Assim, afinal, a virtude e a justiça triunfaram, e, com a ajuda de Deus, um inimigo traiçoeiro e desumano foi abatido".

A chuva martelava no telhado. Ele levantou as mãos, agradecendo os aplausos, mas ainda não tinha acabado: "Para essa gloriosa conquista, todos os presentes cumpriram um papel muito honroso. Quem sabe eu deveria ter dito", acrescentou lançando um olhar frio aos gêmeos, "quase todos os presentes?".

Num lampejo, Benjamin percebeu o que estava por vir e, agarrando o pulso do irmão, começou a puxá-lo em direção à porta. O senhor Arkwright viu-os afastar-se e passou a tratar do delicado problema das contribuições para o monumento aos que morreram em combate.

Os gêmeos ficaram embaixo de um cedro-do-líbano, sozinhos, na chuva.

"A gente não devia ter vindo", disse Benjamin.

Ficaram lá até a chuva parar. Benjamin continuava querendo ir embora, mas Lewis ficou remanchando... e os dois terminaram por ficar para o desfile de Carnaval.

Durante quatro dias o senhor Arkwright e seu comitê "moveram céus e terra", preparando o terreno para os eventos da tarde. Ergueram-se barreiras, traçaram-se linhas brancas na grama, e, diante da linha de chegada, cobriu-se a tribuna com um toldo de lona para proteger as figuras ilustres do sol ou da chuva. Reservaram-se bancos de jardim para os heróis e ex-combatentes; os outros teriam de sentar onde lhes fosse possível.

O sol brilhava de forma intermitente por entre uma confusa massa de nuvens. Do outro lado do campo, perto de uma touça de sequóias, os carnavalescos davam os últimos retoques nos carros alegóricos. O senhor Arkwright não parava de olhar ansioso para o relógio, para as nuvens e para o portão do jardim italiano.

"Como eu queria que eles chegassem", disse, preocupado, perguntando-se que diabos estava impedindo a vinda dos Bickerton.

Para ocupar-se, ele ia e vinha, apitava, acompanhava os ex-combatentes e, num show de exibição, empurrou a cadeira de rodas do Bombardeiro para o lugar de honra.

Finalmente o portão se abriu, e os moradores do castelo surgiram numa abertura na sebe, como um desfile de animais em exposição.

A multidão abriu alas para a senhora Bickerton, que andava à frente dos demais com seu uniforme da Cruz Vermelha. Ao ver os gêmeos, ela parou: "Mande lembranças à mãe de vocês. Gostaria que ela viesse me visitar".

Seu marido manquejava, apoiado no braço de lady Vernon-Murray, uma mulher corpulenta, de cujo chapéu saía uma pluma de ave-do-paraíso que se encurvara e fazia-lhe cócegas no canto da boca. Um vestido de voile azul-neblina descia-lhe até os tornozelos, e ela parecia muito zangada. O general, imenso, o rosto arroxeado, parecia estar preso numa rede de correias bem enceradas. Seguiam-se membros da pequena nobreza local. Finalmente, num vestido cor de carmim, a senhora Nancy, a viúva de guerra da família Bickerton, acompanhada de um jovem londrino.

Ela estava a meio caminho da tribuna quando parou e franziu o cenho: "Re-ggie! Reggie!", gritou ela, gaguejando. "On-on-de está ele ag-go-ra? Ele estava aqui aind-da há pouco."

"Estou indo!", disse uma voz de trás de uma árvore podada em forma de pavão, e então surgiu um jovem trajando jaqueta e calça branca, usando muletas. A perna esquerda fora amputada na altura do joelho.

Ao seu lado, visível como uma pega contra um fundo de folhas verdes, uma jovem em uniforme de criada, com folhos brancos nos ombros.

Era Rosie Fifield.

"Eu falei", disse Benjamin, e Lewis começou a tremer.

Os gêmeos avançaram em direção à tribuna, onde o senhor Arkwright, na qualidade de mestre-de-cerimônias, teve o privilégio de acompanhar os convidados de honra aos seus lugares.

"Espero que nos divirtam", disse lady Vernon-Murray, no momento em que ele empurrava uma cadeira de assento de palhinha sob suas ancas.

"Com certeza, minha senhora!", respondeu ele. "Temos um pot-pourri de atrações em nosso programa."

"Puxa, está fazendo um frio danado", disse ela em tom áspero.

Reggie escolhera uma cadeira na extrema esquerda da plataforma, e Rosie estava à sua frente e abaixo. Ele cutucava as vértebras de Rosie com a ponta do sapato.

"Senhoras e senhores", disse o senhor Arkwright, que conseguira fazer que a multidão se calasse. "Permitam-me apresentar-lhes nossos ilustres convidados — o Herói da Costa de Vimy e sua senhora..."

"Caramba! Está um frio de matar", disse Sua Senhoria, enquanto o general agradecia os aplausos.

Ele estava prestes a falar quando dois cavalariços avançaram, trazendo bonecos representando o cáiser e o príncipe Ruprecht, amordaçados e amarrados em cadeiras de cozinha. No alto do capacete do cáiser haviam colocado um canário empalhado, manchado de tinta dourada.

O general lançou um olhar de fingido ódio ao inimigo.

"Senhoras e senhores", principiou ele, "soldados do rei, e vocês dois, miseráveis rebotalhos da humanidade, que logo teremos o prazer de jogar na fogueira..."

Ergueu-se uma nova onda de aplausos.

"Agora, falando sério...", disse o general levantando a mão, como se passasse a tratar de um assunto sério. "Este é um dia memorável. Um dia que ficará registrado nos anais da história..."

"Pensei que nos tinham dito que não haveria discursos", disse a senhora Bickerton voltando-se para o procurador.

"Infelizmente, há pessoas aqui presentes que talvez pensem não poder regozijar-se conosco hoje por terem perdido um ente querido. Bem, minha mensagem a elas é a seguinte: alegrem-se conosco hoje, agora que tudo acabou. E lembrem-se de que seus maridos ou pais, irmãos ou namorados morreram por uma boa causa..."

Dessa vez os aplausos foram menos entusiásticos. A senhora Bickerton mordeu o lábio e voltou os olhos para o monte. Seu rosto estava branco como sua boina de enfermeira.

"Eu... eu..." O general estava tomando gosto pelo tema. "Posso me considerar um homem de sorte. Eu estava presente em Vimmy. Estava presente em Wipers. E estava também em Passiondale*. Testemunhei os terríveis ataques com bombas de gás..."

Todos os olhares se voltaram para as cinco vítimas das bombas de gás, enfileiradas num banco, tossindo e ofegando como numa demonstração dos horrores da guerra.

---

* O general pronuncia mal os topônimos. Trata-se de Vimy, Ypres e Passendale. (N. T.)

"Nossa situação era terrível. Passávamos dias sem trocar de roupa... E pior: passávamos semanas sem nem ao menos um banho. Nossas baixas, principalmente entre os artilheiros, eram terríveis..."

"Não suporto isso", murmurou a senhora Bickerton, tapando o rosto com a mão.

"Sempre me recordo da ocasião em que estava ferido, num hospital. Sofremos um verdadeiro banho de sangue próximo a Weemes*. Mas por acaso tínhamos em nosso regimento um rapaz que se revelou uma espécie de poeta. Bem, ele escreveu algumas frases num papel, que eu gostaria de ler para vocês. Na ocasião, elas foram de grande consolo para mim:

Se eu tiver de morrer, pensem apenas isto de mim:
Um cantinho numa terra distante
Que sempre será a Inglaterra.

"Pobre Rupert", disse a senhora Bickerton inclinando-se em direção ao marido. "Vai se revirar no túmulo."

"Meu Deus, que homem chato!"

"Que se pode fazer para que cale a boca?"

"E o que dizer do futuro de nossa amada pátria?" O general passara a outro tema. "Ou eu deveria dizer de nosso amado condado? Nosso objetivo não é simplesmente alimentar o povo dessas ilhas, mas também exportar animais puros-sangues para nossos aliados de além-mar. Eu vi o gado hereford em todas as partes do mundo. Na verdade, onde quer que exista um homem branco, há de existir a raça bovina de cara branca. Sei que vocês todos devem sentir o maior orgulho dos hereford de Lurkenhope..."

* Reims. (N. T.)

"Macacos me mordam se eles sentem!", exclamou o coronel, vermelho de raiva.

"Mas sempre me perguntei por que, quando a gente olha para o campo, vê tantos animais de raça inferior... de sangue impuro... doentes... deformados..."

Os feridos de guerra, que já padeciam naqueles bancos duros, começavam a mostrar sinais de nervosismo e impaciência.

"A única maneira de avançar é eliminar de uma vez por todas esses animais de segunda linha. Agora, na Argentina e na Austrália..."

A senhora Bickerton olhava em volta desesperada, mas no final foi o senhor Arkwright quem salvou o dia. Era a hora do desfile de Carnaval. Outro temporal já se formava na montanha, tingindo o céu de cores negras.

Tomando coragem, ele cochichou no ouvido de lady Vernon-Murray. Ela balançou a cabeça, puxou o marido pela aba do casaco e disse: "Henry, seu tempo acabou!".

"O quê, querida?"

"Seu tempo acabou!"

Então ele se apressou em despedir-se do público, fez votos de que os encontraria todos "nos campos de caça" e se sentou.

O item seguinte da programação era a entrega, por Sua Senhoria, de uma cigarreira de prata a "todos os homens que voltaram da guerra". Ela recebeu aplausos entusiásticos quando desceu os degraus. Estendeu a mão para entregar a cigarreira do Bombardeiro, e uma mão em forma de garra saiu da cadeira de rodas e agarrou-a vivamente.

Ouviu-se então o mesmo som gutural.

"Oh, isso é cruel demais!", sussurrou a senhora Bickerton.

"Senhoras e senhores", falou o senhor Arkwright ao megafone. "E agora chegamos à principal atração desta tarde: o concurso dos carros alegóricos. Apresento-lhes agora o número um..." — ele consultou o programa. "Os Cavalariços de Lurkenhope, que escolheram como tema... A Batalha de Omdur-man!"

Apareceram então dois cavalos puxando uma carroça de feno na qual um *tableau vivant* representava lorde Kitchener rodeado de palmeiras em vasos e meia dúzia de rapazes, alguns vestidos com peles de leopardo, outros de calção, todos cobertos de fuligem, brandindo espadas ou azagaias, gritando e tocando tambor.

Os espectadores também gritaram, jogaram aviões de papel, e o sobrevivente de Rorke's Drift agitou sua muleta: "Deixem-me pegar esses negros", gritou ele com voz aguda quando o carro passou.

O carro número dois chegou com Robin Hood e Seus Alegres Companheiros. Em seguida vieram Os Domínios, com a senhorita Bessel de Frogend no papel de Britânia, e, em quarto lugar, A Trupe de Pierrôs dos Jovens Trabalhadores.

Os rapazes cantavam acompanhados por um piano, e, quando rimaram lingüiça alemã de suíno com "passagem no intestino", fez-se um silêncio de horror — quebrado apenas pelas risadas de Reggie Bickerton, que ria a mais não poder, parecendo incapaz de parar. Rosie escondia o riso enfiando o rosto no avental.

Enquanto isso, Lewis Jones avançava em direção a ela. Ele assobiou para chamar sua atenção, e ela olhava em sua direção sem o ver, sorrindo.

O penúltimo carro, apresentando A Morte do Príncipe Llewellyn, fez um grupo de nacionalistas galeses se pôr a cantar.

"Basta, cavalheiros!", gritou o senhor Arkwright. "Já basta, muito obrigado!" Então uma explosão de vivas fez que todos se levantassem.

Os homens assobiavam. As mulheres esticavam o pescoço e faziam comentários enternecidos: "Ela não é uma graça? Uma graça! Oh! E olhe aqueles anjinhos! Oh, é Cis... Olhe! É a nossa Cissie... Oh! Oh! Ela não é liiinda?".

"A senhorita Cissie Pantall-the-Beeches", continuou o senhor Arkwright num tom embevecido, "que se dignou a nos honrar com sua presença — personificando a Paz. Senhoras e senhores! Eu vos apresento... a Paz!"

Tecidos de algodão branco, em dobras fluidas, cobriam o chão em ambos os lados do carro. Coroas de louros pendiam sobre os cubos das rodas, e nos quatro cantos havia vasos com copos-de-leite.

Um coro de anjos formava um círculo em volta do trono ocupado por uma garota loira, alta, numa túnica branca como neve. Ela segurava uma gaiola de vime com uma pomba branca de cauda em leque. Seus cabelos derramavam-se abundantemente pelos ombros, e seus dentes batiam de frio.

As senhoras viam a chuvarada que caía sobre a colina Negra e olhavam em volta procurando a sombrinha mais próxima.

"Vamos embora", disse Benjamin.

Depois de trocar algumas palavras com lady Vernon-Murray, o senhor Arkwright anunciou precipitadamente a vencedora, escolhida de antemão: a senhorita Pantall-the-Beeches. Orgulhoso, o pai fez os cavalos girarem para que Cissie pudesse subir na tribuna e receber o troféu.

Assustada com os aplausos e com os trovões cada vez mais próximos, a Pomba da Paz entrou em pânico e começou a debater-se na gaiola. Penas voaram, ondearam ao vento e caíram aos pés de Rosie Fifield. Ela se inclinou e apanhou duas delas. Afogueada e sorridente, postou-se, numa atitude desafiadora, diante de Lewis Jones.

"Muito me admira que esteja aqui!", disse ela. "Tenho um presente para você", acrescentou, oferecendo-lhe uma das penas.

"Muito obrigado", disse ele com um sorriso embaraçado. Lewis pegou a pena antes que o irmão pudesse impedi-lo; ele nunca ouvira falar que pena branca era o símbolo da covardia.

"Covardes!", escarneceu ela. Reggie riu, e o grupo de soldados em volta dela também caiu na gargalhada. O suboficial estava entre eles. Lewis largou a pena, e a chuva começou a cair.

"As competições esportivas vão ser adiadas", anunciou pelo megafone o procurador, enquanto a multidão se dispersava, correndo a abrigar-se sob as árvores.

Lewis e Benjamin se agacharam sob uns rododendros, a água escorrendo-lhes pelo pescoço. Quando a chuva passou, esgueiraram-se em direção à orla do bosque e pegaram a estrada. Uns quatro ou cinco brutamontes do Exército cortaram-lhes o caminho. Todos estavam encharcados e meio embriagados.

"Vocês ficaram no bem-bom em Hereford, hein, camaradas?" O suboficial tentou esmurrar Lewis, mas ele se esquivou.

"Corra!", gritou, e os gêmeos correram de volta para o mato. Mas o caminho estava escorregadio. Lewis tropeçou numa raiz e se estatelou na lama. O suboficial pulou em cima dele e lhe torceu o braço.

Outro soldado gritou: "Esfregue a fuça dele na merda!". Benjamin deu-lhe um pontapé atrás dos joelhos, jogando-o no chão. Então ele sentiu o mundo inteiro rodar e ouviu uma voz zombeteira: "Ah! Deixe que eles se arrebentem!".

E os gêmeos se viram novamente sozinhos, com olhos inchados e gosto de sangue na boca.

Naquela noite, subindo ao cume da colina de Cefn, viram uma fogueira que ardia em Croft Ambrey, outra na Clee e, ao longe, uma luz que mal se podia ver acima de Malverns, ardendo como arderam à época da Invencível Armada.

O Bombardeiro não sobreviveu às comemorações. Ao limpar o parque, um empregado da propriedade achou-o na cadeira de rodas de vime. Ninguém se lembrara dele no corre-corre em busca de abrigo. Ele parara de respirar. O homem ficou impressionado com a força com a qual o Bombardeiro agarrara a cigarreira de prata.

25.

Jim passou o Grande Dia num hospital militar de Southampton.

Mobilizado como arreeiro do Regimento Fronteiriço de Gales Sul, sobrevivera à primeira e à segunda batalha de Ypres, depois à do Somme. Atravessou a guerra sem um arranhão, até que, na última semana, dois estilhaços de granada lhe entraram atrás da rótula. O ferimento infeccionou, e os médicos chegaram a pensar em amputação.

Quando finalmente voltou para casa depois de longos meses de tratamento, ainda estava muito mal das pernas. Seu rosto estava cheio de manchas escuras, e ele se comportava como um cão raivoso.

Jim adorava suas mulas, tratava a oftalmia e as sarnas delas, arrancava-as da lama quando atolavam até os boletos. Nunca sacrificou uma mula ferida, a menos que não houvesse a menor esperança de salvá-la.

Comovia-se muito mais com uma mula morta que com um homem morto. "Eu as vi", dizia ele no pub. "Ao longo da estrada, fedendo como o diabo. Pobres animais que nunca fizeram mal a ninguém."

O que mais o enfurecia era ver as mulas morrerem pela ação do gás. Ele sobreviveu a um ataque com gás, ao passo que toda a sua tropa de mulas morreu — e isso o deixou furioso. Marchou em direção ao tenente, saudou-o rispidamente e falou sem pensar duas vezes: "Se posso ter uma máscara contra gás, por que minhas mulas não podem?".

Aquela lógica causou tal impressão ao tenente que ele mandou um relatório ao general. Este, em vez de ignorá-lo, respondeu com uma nota de felicitações.

Em 1918, a maioria das unidades britânicas equipou seus cavalos e mulas com máscaras contra gás, ao passo que os alemães continuavam perdendo suas montarias. E, embora nenhum historiador militar tenha atribuído a Jim da Rocha a invenção da máscara eqüina, ele continuou com a ilusão de que a vitória fora obra sua.

E assim, a cada nova rodada de bebidas — no Red Dragon de Rhulen, no Bannut Tree de Lurkenhope, no Shepherd's Rest de Upper Brechfa — ele encarava os companheiros de bar: "Sirva pra gente mais um trago. Eu ganhei a guerra. Eu!". E, quando zombavam dele, Jim retrucava: "Parem com isso, bando de inúteis", e tirava do bolso a carta do general ou a foto dele próprio acompanhado de duas mulas — os três com máscaras contra gás.

Ethel, a irmã de Jim, tinha imenso orgulho dele e de suas medalhas brilhantes. Dizia que o irmão precisava de um "bom e longo descanso".

Ela se tornara uma mulher forte, ossuda, que saía a passear com um casaco militar e olhava o mundo exterior por baixo de sobrancelhas espessas. "Não se preocupe", dizia quando Jim deixava um serviço pela metade. "Pode deixar que eu termino." E, quando ele pegava o caminho do pub, um sorriso plácido lhe inundava o rosto. "Esse Jim!", comentava ela. "Ele não pára em lugar nenhum."

Aggie também morria de amores por Jim, e olhava-o como se ele tivesse levantado do túmulo. Mas Tom-the-Coffin— àquela altura já um velho anguloso, de barba emaranhada, olhar febril — irritara-se com o rapaz por ter se apresentado como voluntário e irritou-se ainda mais com a sua volta. Ao ver o herói de guerra tomando sol, gritava numa voz rouca e terrível: "Eu já lhe disse. Já lhe disse. Essa é sua última chance. Vá trabalhar ou lhe dou uma surra. Cubro você de porrada, seu vagabundo imprestável! Vou moer essa sua cara gorda de porrada...".

Certa noite, acusou Jim de roubar um bridão e esmurrou-lhe a cara sem piedade — vendo isso, Aggie fuzilou-o com o olhar e disse: "Para mim basta. Já agüentei demais".

Quando voltou para jantar, o marido encontrou os ferrolhos fechados. Bateu e tornou a bater, mas a porta era de rijo carvalho, e ele foi embora afagando as juntas dos dedos doloridas. Por volta da meia-noite, ouviram um terrível relincho vindo do estábulo. De manhã ele tinha partido, e a égua de Jim jazia no chão, com um cravo enfiado no crânio.

Tempos depois soube-se que o velho estava morando no vale de Ithon com a viúva de um agricultor, que ele engravidara. As pessoas diziam que ele crescera o olho nela quando fora entregar o caixão do marido.

Sem o dinheiro dos caixões, Aggie já não tinha como manter uma "bela casa" e, depois de procurar algumas fontes de renda, teve a idéia de cuidar, sob pagamento, de crianças sem lar.

A primeira criança "resgatada" foi um bebê chamado Sarah, cuja mãe, esposa de um moleiro de Brynarian, fora seduzida por um tosquiador sazonal. O moleiro recusou-se a criar a menina em sua casa, mas ofereceu duas libras por semana para que Aggie cuidasse dela.

Esse acerto rendia a Aggie um lucro líquido de uma libra. Animada por esse resultado, acolheu mais duas filhas ilegítimas — Brenda e Lizzie — e, por esse meio, conseguia manter seu padrão de vida. A lata de chá estava sempre cheia. Comiam carne de carneiro em vinha-d'alhos uma vez por semana. Aggie comprou uma nova toalha branca de linho para a mesa, e, aos domingos, uma lata com rodelas de abacaxi alegrava a mesa do chá.

Quanto a Jim, reinava sobre as mulheres da casa, esquivava-se do trabalho e se deixava ficar na encosta da colina tocando uma flautinha para os cartaxos e outros pequenos pássaros.

Não suportava ver um animal sofrer. Quando achava um coelho numa armadilha, ou uma gaivota com a asa partida, levava-os para casa, cuidava da ferida, enfaixava a asa. Às vezes havia muitos animais feridos dentro de caixas, junto à lareira. E, quando um deles morria, Jim falava: "Coitado! Vou cavar um buraco para o enterro".

Durante anos repisou suas histórias da guerra, e pegou o hábito de descer até a Visão para desafiar os gêmeos.

Certo dia, ao entardecer, eles estavam ceifando em mangas de camisa quando Jim apareceu manquejando e começou com a sua arenga de sempre. "Ah, aqueles tanques de guerra! Vou dizer uma coisa... *Vrum, Vrum!*" Os gêmeos continuaram a ceifar, parando de vez em quando para afiar as lâminas. A certa altura uma mosca entrou na boca de Benjamin, que a cuspiu: "Argh! Essas moscas nojentas!".

Como não dessem a menor atenção a Jim, este terminou por se irritar: "E vocês? Vocês não teriam agüentado uma fração de segundo na guerra. E vocês tinham uma fazenda a defender! E eu... eu tinha apenas a minha pele!".

176

*   *   *

Desde o dia da comemoração do fim da guerra, o mundo dos gêmeos reduzira-se a algumas milhas quadradas, limitadas de um lado pela capela de Maesyfelin, de outro pela colina Negra; agora, tanto Rhulen como Lurkenhope tinham se tornado território inimigo.

De forma deliberada, como para recuperar a inocência da meninice, deram as costas a tudo o que fosse moderno. E, embora os vizinhos investissem em novas máquinas agrícolas, os gêmeos convenceram o pai a não gastar dinheiro com isso.

Espalhavam o estrume na terra usando pás e semeavam os grãos tirando-os de um cesto. Usavam a velha enfardadeira, o velho arado de uma só relha e até malhavam os cereais com um mangual. Não obstante, Amos tinha de admitir que as sebes nunca estiveram em tão boa ordem, a grama tão verde, os animais tão saudáveis. A fazenda chegava a dar lucro. E bastava-lhe entrar no banco para que o gerente desse a volta ao balcão a fim de vir apertar-lhe a mão.

A única extravagância de Lewis era a assinatura de *News of the World*. Aos domingos, depois do almoço, ele ia passando as páginas, procurando a notícia de algum desastre aéreo para a sua coleção de recortes.

"Francamente", dizia Mary com fingida indignação. "Que imaginação mórbida!" E àquela altura, embora tivessem apenas vinte e dois anos de idade, seus filhos já se comportavam como velhos solteirões ranzinzas. Mas a filha lhe dava muita preocupação.

Durante anos, Rebecca gozou do privilégio de ser a queridinha do pai; agora eles mal se falavam. Ela saía furtivamente para Rhulen e voltava com a boca cheirando a cigarro e batom nos lábios. Roubou dinheiro do pai, que a chamou de "puta", e Mary perdeu a esperança de reconciliá-los.

Para manter a filha longe de casa, ela lhe conseguiu um emprego de balconista na velha loja de tecidos Albion, a qual, num acesso de francofilia pós-guerra, teve seu nome mudado para Paris House. Rebecca se instalou no sótão da loja, e só voltava para casa nos fins de semana. Numa tarde de sábado, quando os gêmeos estavam lavando os latões de leite, ouviram o barulho e os gritos de uma briga na cozinha.

Rebecca confessara estar grávida; e, o que era pior, o homem era um irlandês, católico, empregado da ferrovia, que trabalhava com escavações. Ela saiu de casa com um lábio sangrando e quinze soberanos de ouro na bolsa, surpreendendo a todos com o sorriso malicioso e a frieza de comportamento.

"E é tudo o que ela vai receber de mim", vociferou Amos.

E nunca mais ouviram falar dela. De um endereço em Cardiff, ela enviou ao ex-patrão um postal anunciando o nascimento de uma filha. Mary foi até lá de trem, mas a proprietária disse que o casal emigrara para a América, e bateu a porta na cara dela.

E Amos nunca se recuperou do desaparecimento da filha. Gritava por Rebecca quando dormia. Uma crise de herpes quase o enlouqueceu de dor. Então, para completar, o aluguel da fazenda aumentou.

Os Bickerton estavam em dificuldades financeiras.

Seus administradores perderam uma fortuna em títulos russos, suas experiências com criação de cavalos não cobriram os investimentos. Além disso, a venda dos quadros dos grandes mestres decepcionou, e, quando os advogados do coronel abordaram o tema dos direitos de sucessão, ele explodiu: "Não me venham falar de direitos de sucessão. Eu ainda não morri!".

Uma carta circular de seu novo gerente preveniu todos os arrendatários de que haveria aumentos substanciais nos aluguéis no ano seguinte — o que era péssimo para Amos, que contava comprar terras.

Mesmo no auge da fúria, Amos não se esquecia de que os gêmeos iriam casar-se e continuar vivendo na fazenda. E, como a Visão não comportava duas famílias, eles precisavam de mais terra.

Havia anos que ele estava de olho em Tump — uma pequena propriedade de uns quinze hectares, rodeada de faias, em terreno elevado, a cerca de meia milha da estrada de Rhulen. O proprietário era um velho recluso — um sacerdote que perdera o hábito, segundo diziam — que morava sozinho numa penúria de sábio, até que, numa manhã em que nevava muito, Ethel não viu nenhuma fumaça na chaminé dele e o encontrou jazendo no jardim, braços e pernas abertos, com uma flor-da-verdade na mão.

Amos andou pedindo informações, e disseram-lhe que a propriedade seria vendida em leilão. Então, numa quinta-feira à noite, chamou Lewis de parte e disse em tom amargo:

"Sua velha amiga Rosie Fifield mudou-se para The Tump."

26.

Quando trabalhava em Lurkenhope, uma das tarefas de Rosie era levar a água do banho para o quarto de Reggie, no pavimento superior.

Poucas pessoas tinham acesso àquele lugar, situado na torre oeste, que era uma perfeita garçonnière. As paredes eram cobertas de papel azul-escuro. As cortinas em tapeçaria e os cortinados da cama, trabalhados em verde, representavam animais heráldicos. Havia cadeiras e otomanas forradas de chintz. O tapete era persa, e diante da lareira havia uma pele de urso-polar. No consolo da lareira se via um relógio de bronze dourado, flanqueado pela figuras de Castor e Pólux. A maioria dos quadros era de temas orientais: bazares, mesquitas, caravanas de camelos e mulheres em quartos guarnecidos de treliças. Suas fotografias de Eton mostravam grupos de jovens atletas com sorrisos imperturbáveis. O sol poente coava-se pelas janelas redondas de vidros coloridos, projetando nas molduras manchas de luz vermelho-sangue.

Rosie estendia o tapete de banho, punha uma toalha sobre uma cadeira, e colocava nos devidos lugares o sabonete e a esponja. Então, depois de mergulhar um termômetro na água — para ter certeza de que não iria escaldar o coto da perna do jovem amo —, ela tentava sair dali mais que depressa, para que ele não a chamasse.

Quase todas as noites ela o encontrava deitado na otomana, vestido num roupão de seda amarela largo, às vezes fingindo ler ou tomando notas com a mão sã. Com o canto do olho, ele observava cada movimento de Rosie.

"Obrigado, Rosie", dizia no momento em que ela girava a maçaneta. "Eh... eh... Rosie!"

"Sim, senhor!" A porta meio aberta, ela ficava quase em posição de sentido.

"Não, não é nada. Esqueça. Não é nada importante!" — e, quando a porta se fechava atrás dela, ele pegava sua muleta.

Certa noite, nu da cintura para cima, ele lhe pediu que o ajudasse a entrar na água.

"Não posso", disse ela, ofegante, e correu para a segurança do corredor.

Em 1914, Reggie fora para a guerra com a cabeça cheia de idéias cavalheirescas de dever para com sua classe e sua pátria. Voltou para casa mutilado, com um começo de calvície, três dedos a menos na mão direita, e os olhos aguados de quem bebe às escondidas. A princípio, suportou a mutilação com o estoicismo das pessoas bem-nascidas. Em 1919, a simpatia de que fora alvo passara, e ele se tornara apenas "um caso".

Sua noiva casara com o melhor amigo dele. Outros amigos achavam a fronteira galesa longe demais de Londres para visitas freqüentes. Sua irmã preferida, Isobel, casara-se e mudara-se para a Índia. E ele ficou naquela enorme casa sombria, sozinho com os pais briguentos, e a triste e gaga Nancy, que lhe dedicava uma afeição indesejada.

Tentou escrever um romance sobre suas experiências na

guerra. O esforço de composição logo o cansou; depois de vinte minutos escrevendo com a mão esquerda, punha-se a olhar pela janela — o gramado, a chuva e a colina. Tinha vontade de morar num país tropical e ansiava por um copo de uísque.

Num fim de semana de maio, a casa estava cheia de convidados; Rosie jantava às pressas na sala dos criados quando a campainha do quarto número três começou a tocar; ela já levara a água do banho ao quarto de Reggie.

Rosie bateu.

"Entre."

Ele estava na otomana, quase pronto para o jantar, tentando colocar com a mão mutilada uma abotoadura de ouro na respectiva casa:

"Pode vir aqui, Rosie? Você pode me ajudar?"

O dedo de Rosie pressionou a abotoadura, mas, bem na hora em que ia passar pela casa, ele puxou-a para si e fê-la cair sobre seu corpo.

Ela resistiu, desvencilhou-se dele e recuou. Seu pescoço estava vermelho, e ela gaguejou: "Não fiz de propósito".

"Mas eu sim, Rosie", disse ele, e lhe fez uma declaração de amor.

Reggie já zombara de Rosie antes. Ela disse que era maldade sua fazer uma coisa dessas.

"Mas não estou zombando de você", disse ele, sentindo-se de fato desesperado.

Ela viu que ele estava falando sério, e foi embora, batendo a porta.

Durante todo o domingo Rosie fingiu estar doente. Na segunda-feira, quando os convidados já tinham ido embora, ele pediu desculpas com toda a simpatia de que era capaz.

Reggie a fez rir descrevendo a vida particular de todos os convidados, falou em viajar para o Mediterrâneo e para as ilhas gregas, presenteou-a com romances, que ela leu à luz da vela. Ela expressou sua admiração pelo relógio do consolo da lareira. "São os gêmeos divinos", disse ele. "Pode ficar com ele. É um presente. Tudo aqui pode ser seu." Ela lhe opôs resistência por mais uma semana. Reggie suspeitou da existência de um rival. Enlouquecido por sua resistência, ele a pediu em casamento.

"Oh!"

Calma e lentamente, ela andou até a janela envidraçada e lançou um olhar sobre as árvores podadas em configurações diversas e sobre a mata logo atrás. Um pavão pupilou. Em sua imaginação, viu o mordomo trazendo-lhe o desjejum numa bandeja. E, quando a noite chegou, ela se enfiou sob os lençóis dele.

A partir dali, a dissimulação se tornou uma regra no comportamento dos dois. Rosie se sentia humilhada em ter de deixá-lo às cinco, antes que a casa começasse a acordar. Quando surgiram os comentários, tiveram de ter ainda mais cuidado. Certa noite, ela precisou se esconder no guarda-roupa, enquanto Nancy o repreendia, instando para que acabasse com aquela história:

"Francamente, Re-eggie!", protestava ela. "É o es-cân-da-lo da aldeia!"

Rosie insistia para que ele falasse com os pais. Ele prometeu fazer isso quando acabassem as comemorações da paz. Passou-se mais um mês. Ele caiu na realidade quando as regras dela atrasaram.

"Vou falar com eles amanhã, após o desjejum."

Três dias depois, sua mãe tinha ido para o sul da França, e ele disse: "Por favor, por favor, por favor, você pode me dar mais um pouco de tempo?".

As folhas já amarelavam no parque, e veio gente de Londres hospedar-se na casa para caçar. No segundo sábado da caça ao faisão, o mordomo ordenou a Rosie que levasse as cestas de piquenique aos convidados do coronel, que estavam junto ao bosque de Tanhouse. Ela vinha voltando pelo parque, acompanhada por um cavalariço com as cestas, quando viu um automóvel azul partindo célere em direção a West Lodge.

Reggie fizera as malas e partia para o estrangeiro.

Ela não chorou, não se abateu. Aquilo nem mesmo foi uma grande surpresa. Fugindo feito um covarde, ele confirmou nela a opinião que tinha dos homens. Ela encontrou uma carta em sua cama e rasgou-a, cheia de desprezo. Uma segunda carta recomendava que procurasse o senhor Arkwright, em Rhulen.

Ela foi. Ele lhe ofereceu quinhentas libras.

"Seiscentas", disse ela, respondendo ao olhar do outro com um ainda mais gélido.

"Seiscentas", concordou ele. "E nem um centavo a mais!"

Rosie foi embora com o cheque.

Naquele inverno, ela se instalou numa fazenda de leite e pagou sua pensão fazendo queijos. Quando o menino nasceu, deixou-o com uma ama-de-leite e foi trabalhar fora.

Ela sempre sofrera de bronquite e amava o ar puro da montanha. Uma noite de verão, voltando de Eagle Stone pelo cume, com os andorinhões voando baixo, acima de sua cabeça, parou para conversar com um velho que descansava junto à corcova de uma rocha avermelhada.

Ele lhe disse os nomes dos rochedos dos arredores, ela lhe perguntou o nome do rochedo em que se encontravam.

"Pau de Bickerton", disse, surpreso com a gargalhada zombeteira com que ela reagiu à resposta.

O velho solitário puxava de uma perna e tinha dificuldade de andar. Apontou para a própria choupana lá embaixo, rodeada de faias. Rosie o acompanhou encosta abaixo e ficou com ele até anoitecer, ouvindo-o recitar os seus poemas. Ela passou a fazer as compras dele. O velho morreu dois invernos depois, e ela comprou sua propriedade.

Rosie adquiriu um pequeno rebanho de carneiros e um pônei. Então pegou o filho de volta e se isolou do mundo. Queimou os trastes do poeta, mas guardou seus documentos e livros. Sua única proteção era uma porta que rangia e um cachorro.

Certo dia, Lewis Jones saiu em perseguição a um carneiro fugido. Chegou a um ribeiro, próximo a uma mata de aveleiras, onde a água deslizava numa rocha. Ali havia pilhas de ossos brancos trazidos pelas enchentes de inverno. Olhando por entre as folhas, viu Rosie Fifield, de vestido azul, sentada do outro lado da ravina. Sua roupa estava secando nas moitas de tojo, e ela estava absorvida na leitura de um livro. Um menino correu até ela e colocou um botão-de-ouro sob seu queixo.

"Por favor, Billy!", disse ela afagando-lhe os cabelos. "Agora chega!", e o menino sentou-se no chão para fazer um colar de margaridas.

Lewis ficou observando-os por dez minutos, paralisado como se estivesse vendo uma raposa brincando com seus filhotes. Depois voltou para casa.

27.

No dia seguinte ao do Natal de 1924, os caçadores e suas matilhas se encontraram na encruzilhada de Fiddler e começaram a perseguir as raposas na floresta de Cefn. Por volta das onze e meia, o coronel Bickerton caiu de sua montaria e o cavalo que vinha atrás o pisoteou. As crianças foram dispensadas das aulas para irem ao funeral. No pub, os fregueses brindaram à memória do velho castelão dizendo: "Era assim mesmo que ele queria partir".

A viúva ficou durante três dias, depois voltou para Grasse.

Tendo brigado com o resto da família, ela resolveu morar na França, dedicando-se à pintura e à jardinagem numa pequena casa na Provença. A senhora Nancy continuaria morando em Lurkenhope, "segurando a barra" para Reggie, que estava longe, em sua plantação de café no Quênia. Quase todos os criados foram dispensados. Em julho, Amos Jones ouviu o boato de que as fazendas da colina iam ser vendidas para pagar os impostos de sucessão.

Aquele era o momento pelo qual ele esperara durante toda a vida.

Procurou o corretor, e este, confidencialmente, confirmou que as fazendas seriam oferecidas aos arrendatários com dez ou mais anos de contrato, pelo "preço justo".

"E quanto seria esse 'preço justo'?"

"Para a Visão? Difícil dizer com precisão! Eu diria que entre duas mil e três mil libras."

Em seguida Amos consultou o gerente do banco, que não viu nenhuma dificuldade em conseguir-lhe um empréstimo.

A perspectiva de ter a própria fazenda fê-lo remoçar. Ele parecia ter esquecido a filha. Olhava para a propriedade com olhos cheios de ternura, sonhava em comprar maquinário moderno e fazia sermões moralistas sobre o declínio da pequena nobreza.

A mão de Deus, dizia ele, tinha colocado a terra em suas mãos e nas de sua descendência. E, quando ele falou *descendência*, ambos os gêmeos se ruborizaram e abaixaram a vista. Certo dia, na época de caça aos tetrazes, Amos se escondeu entre os lariços e ficou olhando a senhora Nancy atravessando a campina com um grupo de caçadores e batedores.

"E no próximo ano", gritou ele à mesa do jantar, "no próximo ano, se eles aparecerem com suas caras gordas em minhas terras, vou tocá-los para fora, vou meter os cachorros em cima deles..."

"Meu Deus do céu!", exclamou Mary, passando um prato de pastelão de purê. "Que mal lhe fizeram?"

O outono acabou. Então, lá pelo fim de outubro, chegaram dois avaliadores de Hereford e pediram que lhes mostrassem os campos e as edificações da fazenda.

"E quanto os senhores acham que isto aqui vale?", perguntou Amos, com toda a deferência, abrindo-lhes a porta da sala.

O mais velho esfregou o queixo: "Por volta de três mil libras no mercado livre, mas, se eu fosse você, guardaria essa cifra em segredo".

"Mercado livre? Mas não é para ser vendida no mercado livre."

"Talvez você tenha razão", disse o avaliador sacudindo os ombros, e ligou o motor do carro.

Amos desconfiou de que havia alguma coisa errada. Mas nunca, em seus momentos de mais louca ansiedade, fora capaz de imaginar o que leu no anúncio do *Hereford Times*: as fazendas seriam vendidas, em leilão público, dentro de seis semanas, no Red Dragon, em Rhulen. Temerosos do novo governo trabalhista e de uma nova legislação que poderia ir contra os interesses dos proprietários, os curadores trataram de ganhar o máximo de dinheiro e puseram os arrendatários para competir com compradores de fora.

Haines, de Red Daren, convocou os arrendatários à sala de reuniões em Maesyfelin, onde, um após outro, eles protestaram contra "esse comportamento monstruosamente desleal" e prometeram sabotar a venda.

O leilão se organizou como previsto.

Estava chovendo granizo no grande dia. Mary pôs um vestido de lã cinzento, seu casaco de inverno e o chapéu que costumava usar em funerais. No momento em que pegava a sombrinha, voltou-se para os gêmeos e disse: "Por favor, venham! Seu pai precisa de vocês. E hoje ele precisa mais do que nunca".

Eles balançaram a cabeça e disseram: "Não, mãe! Não vamos à cidade".

As mesas do salão de festas do Red Dragon tinham sido retiradas, e o gerente, preocupado com o soalho, andava de um lado para outro na entrada, de olho nos cravos das botas. O leiloeiro estava colocando folhas de papel nas cadeiras reservadas aos compradores. Acenando para amigos e conhecidos, Mary sentou-se na terceira fila, enquanto o marido ia juntar-se aos outros arrendatários, todos galeses. Eles se dispuseram em círculo, a capa de chuva dobrada no braço, falando baixo para combinar uma estratégia.

O líder do grupo era Haines, de Red Daren, um homem magro, vigoroso e taciturno, àquela altura com cinqüenta anos, nariz achatado, um punhado de cabelos anelados e grisalhos, dentes tortos. Ele perdera a esposa havia pouco tempo.

"Certo!", disse. "Se alguém der um lance contra um arrendatário, vou expulsá-lo da sala a botinadas."

A sala ia se enchendo de compradores e espectadores. A certa altura chegou uma jovem mulher de aparência descuidada, com um chapéu de plumas verdes encharcado pela chuva. Ao seu lado, de braço dado, vinha o velho Tom.

Amos afastou-se do grupo de locatários para cumprimentar seu antigo inimigo, mas Watkins lhe deu as costas e se pôs a olhar uma cena de caça numa pintura.

Às duas e vinte, o senhor Arkwright, procurador do vendedor, apareceu vestido como se fosse à caça, de calção xadrez folgado, até os joelhos. Também perdera a esposa havia pouco tempo. Quando, porém, David Powell-Davies se aproximou para apresentar-lhe os pêsames "em nome de todos os membros da associação agrícola", Arkwright respondeu com um sorriso frio:

"Uma coisa triste, sem dúvida! Mas uma graça de Deus! Pode acreditar, senhor Powell-Davies! Uma graça de Deus!"

A senhora Arkwright passara o último ano a entrar e sair do asilo de alienados de Mid Wales. O viúvo afastou-se para conversar com o leiloeiro.

O leiloeiro era um certo senhor Whitaker, um homem alto, afável, de cabelos ruivos, pele fresca e olhos acinzentados. Estava com o uniforme dos profissionais liberais — paletó preto e calça listrada —, e seu pomo-de-adão ia para cima e para baixo no recorte de sua gola em V.

Exatamente às duas e meia, ele subiu no estrado e anunciou: "Por ordem dos administradores dos domínios de Lurkenhope, a venda de quinze fazendas, cinco parcelas de terra onde se pode construir e duzentos acres de floresta pronta para a derrubada".

"Será que não vou poder morrer na fazenda em que nasci?", disse uma voz grave, repassada de ironia, no fundo da sala.

"Claro que vai", disse o senhor Whitaker, em tom divertido. "Basta fazer o lance adequado! Garanto ao senhor que os preços estão baixos. Estamos prontos para começar? Primeiro lote... Lower Pen-Lan Court..."

"Não, senhor! Não estamos prontos para começar", interveio Haines, de Red Daren. "Estamos prontos para acabar com esse absurdo. É correto pôr propriedades desse tipo à venda, sem dar aos locatários preferência de compra?"

A multidão diante de Whitaker murmurava, e este se voltou para o senhor Arkwright: tinham sido avisados de que poderia haver algum tumulto. Ele depôs o martelo e, olhos postados no lustre, começou a falar:

"Tudo isso, cavalheiros, já vem um pouco tarde. Mas digo-lhes o seguinte: enquanto fazendeiros, vocês reivindicam mercados livres para seu gado. Não obstante, aqui esperam um mercado fechado, contra os interesses de seu senhorio."

"Existe um controle governamental dos preços das terras?" — era novamente Haines, a voz monótona elevando-se cada vez mais, por causa da raiva. "Mas existe um controle dos preços do gado por parte do governo."

"Muito bem! Muito bem!" Devagar, os galeses começaram a bater palmas.

"Senhor!" Os lábios do senhor Whitaker tremiam, os cantos retorcendo-se para baixo. "Isto aqui é um leilão público, não é uma reunião política."

"Mas logo vai se tornar política", disse Haines agitando o punho no ar. "Vocês, ingleses! Vocês acham que já têm problemas suficientes na Irlanda. Digo-lhes uma coisa: temos aqui uma sala cheia de galeses que serão uma pedra no seu sapato."

"Senhor!" O martelo bateu três vezes. "Este não é o momento nem o lugar adequados para se discutir o Império britânico. Temos uma questão diante de nós, cavalheiros! Queremos ou não queremos que esta venda se realize?"

De todos os lados vieram gritos de "Não!", "Sim!", "Fora com esse velhaco!", "Maldito bolchevique!", "Deus salve o rei!" — enquanto os galeses se davam as mãos e começavam a cantar em coro "Hen wlad fu nhadau", "Ó terra de meus ancestrais".

Rat-tat-tat-tat-tat-tat! — soou o martelo.

"Infelizmente, não posso felicitar os senhores pela maneira de cantar!" O leiloeiro empalideceu. "Vou dizer mais uma coisa. Se esse tumulto continuar, os lotes serão retirados do leilão e oferecidos e vendidos em bloco, diretamente a um único comprador."

"Mentira! Fora com ele!" Mas os gritos agora eram mais inseguros e logo silenciaram.

O senhor Whitaker cruzou os braços e lançou um olhar de satisfação maligna ante a eficácia de sua ameaça. No fundo do salão, David Powell-Davies censurava Haines, de Red Daren.

"Tudo bem! Tudo bem!", disse Haines raspando as unhas no rosto bexiguento. "Mas, se eu pegar um homem, uma mulher ou um cachorro fazendo lances contra um locatário, eu lhe darei uns bons pontapés..."

"Está bem, então." O leiloeiro passeou o olhar pelas fileiras de rostos tensos e concentrados. "Os cavalheiros nos autorizaram a prosseguir. Primeiro lote, então, Lower Pen-Lan Court...

Quinhentas libras, quem dá mais?" — em vinte e cinco minutos ele vendeu a terra, a mata e catorze fazendas aos respectivos locatários.

Dai Morgan pagou duas mil e quinhentas libras por Bailey. Gillifaenog ficou com Evan Bevan por apenas duas mil libras, mas a terra era estéril. Os Griffiths tiveram de desembolsar três mil e cinqüenta libras por Cwm Cringlyn, e Haines comprou Red Daren por exatas quatrocentas libras abaixo da avaliação inicial.

Isso naturalmente o reanimou. Ele circulou entre seus camaradas apertando-lhes vigorosamente a mão e prometendo-lhes uma rodada de bebidas quando os pubs se abrissem.

"Lote número quinze..."

"É este", murmurou Mary. Amos estava trêmulo e ela colocou a mão enluvada sobre a dele.

"Lote número quinze, fazenda Visão. Casa e edificações, com cento e vinte acres e direito de pastagem na colina Negra... Quem dá mais? Quinhentas libras? Sim, quinhentas libras! Ela é sua, senhor! Por quinhentas...!"

Amos foi cobrindo os lances dos outros — era como empurrar uma carroça morro acima. Ele cerrava os punhos, a respiração entrecortada.

Quando a cifra subiu a duas mil e setecentas libras, ele viu, num relance, o martelo prestes a bater.

"É sua, senhor!", disse o senhor Whitaker, e Amos sentiu como se tivesse alcançado um cume ensolarado, e todas as nuvens se tivessem dispersado. A mão de Mary descansava sobre as articulações dele, agora relaxadas, e a mente de Amos evocou aquela primeira noite em que estavam os dois no terreiro tomado pelo mato.

"Muito bem, então", disse o senhor Whitaker, já encerrando a venda. "Vendida para o locatário por duas mil, setecen..."

"Três mil!"

A voz caiu como um machado na base do crânio de Amos.

Cadeiras rangeram quando os espectadores se voltaram para olhar o comprador inesperado. Amos o conhecia, mas não se voltou.

"Por três mil" — o senhor Whitaker não cabia em si de satisfação. "O lance vindo do fundo da sala é de três mil!"

"Três mil e cem", disse Amos sufocando.

"E quinhentos!"

O comprador era Watkins.

"Mais cem!"

Amos se perguntava onde estaria Red Daren naquele momento. Onde estavam as suas botas? Ele sentia, a cada novo lance, que ia ter um ataque, que o ar lhe fugia, que cada cem libras parecia ser o último suspiro, mas a voz fria lá atrás continuava.

Ele abriu os olhos e viu o sorriso complacente e lisonjeador do leiloeiro.

"O senhor, aí do fundo! Cinco mil e duzentas libras. É só?"

Pelo modo como o senhor Whitaker passava a língua no lábio inferior, percebia-se que estava muito satisfeito.

"Cinco mil e trezentas!", disse Amos, os olhos esgazeados como se estivesse em transe.

O leiloeiro colhia as ofertas em sua boca, como se fossem flores voadoras.

"Perto de mim, por cinco mil e trezentas libras!"

"Pare!", os dedos de Mary se encravaram no punho da camisa do marido. "Ele está louco", disse ela numa voz sibilante. "Você tem de parar!"

"Obrigado, senhor! Cinco mil e quatrocentos no fundo!"

"Mais cem", vociferou Amos.

"Perto de mim novamente, por cinco mil e quinhentas libras!" O senhor Whitaker levantou os olhos novamente para o lustre — e piscou. Uma expressão de perplexidade perpassou-lhe o rosto. O segundo comprador passara pela porta. As pessoas estavam levantando dos bancos e colocando seus casacos.

"Muito bem, então!" Ele levantou a voz acima do ruído das capas de chuva. "Vendida ao locatário por cinco mil e quinhentas libras!" — e o martelo desceu com um ruído surdo.

28.

Novamente nevava e caía granizo na tarde seguinte, quando Mary pegou a charrete para ir ao encontro do procurador. Os campos estavam cheios de carneiros encharcados, e o caminho coberto de água. Amos não saiu da cama.

O funcionário levou-a ao escritório, onde havia um aquecedor a carvão.

"Obrigada, prefiro ficar de pé aqui um momento", disse ela esquentando as mãos e recobrando as idéias.

O senhor Arkwright entrou e arrumou alguns papéis na escrivaninha: "Cara senhora, que bom vir aqui tão cedo!", disse ele, pondo-se a discutir o sinal em dinheiro e a troca do contrato:

"Logo estará tudo resolvido."

"Não vim falar do contrato", disse ela, "mas do preço injusto da venda."

"Injusto, minha senhora?" O monóculo saltou-lhe da órbita e ficou balançando na ponta da fita de seda preta. "Injusto como? Foi um leilão público."

"Foi um ajuste de contas!"

O vapor subia em espiral de sua saia, enquanto ela explicava a rixa entre seu marido e Watkins.

O procurador brincou com a espátula, ajustou o alfinete da gravata, folheou o jornal, depois tocou uma campainha para chamar a secretária e lhe pedir, de forma bastante explícita, "*uma xícara de chá*".

"Sim, senhora Jones, estou ouvindo", disse quando Mary chegava ao fim da história. "A senhora quer me dizer mais alguma coisa?"

"Eu esperava que... Eu me perguntava... se os administradores não poderiam reduzir o preço..."

"Reduzir o preço? Que idéia!"

"Não existe nenhuma maneira..."

"Nenhuma!"

"Não há a menor esperança de...?"

"Esperança, senhora? Eu acho isso um completo despropósito!"

Ela endireitou o corpo e franziu o lábio: "O senhor sabe que não vai conseguir esse preço de mais ninguém!".

"Desculpe-me, senhora. Mas pelo contrário! O senhor Watkins já esteve aqui esta manhã, ansioso para fazer o depósito, caso o comprador desistisse!"

"Não acredito no que você diz", retrucou ela.

"Como quiser", disse ele. "Vocês têm vinte e oito dias para se decidirem."

Uma pena, pensou ele ouvindo os passos dela no tapete de linóleo. Provavelmente fora uma bela mulher — e o surpreendera mentindo! Mas ela traíra sua classe, não traíra? Ele se contorcia nervosamente quando a secretária lhe trouxe o chá.

As nuvens do entardecer estavam mais negras que a colina. Grandes bandos de estorninhos voavam acima da floresta de Cefn, expandindo-se e concentrando-se em arcos e elipses, descendo em seguida num remoinho e pousando nos galhos das árvores. Mais adiante, Mary viu as luzes de sua casa, mas mal ousava avançar em sua direção.

Os gêmeos saíram, desatrelaram o pônei e empurraram a charrete para o galpão.

"Como está o pai de vocês?", disse ela tremendo de frio.

"Agindo de modo estranho."

Durante todo o dia ele pedira a Deus que o castigasse pelo pecado do orgulho.

"E agora o que eu vou dizer a ele?", indagou ela, deixando-se cair num tamborete junto à lareira. Benjamin trouxe-lhe uma caneca de chocolate. Ela fechou os olhos e, através das pálpebras, as chamas lhe pareciam um fluxo contínuo de corpúsculos vermelhos.

"O que podemos fazer?", disse ela, dirigindo-se às chamas. E estas, para seu espanto, lhe responderam.

Ela se levantou, foi ao piano e abriu a caixa marchetada na qual guardava a correspondência. Em poucos segundos, conseguiu achar o cartão de Natal que a senhora Bickerton lhe enviara no ano anterior. Sob a assinatura havia um endereço, próximo de Grasse.

Os gêmeos jantaram e foram para a cama. Um vento soprou no telhado, e Mary ouviu Amos gemer no quarto. O fogo crepitava, o bico da pena raspava o papel. Ela escrevia carta após carta, amassando-as e jogando fora até conseguir a redação satisfatória. Então selou o envelope e deixou-o de parte para dá-lo ao carteiro.

Esperou uma semana, duas semanas, vinte dias. O vigésimo segundo dia amanheceu ensolarado e frio, e ela disse a si mesma que não corresse ao encontro do carteiro, mas que o esperasse bater à porta.

A carta chegara.

Quando ela a abriu, uma coisa amarela, da cor de um pintinho, caiu no tapete próximo à lareira. Ela prendeu a respiração e seus olhos correram céleres pelos rabiscos confiantes da senhora Bickerton:

"Coitados de vocês! Que sofrimento! Sinto por vocês... tem gente que é completamente louca! Graças a Deus, ainda tenho *alguma* influência sobre os administradores! Concordo com você! Que maravilha de invenção, o telefone... Consegui falar com Londres em dez minutos! Sir Vivian foi muito compreensivo... Não conseguiu lembrar-se qual o lance inicial para a Visão... Menos de três mil libras, acha ele... Mas, seja lá qual for, com certeza vocês podem comprá-la por esse preço!"

Mary levantou os olhos para Amos, e uma lágrima caiu na carta. Ela continuou lendo em voz alta:

"Jardim encantador! Época das mimosas... Amendoeiras em flor... Por Deus! Gostaria que você viesse, se conseguir dar uma escapada... Peça ao abominável Arkwright que providencie a sua passagem..."

De repente, Mary se sentiu tremendamente embaraçada. Ela tornou a olhar para Amos.

"Que grande generosidade a deles!", rosnou ele. "Muito, muito, muito grande!" E saiu porta afora pisando duro.

Ela apanhou o que tinha caído da carta. Era um capítulo de mimosa, amassado mas ainda macio. Levou-o às narinas e aspirou o aroma do sul.

Certo ano, lá pelo fim da década de 1880, ela e sua mãe embarcaram no navio missionário quando este fizera escala em Nápoles. Juntas, as duas atravessaram a primavera mediterrânea.

Ela se lembrava do mar, das oliveiras de flores argênteas balançando-se ao vento e das fragrâncias de tomilho e de cistos depois da chuva. Lembrou-se dos tremoços e das papoulas nos campos acima de Posilipo. Lembrou-se do calor e do bem-estar de seu corpo sob a luz do sol. O que não daria agora por uma nova vida ao sol? Para envelhecer e morrer ao sol? E, no entanto, aquela carta — a carta pela qual tanto ansiara — não constituía também uma sentença obrigando-a a ficar, presa para todo o sempre, pelo resto da existência, naquela casa triste e sombria ao pé da colina?

E Amos? Se sorrisse, se ele se mostrasse grato ou pelo menos compreensivo! Em vez disso, batia portas, batia o pé no chão, quebrava a louça, amaldiçoava os desgraçados dos ingleses, e especialmente os Bickerton. Chegou a ameaçar tocar fogo em tudo.

E finalmente, quando a carta dos administradores chegou — oferecendo a Visão por duas mil e setecentas libras —, o ressentimento represado todos aqueles anos extravasou.

Foram as relações *dela* que possibilitaram o contrato. O dinheiro *dela* que permitira tocar a fazenda. A mobília *dela* que equipara a casa. Por causa *dela*, sua filha fugira com um irlandês. Por culpa *dela*, seus filhos eram uns idiotas. E agora, quando tudo parecia ir por água abaixo, fora a classe *dela* e sua habilíssima carta que salvaram tudo pelo qual ele, Amos Jones — homem, agricultor, galês —, trabalhara, economizara, estragara a saúde — e agora não queria!

Ela ouvira bem? ELE NÃO QUERIA! Não! Não por aquele preço! E por preço nenhum! E o que é que ele queria? Queria o que queria! Sua filha! Rebecca! Ele a queria de volta. De volta para casa! E o marido! O maldito irlandês! Não podia ser pior do que os dois retardados! E ele os iria encontrar! E trazê-la de volta. Trazer os dois de volta! Para casa! Para casa! Para casa!...

"Eu sei... eu sei..." Mary estava atrás dele, cingindo-lhe a cabeça com as mãos. Amos se deixara cair numa cadeira de balanço, trêmulo, aos soluços.

"Vamos encontrá-la", disse ela. "Vamos dar um jeito de encontrá-la. Mesmo que tenhamos de ir à América, vamos dar um jeito de trazê-la de volta."

"Por que a expulsei de casa?", choramingava ele.

E se agarrou a Mary como uma criança assustada agarra uma boneca, mas ela não tinha resposta para aquela pergunta.

29.

A primavera cobrira os lariços de poeira. A nata vinha saindo espessa e amarelada da desnatadeira quando um chamado de Benjamin fez Mary largar a manivela e correr para a cozinha. Amos jazia sobre o tapete, diante da lareira, boca aberta e olhos vidrados fitando as vigas do telhado.

Tivera um derrame cerebral. Acabara de completar seu qüinquagésimo quinto aniversário, e estava amarrando o cadarço da bota. Na mesa havia uma caneca com prímulas.

O doutor Galbraith, um jovem irlandês bem-disposto que assumira a clientela do velho médico, felicitou seu paciente por ser "forte como um touro" e disse-lhe que logo voltaria a caminhar. Então, chamando Mary de parte, avisou-a de que ele poderia ter um segundo ataque.

Não obstante, apesar de um braço paralisado, Amos recuperou-se o bastante para ficar andando pelo terreiro, e agitar a bengala, maldizer os gêmeos e se meter entre as pernas dos cavalos. Era difícil suportá-lo quando seus pensamentos se voltavam para Rebecca.

"Bem, você a encontrou?", falava rispidamente cada vez que o carteiro trazia uma carta.

"Ainda não", respondia Mary, "mas vamos continuar tentando."

Mary descobriu que o irlandês se chamava Moynihan, e começou a mandar cartas à polícia, ao Ministério do Interior, a ex-patrões dele na ferrovia. Pôs anúncios nos jornais de Dublin e chegou a escrever, sem resultado, para as autoridades da imigração dos Estados Unidos.

O casal sumira.

Naquele outono, ela disse em tom peremptório: "Não há mais nada a fazer".

A partir daí, como nenhum dos gêmeos saía da fazenda, e o próprio Benjamin perdera o hábito de mexer com dinheiro, era Mary quem administrava a Visão, fazia as contas, decidia o que plantar. Ela era boa para negócios, muito sagaz em avaliar os homens, e sabia a melhor ocasião de comprar e de vender. Sabia quando entrar em acordo com os vendedores de gado e quando mandá-los passear.

"Puxa!", ouviu-se certa vez um homem comentar, depois de um tremendo regateio com Mary. "Essa senhora Jones é a mulher mais avarenta da colina."

O comentário terminou chegando aos ouvidos dela, o que lhe deu grande prazer.

Para excluir de uma vez por todas a possibilidade de pagar direitos de sucessão, pôs a escritura da fazenda no nome dos gêmeos. Seu olhar de triunfo bastou para fazer o senhor Arkwright sair esquipando rua abaixo. Ela caiu na gargalhada à notícia da prisão do procurador — por assassinato.

"Assassinato, mãe?"

"Assassinato!"

A princípio, pensou-se que a senhora Arkwright morrera de nefrite e dos efeitos de sua loucura. Então um advogado concorrente, o senhor Vavasour Hughes, fez algumas perguntas embaraçosas sobre o testamento de um cliente. Numa reunião noturna oferecida para dissipar as suspeitas do senhor Hughes, o senhor Arkwright insistira para que ele comesse um dos sanduíches de pasta de arenque. Naquela noite, o senhor Hughes escapou por pouco de morrer. Uns quinze dias depois ele recebeu uma caixa de chocolates "de um admirador". E novamente por pouco não morreu. Hughes contou suas suspeitas à polícia, que descobriu arsênico em todas as barras de chocolate. Somaram dois mais dois, e mandaram exumar o cadáver da mulher no cemitério de Rhulen.

O doutor Galbraith se disse chocado com o resultado da necropsia: "Eu sabia que ela sofria muito com suas indigestões", disse. "Mas não esperava uma coisa dessas."

Para pôr a mão no dinheiro dela, o senhor Arkwright colocara em sua comida arsênico, comprado para matar dentes-de-leão. Foi condenado em Hereford e enforcado em Gloucester.

"Enforcaram o velho Arkwright", disse Lewis agitando as folhas da *News of the World* diante do rosto do pai.

"Ahn?", fez Amos, que agora estava quase surdo.

"Disse que enforcaram o velho Arkwright", berrou ele.

"Ahn... Devia ter sido enforcado quando nasceu", disse Amos em tom peremptório, com bolhas de saliva a escorrer-lhe queixo abaixo.

Mary esperou os sintomas de um novo derrame, mas não foi um derrame que o matou.

As duas pesadas éguas da fazenda usadas para reprodução chamavam-se Olwen e Daisy, e davam cria em anos alternados.

Lewis tinha muito carinho por elas, via universos inteiros em seus lustrosos flancos, gostava de escová-las, de polir suas medalhas de cobre, afofar a "penugem" branca em volta dos cascos.

Uma das éguas entrou no cio por volta do fim de maio, e esperava-se a chegada de um reprodutor — um magnífico animal chamado Spanker, que ia de fazenda em fazenda, na área da colina Negra, acompanhado de seu dono, Merlin Evans.

Merlin era um sujeito vigoroso e seco, de rosto triangular bexiguento e uma fileira de dentes escuros estragados. Trazia em volta do pescoço vários lenços femininos de chiffon — e os mantinha ali até apodrecerem — e uma argola de ouro no lóbulo de uma orelha. Espantava os gêmeos com suas histórias de conquistas. Bastava a menção do nome de alguma santa mulher, freqüentadora da igreja, para que ele arreganhasse os dentes: "Eu a possuí no vale perto de Pantglas" ou "de pé, no estábulo".

Algumas noites ele dormia atrás de uma meda de feno, outras entre lençóis de linho. As pessoas diziam que tinha gerado mais filhos que Spanker; na verdade, havia agricultores que, desejando sangue novo na família, deixavam suas mulheres sozinhas em casa.

Todo ano, antes do Natal, Merlin passava uma semana na capital. E certa vez, quando Lewis lhe pagou vinte e cinco xelins pelos serviços de seu reprodutor, Merlin espalhou as moedas na palma da mão: "Isso aqui vai dar para pagar uma mulher em Londres, e cinco em Abergavenny!".

Na primavera de 1926, uma jovem o fizera demorar-se em Rosgoch, e ele chegou à Visão com uma semana de atraso.

Farrapos de nuvens pairavam, imóveis, no céu. As colinas estavam cor de prata à luz do sol, as sebes brancas de pilriteiros, e os botões-de-ouro cobriam os campos com um fino tapete dourado. O cercado estava cheio de carneiros balindo. Um cuco piava, pardais pipilavam, e andorinhas cortavam os ares. As duas éguas estavam em suas baias, focinhos enfiados nos sacos de ração, e escoiceando por causa das moscas.

Lewis e Benjamin estavam esperando os tosquiadores, que deviam chegar a qualquer momento.

Eles tinham passado a manhã inteira ajeitando o redil, azeitando tesouras enferrujadas e trazendo do palheiro velhos e ensebados bancos de tosquia feitos de carvalho.

Dentro de casa, Mary preparava uma limonada com cevada para matar a sede dos homens. Amos fazia a sesta. Uma voz aguda ressoou no portão: "Alegrem-se, chegou o velho debochado!".

O barulho das patas do cavalo acordou o inválido, que veio ver o que se passava.

O sol estava muito brilhante e o ofuscou. Ao que parece, ele não viu as éguas.

Os gêmeos também não o viram quando Amos veio manquejando na faixa de sombra entre as baias e o reprodutor. E tampouco ele ouviu Merlin Evans gritar: "Cuidado, velho maluco!".

Tarde demais.

Olwen dera um coice. O casco bateu sob o queixo de Amos, e os pardais continuaram a chilrear.

30.

Logo que pôs os pés na escada, o senhor Vines, o encarregado dos serviços funerários, mostrou uma expressão de dúvida. A dúvida aumentou quando examinou com um olhar profissional o espaço entre o pilar do corrimão e a parede do corredor. Mediu o cadáver e desceu para a cozinha.

"É um homem corpulento", disse. "Acho melhor pô-lo no caixão aqui embaixo mesmo."

"Também acho", disse Mary. Ela estava com um lenço preto de crepe enfiado na manga do vestido, pronto para enxugar as lágrimas que não haveriam de vir.

À tarde, escovou o chão da cozinha e, salpicando alguns lençóis de cama com água de alfazema, pendurou-os no friso de maneira que caíssem em dobras, cobrindo os quadros. Pegou um ou dois galhos de loureiro no jardim e fez um ornato com suas folhas lustrosas.

O tempo continuava quente, úmido e abafado; os gêmeos continuaram o trabalho de tosquia. Cinco vizinhos tinham vindo ajudar, tosando a toda a velocidade, disputando um garrafão de sidra.

"Aposto em Benjamin", disse Dai Morgan, enquanto Benjamin trazia mais uma ovelha do cercado. Estava cinco animais na frente de Lewis. Benjamin tinha mãos fortes, ágeis, e era um excelente tosquiador.

As ovelhas aceitavam tranqüilamente a tosquia, depois saltavam para a campina, brancas como leite — embora algumas tivessem cortes sangrentos nos úberes —, como a pular barreiras imaginárias, ou simplesmente para se verem livres. Nenhum tosquiador falava sobre o morto.

Dois meninos — netos de Reuben Jones — recolhiam a lã, trançavam em cordas a lã do pescoço e as amarravam. De vez em quando Mary aparecia na porta, em um comprido vestido verde, com um jarro de limonada.

"Vocês devem estar com uma tremenda sede", dizia ela sorrindo, cortando qualquer tentativa de lhe darem os pêsames.

Quando o senhor Vines chegou, às quatro horas, os gêmeos largaram as ferramentas e carregaram o caixão para dentro de casa. Suas mãos estavam ensebadas; e os macacões, pretos e brilhantes de lanolina. Envolveram o corpo do pai num lençol e desceram a escada com ele; colocaram-no na mesa da cozinha e deixaram o agente funerário fazer o seu serviço.

Mary saiu para andar um pouco pelos campos, sozinha, até Cock-a-loftie. Ela viu um francelho tiritando sob um céu congelado. Lá pelo final da tarde, como corvos na época em que as ovelhas dão cria, chegaram mulheres vestidas de preto para prestar a última homenagem e beijar o morto.

O caixão estava aberto, sobre a mesa. Velas se dispunham de ambos os lados, e sua luz bruxuleava através das varas das mantas de bacon, formando uma grade de sombra com os caibros. Mary também se vestira de preto. Algumas mulheres choravam.

"Ele era um homem de bem."

"Era um homem bom."

"Deus tenha piedade dele!"

"Que Deus esteja com ele!"

"Que Deus tenha piedade de sua alma!"

O caixão era estofado. Para esconder as contusões do queixo, envolveram a metade inferior do rosto com um lenço branco, mas ainda se viam alguns pêlos vermelhos apontando nas narinas. A sala cheirava a alfazema e a lilases. Mary não conseguia chorar.

"Sim", concordava ela. "Ele era um homem bom."

Ela levou os visitantes para a sala de estar e serviu um copo de cerveja aquecida aromatizada com casca de limão a cada um. Lembrara-se de que aquele era o costume nos vales.

"Sim", dizia ela balançando a cabeça. "Não existem melhores amigos que os velhos amigos."

Silenciosos, os gêmeos estavam encostados na parede da cozinha, olhando para as pessoas que olhavam seu pai.

Mary foi a Rhulen e comprou uma saia de veludo preta para o funeral, um chapéu de palha preto e uma blusa preta com uma gola de chiffon plissada. Ainda se vestia em seu quarto quando o carro fúnebre parou no portão. A cozinha estava cheia de gente. Os homens que carregariam o caixão puseram-no nos ombros, mas ela continuava fitando a própria imagem no espelho alto entre as janelas, girando lentamente a cabeça e examinando o próprio perfil. Suas faces pareciam pétalas de rosa enrugadas sob o véu mosqueado.

Mary se manteve firme durante o serviço fúnebre e no momento em que o caixão desceu à terra. Afastou-se do túmulo sem um último olhar — e uma semana depois caiu em desespero.

A princípio, culpou a si mesma pelo derrame de Amos. Em seguida incorporou os traços de caráter do marido que mais a tinham aborrecido. Perdeu o gosto pelas coisas refinadas, parou de comprar roupas. Perdeu o senso de humor e já não ria dos pequenos absurdos que lhe aliviavam o peso da existência. E chegou a lembrar-se da sogra, a velha Hannah, com afeição.

Seu devotamento à memória do marido beirava a extravagância.

Remendava-lhe o paletó, cerzia-lhe as meias, colocava um quarto prato na hora do jantar e punha comida no prato dele. Seu cachimbo, sua bolsa de tabaco, seus óculos, sua Bíblia — estavam todos nos lugares costumeiros. Até mesmo seu estojo de cinzéis, caso quisesse esculpir.

Mary conversava com Amos três vezes por semana — não por meio de mesas levitantes ou outras técnicas de espiritismo, mas com base na simples crença na vida dos mortos, que responderiam se fossem chamados.

Ela não tomava nenhuma decisão sem a anuência dele.

Certa noite de novembro, quando uma propriedade de Lower Brechfa estava à venda, ela abriu as cortinas e sussurrou na escuridão. Em seguida, voltando-se para os filhos, disse: "Só Deus sabe onde vamos arranjar esse dinheiro, mas o pai de vocês diz que devemos comprá-la".

Em contrapartida, quando Lewis quis adquirir uma nova enfardadeira McCormick — agora ele já não abominava o maquinário moderno —, ela franziu os lábios e disse: "De jeito nenhum!".

Em seguida, um tanto incerta, disse: "Sim!".

Depois: "Seu pai diz 'Não!'".

E disse "Sim!" novamente, mas àquela altura Lewis estava tão confuso que desistiu da idéia, e só compraram uma enfardadeira depois da Segunda Guerra Mundial.

Nada — nem mesmo uma xícara de chá — era substituído. E a casa começou a parecer um museu.

Os gêmeos nunca ousavam sair, agora mais por força do hábito que pelo medo do mundo exterior. Então, durante o verão de 1927, aconteceu uma coisa muito desagradável.

31.

Dois anos depois de Jim voltar da guerra, sua irmã Ethel deu à luz um filho. O menino, que se chamava Alfie, era meio bobo. Ethel nunca quis revelar quem era o pai. Mas, como o menino tinha os cabelos cor de cenoura e as orelhas deformadas de Jim, as más-línguas costumavam dizer: "Irmão e irmã! O que você queria? Não é de estranhar que o menino seja retardado!" — o que era descabido, porque Jim e Ethel não eram consangüíneos.

Alfie era uma criança difícil. Vivia tirando a roupa e brincando nu no estábulo — e às vezes passava dias sumido. Ethel sacudia os ombros a essas ausências e dizia: "Mais cedo ou mais tarde ele aparece". Certo entardecer de verão, Benjamin Jones encontrou-o brincando na colina. Como Benjamin também era um tanto infantil, os dois ficaram brincando até o pôr-do-sol.

Mas o menino tinha apenas um amigo: um relógio.

O relógio — cujo vidro estava sempre sujo de fumaça de turfa — tinha um mostrador de esmalte branco com números romanos e vivia num estojo de madeira na parede, acima da lareira.

Quando cresceu o bastante, Alfie subia numa cadeira, ficava na ponta dos pés, abria a portinha e olhava o pêndulo balançar: tique-taque... tique-taque... tique-taque... Depois ele se abaixava junto à lareira, como se seus olhos frios pudessem apagar o fogo das achas, estalando a língua tique-taque... tique-taque... balançando a cabeça no mesmo ritmo.

Alfie achava que o relógio era um ser vivo e trazia presentes para ele — uma pedra bonita, um pouco de musgo, um ovo de passarinho ou um rato morto. Queria muito que o relógio dissesse alguma coisa além de tique-taque... Brincava com os ponteiros e com o pêndulo. Tentou dar corda no relógio e terminou por quebrá-lo.

Jim deixou a caixa na parede e levou o mecanismo a Rhulen. O relojoeiro examinou-o — era um magnífico exemplar do século XVIII — e ofereceu-lhe cinco libras. Jim saiu da loja assobiando alegremente a caminho do pub, mas o pequeno Alfie ficou inconsolável.

O garoto sentia falta do amigo, gritava, vasculhava o celeiro e as outras edificações, batia a cabeça ardente contra a parede caiada. Então, convencido de que o relógio morrera, ele sumiu.

Ethel não fez nenhum esforço especial para encontrá-lo; mesmo depois de três dias, limitou-se a resmungar: "Alfie sumiu e só Deus sabe onde anda metido".

Abaixo de Craig-y-Fedw havia um pequeno charco, escondido entre aveleiras, onde Benjamin costumava ir buscar agrião. Algumas varejeiras zuniam em volta de uma moita de botões-de-ouro. Ele viu um par de pernas apontando da lama e correu à casa para chamar Lewis.

Quando a polícia chegou ao local, Ethel estava em plena

crise de histeria. Chorava e gemia, dizendo que Benjamin o matara.

"Eu sabia", gritava ela. "Sabia que ele não prestava!" — e desfiava uma lengalenga dizendo que Benjamin levava o menino em longos passeios.

Benjamin ficou mudo: a presença dos policiais lhe trouxe de volta os terríveis dias de 1918. Levado até Visão para ser interrogado, ele abaixou a cabeça e foi incapaz de dar uma única resposta coerente.

Como sempre, foi Mary que salvou a situação: "Senhor policial, não está vendo que é tudo invenção? Coitada da senhorita Watkins! Está um pouco descontrolada".

A conversa acabou com os policiais recolocando os capacetes e pedindo desculpas. Em seu relatório, o legista registrou "morte acidental", mas as relações entre as duas fazendas novamente se azedaram.

32.

Como viúva de Amos, Mary queria pelo menos uma nora e muitos netos. Como mãe dos gêmeos, queria ter os filhos para si mesma, e em seus devaneios imaginava a cena da própria morte.

Ela estaria deitada, mera casquinha murcha com cabelos prateados no travesseiro, as mãos abandonadas sobre uma colcha de retalhos. A luz do sol e o canto dos pássaros alegrariam o quarto. Uma leve brisa balançaria as cortinas, e os gêmeos estariam de pé, um de cada lado da cama. Uma linda cena — que Mary sabia ser um pecado!

Havia momentos em que ela repreendia Benjamin: "Que história é essa de nunca sair de casa? Por que não procura uma boa moça?". Mas Benjamin cerrava os lábios, suas pálpebras tremiam, e ela percebia que ele nunca haveria de casar. Em outras ocasiões, exercendo com prazer o lado perverso de seu caráter, ela pegava Lewis pelo braço e obrigava-o a jurar que nunca, nunca se casaria, a menos que Benjamin também se casasse.

"Eu prometo", dizia abaixando a vista como um homem recebendo uma sentença de prisão. Porque ele desejava ardentemente uma mulher.

Durante todo o inverno, Lewis se mostrou irritadiço e implicante, respondendo rispidamente ao irmão e recusando-se a comer. Mary temia que ele tivesse herdado os modos bruscos do pai e, em maio, tomou uma decisão importante: os dois iriam à feira de Rhulen.

"Não!"

Ela lançou um olhar duro a Benjamin. "Não quero ouvir nenhuma desculpa."

"Sim, mamãe", disse ele com voz sumida.

Ela preparou-lhes um lanche e despediu-se deles na porta da casa.

"Vejam se conseguem as mais bonitas!", gritou ela. "E não me voltem antes do anoitecer!"

Ela foi passear no pomar e ficou a olhar os dois pôneis no vale, um a trote largo, girando em círculos, o outro avançando a passo lento — até desaparecerem no horizonte.

"Bem, pelo menos tiramos os dois de dentro de casa." Mary coçou atrás da orelha do cão pastor de Lewis, e o animal balançou a cauda e esfregou a cabeça em sua saia. Então ela entrou em casa para ler um livro.

Acabara de descobrir os romances de Thomas Hardy, e queria ler todos eles. Como lhe era familiar a vida que ele descrevia — o cheiro da leiteria de Tess, os sofrimentos de Tess na cama e na plantação de beterrabas. Ela também sabia podar as sebes, plantar mudas de pinheiro, cobrir os montes de feno com sapé — e, se os velhos métodos não mecanizados já não se usavam mais em Wessex, o tempo ficara parado ali nas colinas de Radnor.

"Veja o caso da Rocha", falava consigo mesma. "Ali nada mudou desde a Idade Média."

Ela estava lendo *The mayor of Casterbridge*. Estava gostando menos que de *The woodlanders*, que lera na semana anterior, e as "coincidências" de Hardy começavam a aborrecê-la. Leu mais três capítulos e, deixando o livro cair no colo, ficou relembrando certas noites e manhãs no quarto com Amos. E de repente ele lhe apareceu — com os cabelos de fogo e uma luz brilhando nos ombros. E ela viu que tinha dormido, porque o sol agora vinha do oeste, e os raios passavam pelos gerânios e entre as pernas dela.

"Na minha idade!", disse ela com um sorriso, terminando de acordar — e então ouviu o barulho de cavalos no terreiro.

Os gêmeos estavam de pé junto ao portão. Benjamin mal continha uma grande indignação, enquanto Lewis olhava por sobre o ombro como se procurasse algum lugar para se esconder.

"O que está acontecendo?", disse ela soltando uma gargalhada. "Não tinha moças bonitas na feira?"

"Foi terrível", disse Benjamin.

"Terrível?"

"Terrível!"

Desde a última vez que os gêmeos estiveram em Rhulen, as saias já não ficavam acima dos tornozelos, mas acima dos joelhos.

Às onze da manhã, pararam no alto da colina e lançaram um olhar sobre a cidade. A feira já estava a todo o vapor. Ouviam o burburinho da multidão, o gemido dos órgãos, os mugidos ou urros ocasionais dos animais no cercado. Só na rua Broad, Lewis contou onze carrosséis. Havia uma roda-gigante na praça do mercado, e um torniquete em forma de torre de Babel.

Pela última vez, Benjamin pediu ao irmão para voltar.

"Mamãe nunca vai saber", disse ele.

"Eu vou contar a ela!", disse Lewis esporeando seu pônei.

Vinte minutos depois, ele vagava em torno da feira feito um possesso.

Jovens agricultores passeavam pelas ruas em bandos de sete ou oito, soltando baforadas de cigarro, lançando olhares cobiçosos às moças. Desafiavam-se a lutar contra o Campeão — um boxeador negro vestido num short de cetim vermelho. Ciganas vendiam lírios-do-vale e se ofereciam para ler a sorte. Ouvia-se o som dos estampidos vindo dos estandes de tiro. Numa exposição de aberrações podiam-se ver a "menor égua e o menor potro do mundo", e uma das mulheres mais corpulentas que existiam.

Por volta do meio-dia, Lewis já tinha montado num elefante, voado numa "cadeira volante", tomado leite de coco, chupado um pirulito — e agora estava procurando outro tipo de divertimento.

De sua parte, Benjamin só via pernas — pernas nuas, pernas com meias de seda, com meias arrastão — agitando-se, dançando, saltitando — e fazendo-o lembrar-se das pernas de carneiro que vira certa vez num matadouro, esperneando na agonia da morte.

Por volta da uma da tarde, Lewis parou na frente de um Théâtre de Paris, onde quatro dançarinas de cancã, vestidas de veludo vermelho-escuro, estavam dando uma amostra de seus talentos, enquanto, atrás de cortinas pintadas, certa mademoiselle Dalila apresentava uma "dança dos sete véus" para um auditório de agricultores ofegantes.

Lewis procurou a moeda de seis pence no bolso, e uma mão agarrou-lhe o punho. Ele se voltou e deu com o olhar duro de seu irmão:

"Você não vai entrar aí!"

"Então tente me impedir!"

"Você acha que não?", disse Benjamin barrando o caminho do irmão, e a moeda caiu no fundo do bolso.

Meia hora depois, Lewis perdera toda a animação. Zanzava em volta das barracas desconsolado, com Benjamin seguindo-lhe os passos logo atrás.

Uma visão de sonho lhe fora oferecida — pelo preço de um drinque —, e Lewis a havia recusado. Mas por quê? Por quê? Por quê? Perguntou-se uma centena de vezes, até se dar conta de que na verdade não temia magoar Benjamin: estava era com medo dele.

Num estande de jogo de argolas, quase abordou uma jovem vestida de rosa que contorcia cada fibra do torso para tentar acertar uma argola numa nota de cinco libras. Ele viu o irmão olhando através de uma pilha de aparelhos de chá e de aquários — e perdeu a coragem.

"Vamos para casa", disse Benjamin.

"Vá para o inferno", disse Lewis, e estava prestes a ceder quando duas jovens o abordaram.

"Quer um cigarro?", perguntou a mais velha, enfiando os grossos dedos na bolsa.

"Muito obrigado", disse Lewis.

As moças eram irmãs. Uma trajava um vestido verde, a outra uma túnica de jérsei malva e uma faixa cor de laranja que lhe cingia as nádegas. Seus rostos estavam maquiados, os cabelos bem curtos, e os narizes eram achatados. Piscaram uma para outra os insolentes olhos azul-claros, e mesmo Lewis notou que aquelas roupas curtas não combinavam com a baixa estatura e os seios fartos delas.

Tentou livrar-se das duas; elas não desgrudavam dele.

Benjamin ficou olhando de longe o irmão pagando-lhes limonada e biscoitos de gengibre. Então, percebendo que não o intimidavam, juntou-se ao grupo. As moças achavam diverti-díssimo passear com gêmeos.

"Que farra!", disse a que estava com a roupa malva.

"Vamos para a Parede da Morte!", disse a de verde.

Um enorme tambor cilíndrico estava ao lado de uma má-quina a vapor no alto da rua Castle. Lewis pagou as entradas ao rapaz um tanto sujo da bilheteria, e os quatro entraram.

Várias pessoas estavam esperando que começasse. O jovem gritou "Encostem na parede!". A porta bateu, e o tambor come-çou a girar cada vez mais rápido em torno do próprio eixo. O piso se ergueu, empurrando todos para cima até as cabeças fica-rem próximas da borda. Quando o piso caiu novamente, esta-vam presos à parede pela força centrífuga, em posições de cru-cificados.

Benjamin sentiu como se os globos oculares lhe entrassem crânio adentro. Durante três minutos intermináveis, a agonia continuou. Então, quando o tambor diminuiu a velocidade, as moças deslizaram para baixo, com roupas e vestidos levantados acima dos quadris, de forma que se viam nesgas de carne entre as meias e as ligas.

Depois de sair, Benjamin cambaleou na rua e vomitou na sarjeta.

"Para mim basta", gaguejou enxugando o queixo. "Vou embora."

"Desmancha-prazeres", gritou a moça de verde. "Ele está só fingindo!" As irmãs abraçaram Lewis e tentaram arrastá-lo rua acima. Ele se desvencilhou delas, deu meia-volta e seguiu o boné de tweed através da multidão, em direção aos pôneis.

Naquela noite, na escada, Mary roçou o próprio rosto no de Benjamin e, com um sorriso matreiro, agradeceu a ele por ter trazido o irmão para casa.

33.

Quando os gêmeos completaram trinta e um anos, Mary lhes comprou bicicletas Hercules e estimulou-os a tomar interesse pelas coisas antigas da região. A princípio, fizeram pequenos passeios dominicais. Em seguida, tomados pelo espírito de aventura, prolongaram as incursões até os castelos dos barões normandos.

Em Snodhill arrancaram a hera de um muro e descobriram uma seteira. Em Urishay confundiram uma canequinha enferrujada com "uma coisa medieval". Em Clifford imaginaram a bela e abandonada Rosamond envolta em seus véus. E, quando foram a Painscastle, Benjamin enfiou a mão numa toca de coelho e tirou um caco de vidro brilhante.

"Uma taça?", perguntou Lewis.

"Uma garrafa", corrigiu Benjamin.

Ele tomava de empréstimo livros na biblioteca circulante de Rhulen e lia em voz alta, em versões condensadas, as crônicas de Froissart, Giraldus Cambrensis e Adam de Usk. De repente, o mundo dos cruzados se lhes tornou mais real que o deles próprios. Benjamin fez voto de castidade. Lewis se dedicou à memória de uma bela dama.

Riram e, deixando as bicicletas atrás de uma sebe, foram passear à beira de um regato.

Imaginavam aríetes, pontes levadiças, caldeirões cheios de piche fervente, corpos inchados boiando num fosso. Tendo ouvido falar dos arqueiros de Crécy, Lewis cortou um galho de teixo, endureceu-o no fogo, fez uma corda de tripa e flechas ornadas com penas de ganso.

A segunda flecha passou zunindo pelo pomar e atravessou o pescoço de uma galinha.

"Uma falha", disse ele.

"Bem perigosa", disse Benjamin que, nesse meio-tempo, tinha desencavado um documento muito interessante.

Um monge da abadia de Cwmhir conta que os ossos do bispo Cadwallader jazem num caixão de ouro perto do poço de Saint-Cynog, em Glascoed.

"E onde fica isso?", perguntou Lewis. Ele havia lido sobre o túmulo de Tutancâmon na *News of the World*.

"Aqui!", disse colocando a unha do polegar no minucioso mapa da Ordnance Survey. O lugar ficava a oito milhas de Rhulen, para além da estrada de Llandrindod.

No domingo seguinte, depois do culto na capela, o senhor Nantlys Williams viu as bicicletas dos gêmeos encostadas na cerca, e uma pá amarrada ao quadro da de Lewis. Reprovou-os delicadamente por trabalharem no dia do Senhor, e Lewis corou enquanto se abaixava para colocar as presilhas nas calças.

Em Glascoed encontraram a fonte sagrada que gorgolejava numa fenda cheia de musgo e escoria, gota a gota, entre bardanas. Era um lugar ensombreado. Havia esterco de vaca na lama, e moscas zumbindo à sua volta. Um menino de suspensórios viu os dois desconhecidos e saiu correndo.

"Onde vamos cavar?", perguntou Lewis.

"Ali!", disse Benjamin apontando para uma pequena elevação meio escondida entre as urtigas.

A terra era preta, pegajosa, e fervilhava de minhocas. Lewis cavou por cerca de meia hora e então passou ao irmão um pedaço de osso poroso.

"Vaca!", disse Benjamin.

"Touro!", disse Lewis, e logo foi interrompido por uma voz estridente berrando do outro lado do campo: "Peço a vocês que saiam daqui!".

O menino de suspensórios voltara com o pai agricultor. O homem, furioso, estava do outro lado do mato. Os gêmeos viram uma espingarda. Lembrando-se de Watkins, saíram, timidamente, para a luz do sol.

"E vou ficar com a pá", acrescentou ele.

"Sim, senhor!", disse Lewis, largando-a no chão. "Obrigado, senhor!" — e montaram nas bicicletas e foram embora.

Renunciando ao ouro, raiz de todo o mal, voltaram a atenção para os primeiros santos celtas.

Benjamin leu, num documento erudito de autoria do prior de Cascob, que aqueles "atletas do espírito" se recolheram às montanhas para ficar em comunhão com a natureza e com o Senhor. O próprio são Davi instalara-se no vale de Honddhu, "num abrigo precário, coberto de musgo e de folhas" — e havia muitos outros lugares aonde se podia ir de bicicleta.

Em Moccas, encontraram o lugar onde são Dubricius vira uma porca branca amamentando os filhotes. E, quando foram a Llanfrynach, Benjamin irritou o irmão com a história da mulher que tentou seduzir o santo com "acônito e outros ingredientes afrodisíacos".

"Eu agradeceria se você ficasse de boca fechada", disse Lewis.

Na igreja de Llanveynoe viram, esculpida em pedra saxônia, a figura de um musculoso jovem pendurado no madeiro: o padroeiro da igreja, são Beuno, certa vez amaldiçoara um homem por recusar-se a cozinhar uma raposa.

"Eu também não comeria uma raposa", disse Lewis fazendo uma careta.

Consideraram a possibilidade de se tornarem anacoretas — um abrigo de hera, um regato murmurante, alimentação à base de frutas e alho-poró. Como música, o canto dos pássaros. Ou, quem sabe, poderiam ser mártires, defendendo a hóstia, enquanto hordas de vikings saqueavam, incendiavam e violentavam? Estavam em pleno ano do Craque da Bolsa. Será que ia estourar uma revolução?

Certa tarde de agosto, pedalando a toda a velocidade à margem do rio Wye, foram "saudados" por um avião.

Lewis freou e parou no meio da estrada.

A queda do R-101 trouxera uma bela contribuição ao seu álbum de recortes, embora sua verdadeira paixão, agora, fossem as aviadoras. Lady Heath... Lady Bailey... Amy Johnson... A duquesa de Bedford; ele podia desfiar esses nomes como se dissesse preces. Sua preferida, naturalmente, era Amelia Earheart.

O avião era um Tiger Moth, de fuselagem prateada. Completou um segundo círculo, e o piloto mergulhou e fez um aceno.

Lewis respondeu entusiasticamente ao aceno, pois poderia tratar-se de uma de suas ladies. Quando o aeroplano deu uma terceira rasante, a mulher da cabine tirou os óculos de proteção, mostrando o rosto sorridente queimado de sol. O avião passou tão perto que Lewis jurou ter visto o seu batom. Então a aeronave ganhou altura e sumiu no disco do sol.

Durante o jantar, Lewis disse que também gostaria de voar. "Humm!", fez Benjamin.

Estava mais preocupado com a vizinha que com a possibilidade de Lewis pilotar aviões.

34.

A casa de fazenda de Lower Brechfa ficava num lugar muito ventoso, e os pinheiros à sua volta eram inclinados na direção do vento. Sua proprietária, Gladys Musker, era uma mulher forte e farta de carnes, de faces brilhantes e olhos cor de tabaco. Viúva havia dez anos, ela se desdobrava para manter a casa em ordem e sustentar a filha, Lily Annie, e sua mãe, a senhora Yapp.

A senhora Yapp era uma velha parasita e irascível, meio estropiada pelo reumatismo.

Certo dia, logo depois que os Jones compraram a fazenda, Lewis estava consertando uma sebe entre as duas propriedades quando a senhora Musker se aproximou e ficou olhando-o fixar as estacas. Seu olhar desafiante deixava-o nervoso. Ela soltou um suspiro e disse: "A vida é só labuta, não é?", e perguntou se ele poderia consertar um portão. Na hora do chá, ele devorou seis pastéis de carne, e ela o colocou na lista dos prováveis maridos.

No jantar, Lewis contou que a senhora Musker fazia excelentes pastéis, e Benjamin lançou um olhar aflito à mãe.

Lewis sentia simpatia pela senhora Musker, e ela era muito amistosa com ele. Lewis empilhava o feno para ela, matava os porcos; e um dia a senhora Musker veio correndo pelo campo, ofegante:

"Pelo amor de Deus, Lewis Jones. Venha me ajudar... é a vaca! Caiu como se tivesse tomado um coice do diabo!"

A vaca estava com cólica, e ele conseguiu fazê-la levantar.

Às vezes a senhora Musker tentava levá-lo ao quarto, no pavimento de cima, mas ele nunca ia até lá, preferindo ficar sentado em sua bela cozinha e ouvir as suas histórias.

Lily Annie tinha um filhote de raposa chamado Ben, que vivia numa gaiola de tela de arame. Ben comia restos de comida e era tão mansinho que Lily brincava com ele como se fosse uma boneca. Certa vez, quando o filhote escapou, ela correu vale abaixo gritando "Bennie! Bennie!" — e então ele pulou de entre as moitas e encolheu o corpo formando uma bola aos seus pés.

Ben ficou famoso na redondeza, e até a senhora Nancy, do castelo, certa vez foi vê-lo.

"Mas ele é muito exigente, sabe?", dizia a senhora Yapp, toda orgulhosa. "Não vai com qualquer um! A senhora Nancy trouxe o bispo de Hereford há alguns dias, e nosso Bennie pulou no consolo da lareira e fez o serviço ali mesmo. Foi um terrível cheiro de raposa, pode acreditar."

Ao contrário de sua mãe, a senhora Musker era uma alma simples, que gostava de ter um homem por perto. E, se um homem lhe fazia um favor, ela o retribuía. Entre seus visitantes estavam Haines, de Red Daren, e Jim — Haines porque lhe dava borregos, e Jim porque a fazia morrer de rir.

Lewis não gostava nada de vê-la com aqueles dois, mas ele a decepcionava por não ceder aos seus avanços. Às vezes ela era só sorrisos. Havia dias, porém, em que dizia: "Ah, é você de novo! Por que não senta e conversa com mamãe?". Mas a conversa da senhora Yapp o aborrecia, pois ela só falava de dinheiro.

Certa manhã em que estava andando em direção a Lower Brechfa, ele viu o couro da raposa pregado num lado do celeiro e o cavalo cinza de Haines amarrado ao portão. Foi embora e só voltou a ver a senhora Musker em fevereiro, quando cruzou com ela no caminho. Ela trazia no pescoço uma estola de raposa vermelha.

"Sim", disse ela estalando a língua. "É o couro do pobre Ben. Ele mordeu a mão de Lily Annie, e o senhor Haines disse que havia perigo de ter tétano, por isso nós o matamos. Eu mesma o tratei com salitre. E imagine! Só fui pegá-lo no peleiro na quinta-feira."

E acrescentou, com um sorriso sedutor, que estava sozinha em casa.

Ele esperou dois dias e então foi até Lower Brechfa, avançando com dificuldade na neve. Os pinheiros negros se destacavam contra o céu cristalino, e os raios do sol poente pareciam subir, não descer, como se fossem em direção ao ápice de uma pirâmide. Lewis soprou as mãos para aquecê-las. Havia decidido possuí-la.

A casa não tinha janelas no lado norte. Pingentes de gelo pendiam do beiral, e uma gota de água gelada caiu e escorreu pelo seu pescoço. Aproximando-se do fundo da casa, ele viu o cavalo cinzento e ouviu os gemidos de amor que vinham do quarto. O cachorro latiu, e Lewis saiu correndo. Estava a meio caminho de casa quando ouviu os gritos de Haines atrás dele.

Quatro meses depois, o carteiro contou a Benjamin que a senhora Musker estava esperando um filho de Haines.

Por vergonha de aparecer na capela, ela ficava em casa, amaldiçoando a sorte das mulheres e esperando que o senhor Haines fizesse o que tinha de fazer.

Mas ele não fez. Disse que seus filhos, Harry e Jack, bateram o pé contra o casamento, e ofereceu dinheiro a ela.

Indignada, ela recusou. Os vizinhos, porém, em vez de desprezá-la, cumularam-na de simpatia e carinho. A velha Ruth Morgan ofereceu-se para ajudar no parto. A senhorita Parkinson, que tocava harmônio, trouxe-lhe uma linda gloxínia, e o próprio Nantlys Williams rezou uma prece ao pé de sua cama.

"Não se aflija, minha filha", ele a consolou. "A sina da mulher é dar à luz."

No dia de registrar o nascimento da menina, ela foi para Rhulen de cabeça erguida.

"Margaret Beatrice Musker", escreveu ela em letras de fôrma quando o funcionário lhe entregou o formulário, e, quando Haines foi bater na porta para ver sua filha, ela o expulsou. Uma semana depois, a senhora Musker amoleceu e deixou-o tomar a filha nos braços durante meia hora. Depois disso, ele começou a agir como um possesso.

Queria que ela fosse batizada com o nome de Doris Mary, o nome de sua mãe, mas a senhora Musker disse: "O nome dela é Margaret Beatrice". Haines lhe ofereceu um maço de notas — ela as atirou em seu rosto. A senhora Musker o esbofeteou quando ele tentou forçá-la a fazer amor. Haines pediu de joelhos que se casasse com ele.

"Agora é tarde!", disse ela, e fechou-lhe a porta de uma vez por todas.

Ele ficava rondando o terreiro, xingando e proferindo ameaças. Ameaçou raptar o bebê, e ela ameaçou chamar a polícia. Ele era muito violento. Alguns anos antes, Haines e seu irmão tinham se esmurrado, com os punhos nus, durante três dias, até que o outro se safou e desapareceu. Dizia-se que havia uma "gota de sangue negro" em alguma parte dessa família.

A senhora Musker vivia com medo de sair de casa. Escreveu um recado para Lewis Jones numa página de almanaque e pediu ao carteiro que a levasse.

Lewis foi, mas, ao chegar ao portão, viu Haines à espreita, ao lado do estábulo, com um cão mestiço preso a uma correia.

Haines gritou: "Saia daqui e não meta a colher onde não é chamado!". O cão se pôs a babar, e Lewis voltou para casa. Durante toda a tarde ficou em dúvida se chamava ou não a polícia, mas finalmente resolveu que não chamaria.

À noite soprou uma forte ventania. O velho pinheiro rangia, as janelas chocalhavam, e ramos golpeavam a janela dos gêmeos. Por volta da meia-noite, Benjamin ouviu alguém batendo à porta. Pensou que fosse Haines e acordou o irmão.

As batidas continuavam e, em meio aos uivos do vento, os gêmeos ouviram uma voz feminina gritando: "Assassinato! Houve um assassinato!".

"Deus do céu!", exclamou Lewis pulando da cama. "É a senhora Yapp."

Conduziram-na até a cozinha. Ainda havia achas crepitando na lareira. Por um instante, ela ficou murmurando "Assassinato! Assassinato!". Então se recompôs e disse, num tom lúgubre: "Ele se matou também".

Lewis acendeu um lampião e carregou a espingarda.

"Por favor", disse Mary — ela estava de camisola, de pé na escada —, "Por favor, eu lhes peço: tenham cuidado!" Os gêmeos seguiram a senhora Yapp na escuridão.

Em Lower Brechfa, a janela da cozinha estava quebrada. À fraca luz do lampião, viram o corpo da senhora Musker, o vestido marrom de tecido caseiro espalhado à sua volta, debruçado sobre o berço de balanço, em meio a uma poça escura. Lily Annie estava agachada no canto mais remoto da peça, embalando uma coisa escura: o bebê — vivo.

Às nove horas, como de costume, a senhora Yapp fora atender Haines, que batia à porta. Mas ele, em vez de esperar à entrada, deu a volta à casa, quebrou o vidro da janela com a coronha da espingarda de dois canos, e acionou ao mesmo tempo os dois gatilhos contra sua amante.

Num último gesto instintivo, ela se lançou sobre o berço e salvou a criança. O chumbo se espalhou e atingiu as mãos de Lily Annie, que se escondera com a avó num armário sob a escada. Meia hora depois, ouviram mais dois tiros, e depois disso fez-se silêncio. A senhora Yapp esperou mais duas horas antes de ir pedir socorro.

"Porco!", exclamou Lewis quando saiu segurando o lampião.

Encontrou o corpo de Haines entre os brotos de couve-de-bruxelas salpicados de sangue. A espingarda jazia ao seu lado, e a cabeça estava separada do corpo. Ele amarrara um barbante em volta dos gatilhos, passara-o em volta do cabo, pusera o cano na boca e puxara.

"Porco!", exclamou Lewis chutando o cadáver uma vez, duas vezes, mas se absteve de profanar o morto uma terceira vez.

O julgamento teve lugar na sala comum de Maesyfelin. Quase todo mundo soluçava. Todos estavam de preto, exceto a senhora Yapp, que chegou de olhos secos usando um chapéu de pelúcia carmesim ornado com uma anêmona-do-mar de musselina, que balançava os tentáculos quando ela acenava com a cabeça.

O juiz dirigiu-se a ela numa voz triste e sepulcral: "Os fiéis de nossa capela abandonaram sua filha nos momentos de desespero?".

"Não", disse a senhora Yapp. "Alguns vieram à nossa casa e foram muito cordiais com ela."

"É uma honra para nossa comunidade o fato de não tê-la abandonado!"

O juiz pretendia dar o veredicto de "homicídio doloso, seguido de suicídio", mas, quando Jack Haines leu o bilhete de despedida do pai, mudou os termos para "crime passional".

O julgamento se encerrou, e os parentes e amigos da vítima saíram em grupos para a cerimônia fúnebre. Soprava um vento cortante. Depois da cerimônia, Lily Annie seguiu o caixão da mãe até o túmulo. Suas mãos feridas estavam envoltas num xale preto, e ela levava uma coroa de asfódelos para depositar no monte de terra vermelha.

O senhor Nantlys Williams pediu aos presentes que permanecessem para o segundo enterro, que teria lugar no outro lado do cemitério. Sobre o caixão de Haines havia apenas uma coroa — de folhas de louro, com um cartão em que se lia: "Para nosso querido pai, de H. e J.".

A senhora Yapp vasculhou a casa à procura de qualquer coisa de valor e foi morar com Lily Annie na casa de sua irmã em Leominster. Ela se recusou a gastar ao menos "um centavo" em memória da filha, e então coube a Lewis Jones pagar a pedra tumular. Ele escolheu uma cruz de pedra em que estava gravado um galanto e uma inscrição: "Paz! Perfeita Paz!".

Quase todos os meses, Lewis tirava com o forcado as ervas daninhas da pedra. Plantou uma touça de asfódelos para que florescesse todos os anos no aniversário da morte dela. Não obstante ele nunca, nunca ter se perdoado, conseguiu um pouco de consolo.

35.

Antes de deixar o distrito, a senhora Yapp declarou não ter a menor intenção de criar o "fruto de tal união". E, sem consultar a mãe nem o irmão, Lewis ofereceu-se para criar a menina na Visão.

"Vou pensar sobre isso", disse a velha senhora.

Ele não ouviu falar mais nada sobre o assunto, até o carteiro lhe contar que a pequena Meg tinha sido deixada na Rocha. Ele correu até Lower Brechfa, onde encontrou a senhora Yapp e Lily Annie acomodando seus trastes numa carroça. A Rocha, protestou ele, não era lugar para se criar um bebê.

"É o lugar que lhe convém", retrucou a velha asperamente, insinuando que, para ela, o pai era Jim, e não Haines.

"Entendo", disse Lewis abaixando a cabeça e voltando triste para casa, para o chá.

Ele tinha razão: a Rocha não era lugar para um bebê. A velha Aggie, cujo rosto era uma rede de feias rugas, estava fraca demais para o serviço da casa, limitando-se a atiçar o fogo. Jim era preguiçoso demais para limpar a chaminé, e, quando ventava muito, a fumaça voltava para a sala, e mal se podia enxergar através dela. As três meninas adotivas — Sarah, Brennie e Lizzie — vagavam dentro de casa, de olhos ardendo e nariz escorrendo. Todos viviam se coçando por causa dos piolhos. Ethel era a única que trabalhava.

Para alimentar as bocas famintas, ela saía depois do anoitecer e furtava o que podia de outras propriedades — um patinho ou coelho doméstico. Os furtos que fazia na Visão passaram despercebidos até a manhã em que Benjamin abriu a porta da despensa e um cachorro passou entre suas pernas, tomando o rumo de Craig-y-Few. Era o cachorro de Ethel. Ela saqueara a reserva de trigo, e Benjamin queria chamar a polícia.

"Não", Mary o impediu. "Não vamos fazer nada quanto a isso."

Devido ao seu respeito pela vida dos animais, Jim nunca mandava nenhum deles ao matadouro, e seu rebanho ia ficando cada dia mais decrépito. O animal mais velho, uma ovelha estrábica chamada Dolly, tinha mais de vinte anos. Outros animais eram estéreis, ou desdentados, e no inverno morriam de inanição. Depois que as neves derretiam, Jim recolhia as carcaças e cavava uma cova comum. Em conseqüência disso, o terreiro da fazenda foi se tornando um grande cemitério, com o passar do tempo.

Certo dia em que Ethel se viu sem nenhum recurso, mandou-o vender cinco ovelhas em Rhulen. Porém, quando estava chegando aos arredores da cidade, Jim ouviu o balido de outros carneiros, perdeu a vontade de continuar e levou as "meninas" para casa.

Ao final dos leilões, ele ficava rondando os vendedores. Quando havia uma velha cabra estropiada que ninguém queria — nem mesmo o comprador de animais velhos e carcaças —, Jim se aproximava, acariciava-lhe o focinho: "É... vou levar pra minha casa. Ela só precisa de um pouco de comida".

Vestido feito um espantalho, ele saía com sua carroça pelos vales vizinhos, recolhendo pedaços de metal e máquinas abandonadas, mas, em vez de tentar ganhar algum dinheiro com isso, transformava a Rocha numa fortaleza.

Quanto estourou a guerra contra Hitler, ele cercou a casa e as demais dependências com uma paliçada de ancinhos e relhas de arado enferrujadas, calandras, armações de cama, rodas de carro e rastelos com os dentes apontando para fora.

Sua outra mania era recolher animais e pássaros empalhados, e logo o sótão ficou tão cheio de animais comidos pelas traças que as meninas não tinham lugar onde dormir.

Certa manhã, quando Mary Jones estava ouvindo o noticiário das nove horas, levantou a vista e viu Lizzie Watkins com o nariz colado na janela da cozinha. Seus cabelos escorridos estavam ensebados. Um vestido pequeno e florido pendia de seu corpo magro, e os dentes batiam de frio.

"É a pequena Meg", ela deixou escapar, limpando o nariz com o indicador. "Ela está morrendo."

Mary pôs seu casaco de inverno na menina e saiu enfrentando o vento. Fazia uma semana que ela não estava se sentindo muito bem. Era a época dos ventos equinociais, e, na colina, as urzes estavam cor de púrpura. Quando se aproximavam de Craig-y-Fedw, Jim saiu de casa e xingou os cães pastores, que se puseram a latir: "Parem, seus idiotas!". Ela abaixou a cabeça para passar sob o lintel e entrou na sala escura.

Aggie, com muita dificuldade, abanava o fogo. Ethel estava de pernas abertas, sentada sobre a cama dobrável. E a pequena Meg, meio coberta com o casaco de Jim, fitava os caibros do telhado com brilhantes olhos verde-azulados. Suas faces estavam vermelhas. Ela tossia fracamente, estava febril e ofegante.

"Está com bronquite", disse Mary, acrescentando num tom

de quem domina o assunto: "Vocês têm de tirá-la dessa fumaça, senão pode virar pneumonia".

"Leve-a para sua casa", disse Jim.

Ela olhou-o direto nos olhos, que eram em tudo iguais aos da criança. Sentiu que Jim suplicava e se deu conta de que ele era o pai da menina.

"Claro que sim", disse ela com um sorriso. "Deixe a Lizzie vir comigo também, e logo a Meg vai se sentir melhor."

Mary preparou-lhe uma inalação de eucalipto, e, já aos primeiros haustos, Meg começou a respirar melhor. Ela colocou umas colheradas de creme de trigo entre os lábios do bebê, e chá de camomila para que dormisse. Mostrou a Lizzie como umedecer a pele com uma esponja, para abaixar a febre. Velaram durante toda a noite, mantendo Meg aquecida, a cabeça levantada diante da lareira. De vez em quando Mary cosia algumas estrelas negras na colcha de retalhos. De manhã, a crise tinha passado.

Muito tempo depois, quando Lewis se punha a pensar sobre os últimos anos de vida de sua mãe, uma imagem sempre lhe vinha à memória: sua mãe costurando a colcha de retalhos.

Ela começara o trabalho no dia da debulha. Lewis lembrava-se de ter entrado em casa para beber alguma coisa e sacudir a poeira da palha das roupas e dos cabelos. A mais bela saia preta de sua mãe jazia como uma mortalha na mesa da cozinha. Ele se lembrou do olhar assustado que a mãe lhe lançou, temendo que a poeira estragasse o veludo.

"Daqui por diante, o único enterro em que estarei presente será o meu."

A tesoura cortava a saia em tiras. Em seguida, ela começou a cortar os vestidos de calicô de cores alegres — todos cheirando a cânfora, depois de meio século dentro de um baú. Então costurou as duas metades de sua vida — o tempo que passara na Índia e o tempo passado na colina Negra.

Ela disse: "Isto servirá para que vocês se lembrem de mim".

Ela terminou a colcha no Natal. Pouco tempo antes, porém, Lewis ficara de pé atrás de sua cadeira e notara, pela primeira vez, a respiração ofegante dela e as grossas veias azuis de suas mãos. Ela parecia ter muito menos de setenta e dois, em parte por causa do rosto sem rugas, em parte porque seus cabelos iam ficando mais escuros com o passar dos anos. Ele percebeu então que o triângulo — filho, mãe e filho — logo deixaria de existir.

"Pois é", disse ela com voz cansada. "Eu tenho um coração."

Durante certo tempo, a casa viveu uma crise: ficou dividida, transtornada.

Lewis suspeitava que a mãe e o irmão conspiravam contra ele: o fato de ele continuar sem mulher parecia-lhe obra dos dois. Incomodava-o o fato de não o informarem da situação econômica da fazenda. Também tinha alguma coisa a dizer sobre o assunto, não tinha? Lewis insistia em examinar as contas. Quando, porém, ele se debruçava sobre elas, tentando decifrar as colunas de débitos e créditos, Mary passava a manga do vestido no rosto dele e sussurrava: "Você não tem facilidade para lidar com números, é isso. Não é nenhuma vergonha. Por que não deixa para Benjamin?".

Ele se ressentia também de sua mesquinhez, que lhe parecia injusta. Toda vez que ele pedia uma nova máquina, ela esfregava as mãos e dizia: "Gostaria muito de poder comprar, mas estamos a zero. Vamos ter de esperar até o próximo ano". Mas eles *sempre* tinham dinheiro quando se tratava de comprar mais terra.

Ela e Benjamin tinham verdadeira paixão por comprar terras, como se cada novo acre pudesse empurrar para mais longe as fronteiras de um mundo hostil. Mais terras, porém, significava mais trabalho. E, quando Lewis propôs que substituíssem os cavalos por um trator, quase perderam a fala.

"Um trator?", disse Benjamin. "Você deve estar maluco."

Ele ficou furioso quando os dois voltaram do cartório de Rhulen e anunciaram ter comprado Lower Brechfa.

"Compraram o quê?"

"Lower Brechfa."

Já fazia três anos da morte da senhora Musker, e sua pequena propriedade estava em ruínas. O pasto fora invadido por labaças e cardos, e o terreiro era um mar de urtigas. Havia falhas na ardósia do telhado e, no quarto, ninhos de coruja-de-igreja.

"Então vocês que a cultivem", disse Lewis rispidamente. "É um pecado apropriar-se da terra de uma defunta. Lá eu não ponho os pés."

Ele terminou cedendo — como sempre fazia —, mas não antes de se entregar também ao pecado. Lewis passou a beber nos pubs e fez amizade com gente que acabara de se instalar na região.

No mercado de Rhulen, viu-se a alguns passos de uma mulher desconhecida, de pernas longas, lábios e unhas vermelhos, óculos escuros numa armação branca de baquelite. Ela carregava uma grande cesta de vime e estava com um homem mais jovem. Quando este deixou cair alguns ovos, ela levantou os óculos para a testa e o repreendeu com uma voz arrastada e áspera: "Querido, você não tem jeito...".

36.

Joy Lambert era uma mulher de artista, e Nigel Lambert era um artista. Eles alugaram uma choupana em Gillifaenog.

O artista, que certa vez fizera uma exposição de sucesso em Londres, podia ser visto, com estojo de tintas e cavalete, tentando captar efeitos de nuvem e sol sobre a colina. Seus cabelos loiros anelados um dia devem ter-lhe dado um ar "angélico", mas agora ele já estava começando a engordar.

Os Lambert partilhavam o gosto pelo gim, mas não a cama. Vagaram pelo Mediterrâneo durante cinco anos, e voltaram para a Inglaterra convictos de que haveria uma guerra. Os dois viviam com medo de ser considerados de classe média.

Como amavam os camponeses — os "primevos", como os chamavam — bebiam três noites por semana no Shepherd's Rest, onde Nigel impressionava a gente da terra com histórias sobre a Guerra Civil Espanhola. Nas noites úmidas, entrava no bar usando uma grossa capa de lã com uma mancha marrom na parte da frente. Aquilo, dizia ele, era o sangue de um soldado republicano que morrera em seus braços. Mas Joy não agüentava mais aquelas histórias, que já ouvira: "É verdade mesmo, amorzinho?", dizia ela para interrompê-lo. "Deve ter sido terrível!"

Enquanto decorava a casa, Joy estava ocupada demais para prestar atenção nos vizinhos; só atentou para os gêmeos por se tratar de dois rapazes que viviam com a mãe.

Joy era conhecida por seu bom gosto e por sua capacidade de fazer maravilhas com pouco dinheiro. Ela dava um toque de azul na cal de uma parede e um risco de ocre em outra. Em vez de mesa de jantar, usava cavaletes de tapeceiro. As cortinas eram feitas de fibras, o sofá, coberto com mantas de equitação, e as almofadas eram coxins de sela. Por princípio, detestava "objetos curiosos". Tinha uma obra de arte, uma água-forte de Picasso, e banira os quadros de Nigel para o celeiro-ateliê.

Certo dia, olhando em volta da sala, ela disse: "O que está faltando nesta sala é uma... boa... cadeira!". E examinou centenas de cadeiras rústicas antes de encontrar *a* cadeira, magnificamente estragada, na Rocha.

Nigel passara o dia fazendo esboços por lá, e ela foi buscá-lo; mal pôs os pés na porta, sussurrou: "Meu Deus! Esta é minha cadeira! Pergunte à velha quanto quer por ela!".

Em outra ocasião, tendo ido à Visão comprar a manteiga de Mary, viu um velho jarro marrom apontando no monte de lixo: "Caramba! Que vaso!", exclamou ela, tamborilando no esmalte rachado do jarro.

"Bem, você pode levá-lo, se acha que ele pode servir para alguma coisa", disse Lewis um tanto cético.

"Para colocar flores", disse ela abrindo um largo sorriso. "Flores silvestres! Detesto flores de jardim", acrescentou, fazendo um gesto de desprezo em direção aos amores-perfeitos e aos goivos amarelos de Benjamin.

Um mês depois, Lewis cruzou com ela no caminho. Joy

trazia uma dedaleira em cada mão. Uma das flores era estranhamente descorada:

"Diga-me, senhor Jones, qual dessas duas escolheria?"

"Muito obrigado", disse Lewis, totalmente confuso.

"Não! Qual você prefere?"

"Aquela."

"Tem razão", disse ela, jogando a de cores mais vivas por cima da sebe. "A outra era horrível."

Convidou-o para ir visitá-la qualquer dia, ele foi e ficou espantado por encontrá-la de lenço vermelho na cabeça, calça de marinheiro rosa, cortando uma touça de lilases e jogando os galhos numa fogueira.

"Você não sente um ódio absoluto pelos lilases?", disse ela, uma vaga de fumaça em volta das pernas.

"Acho que nunca pensei muito sobre isso."

"Pois eu sim", disse ela. "O cheiro dos lilases me fez ficar doente feito um cachorro, por uma semana."

No final da tarde, quando Nigel voltou para tomar sua caneca de chá, ela disse: "Sabe de uma coisa? Estou gostando de Lewis Jones".

"Ah, é?", disse ele. "Quem é ele?"

"Francamente, querido! Você não é nada observador!"

Ela encontrou Lewis novamente no Shepherd's Rest, no dia em que se levavam os carneiros para a cidade.

Desde as sete da manhã, fazendeiros a cavalo percorriam a colina, e agora a massa branca que não parava de balir estava segura no cercado de Evan Bevan, pronta para a triagem que se faria depois do almoço.

O dia estava quente, as colinas enevoadas, e os espinheiros pareciam bolinhas de algodão.

Nigel, que estava agitado e barulhento naquele dia, insistia em lhe oferecer uma rodada de drinques. Lewis estava encostado à janela, cotovelos apoiados no parapeito. As cortinas de rede enfunavam-se em volta de seus ombros. Seus cabelos eram negros e brilhantes, partidos ao meio, com uma ou outra mecha grisalha. Seus olhos piscavam por trás dos óculos com armação de aço, sorrindo vez por outra, esforçando-se para acompanhar a história contada por Nigel.

Joy o olhava por cima do copo de gim. Ela gostava de seus fortes dentes brancos, da forma como o cinturão apertava-lhe a calça de veludo, de sua mão grande em volta da caneca de bebida. Ela o surpreendeu olhando a marca de batom na borda de seu copo.

"Está bem, seu santarrão!", pensou ela. Joy esmagou a ponta do cigarro e chegou a duas conclusões: primeiro, que Lewis Jones era virgem; segundo, que a coisa ia dar um trabalhão.

No meio da temporada de tosa, Nigel foi à Visão e perguntou se poderia desenhar os homens trabalhando.

"Não sou eu quem vai impedi-lo!", gracejou Benjamin.

Estava frio e escuro no galpão de tosquia. As moscas voavam em torno dos raios de sol cheios de poeira que entravam pelas frestas do telhado. O artista ficou sentado durante toda a tarde, encostado a um fardo de feno, o caderno de esboços apoiado nos joelhos. Ao entardecer, quando o barrilete de sidra chegou, Nigel seguiu Benjamin até o galinheiro e disse que precisava conversar com ele.

Queria fazer uma série de doze águas-fortes para ilustrar O Calendário do Pastor. Ele tinha um amigo poeta em Londres que certamente escreveria um soneto para cada mês. Será que o senhor Jones concordaria em lhe servir de modelo?

Benjamin franziu o cenho. Instintivamente, desconfiava de qualquer um "de fora". Sabia o que era um soneto, mas não estava bem certo sobre o que era uma água-forte.

Balançou a cabeça: "Agora estamos muito ocupados. Não sei como iria encontrar tempo para isso".

"Não iria tomar tempo nenhum!", interrompeu Nigel. "Você pode continuar com seu trabalho, e eu apenas o acompanho, fazendo os desenhos."

"Bem", disse Benjamin passando a mão no queixo, apreensivo. "Então, nessas condições..."

Durante o verão e o outono de 1938, Nigel fez desenhos de Benjamin Jones — com seus cães, com seu cajado de pastor, com sua faca de castrar, na colina, no vale, ou com um carneiro sobre os ombros como uma estátua grega.

Quando chovia, Nigel usava sua capa espanhola e levava um cantil de conhaque no bolso. Quando estava bêbado, sempre contava vantagem. E era um alívio ter como ouvinte alguém que nada sabia da Espanha e não podia questionar os detalhes de suas histórias.

E havia coisas nas histórias dele que faziam Benjamin lembrar as semanas que passara na prisão do quartel — coisas que os guardas o obrigaram a fazer. Coisas sujas, horríveis. Coisas que nunca contara a Lewis, e sobre as quais agora podia falar.

"Sim, eles sempre fazem isso", disse Nigel, medindo-o da cabeça aos pés, e abaixando os olhos em seguida.

Os Lambert davam nos nervos de Mary. Ela sabia que eram perigosos e tentava advertir os filhos de que aqueles estranhos queriam apenas divertir-se à custa deles. Desprezava Nigel por entremear sua fala esnobe com gírias de trabalhadores. Disse a Benjamin: "É um bêbado". E a Lewis: "Não entendo por que você gosta da mulher. Toda aquela maquiagem! Ela parece um papagaio!".

Quase toda semana, a senhora Lambert pedia a Lewis que fosse passear a cavalo com ela. Num entardecer brumoso, quando estavam na colina, Nigel apareceu na Visão com a notícia de que iria a Londres no dia seguinte.

"Vão ficar lá por quanto tempo?", perguntou Benjamin.

"Não sei dizer", respondeu o artista. "Tudo vai depender de Joy. Mas pretendemos estar aqui na época em que as ovelhas dão cria."

"Seria bom!", murmurou Benjamin, continuando a girar a manivela do triturador de beterraba.

Às duas da tarde, Joy fizera uma refeição leve, tomara três xícaras de café preto, e estava andando de um lado para o outro na frente de sua choupana, esperando por Lewis Jones.

"Está atrasado! Que o diabo o carregue!" Ela vergastava um cardo seco com o chicote.

O vale estava mergulhado no nevoeiro. Teias de aranha, esvoaçantes e brancas por causa do orvalho, cobriam a relva seca. A única coisa que ela conseguia enxergar, para além da cerca viva, eram as sombras cinzentas dos carvalhos. Nigel estava em seu ateliê, ouvindo Berlioz no gramofone.

"Odeio Berlioz!", gritou ela quando a música acabou. "Berlioz é um chato, meu caro."

Joy examinou a própria imagem refletida na janela da cozinha — um par de longas pernas bem formadas, metidas num calção bege. Flexionou os joelhos para ajustar melhor o calção na entreperna, desabotoou a capa vermelha de equitação, sob a qual usava uma blusa de malha cinza-clara. Sentia-se muito à vontade e bem-disposta naquelas roupas. Uma echarpe branca emoldurava-lhe o rosto, e ela estava com um chapéu-coco.

Delineou o batom com o dedo mínimo. "Meu Deus! Estou velha demais para esse tipo de brincadeira", murmurou — e ouviu o som surdo das patas do pônei na turfa.

"Você está atrasado!", disse ela sorrindo.

"Desculpe, minha senhora!", disse Lewis com um sorriso tímido sob a aba do chapéu. "Tive uma discussão com meu irmão, que não está gostando nada desse passeio. Disse que a gente pode se perder no nevoeiro."

"Bem, você tem medo de se perder?"

"Não, senhora!"

"Então vamos! E você vai ver que lá em cima vai ter sol!"

Ele lhe passou as rédeas do cavalo cinza. Ela levantou uma perna, saltou na sela e seguiu em frente, enquanto Lewis a seguia. Trotaram pelo caminho de Upper Bechfa.

Os espinheiros formavam um túnel sobre suas cabeças. Os galhos tocavam no chapéu de Joy e cobriam-na com gotas de cristal.

"Espero que os alfinetes mantenham o chapéu no lugar", disse ela esporeando o cavalo, que seguiu a trote largo.

Passaram pelo Shepherd's Rest e pararam diante da cancela do caminho da montanha. Joy tirou a tranca com o chicote de montaria. Quando ela a fechou atrás dele, Lewis disse: "Muito obrigado".

O caminho estava enlameado, e o tojo roçava-lhes as botas. Ela inclinou-se para a frente, encostando o corpo na parte mais alta da sela. O ar úmido da montanha enchia-lhe os pulmões. Eles viram um gavião. Um pouco mais adiante dele já estava mais claro.

Quando chegaram a um grupo de lariços, ela exclamou: "Veja! Eu não lhe disse? O sol!". A cabeleira loira dos lariços brilhava contra um céu azul-leitoso.

Então avançaram a trote largo em direção à luz do sol, deixando as nuvens mais abaixo, avançando sem parar, ao que parecia por milhas e milhas, até ela parar seu pônei na orla de uma ravina. Numa depressão do terreno, ao abrigo do vento, havia três pinheiros-da-escócia.

Ele desmontou e andou na direção deles, chutando uma pinha sobre a relva baixa.

"Adoro pinheiros-da-escócia", disse ela. "E quando eu ficar bem velhinha gostaria de parecer um deles. Entende o que quero dizer?"

Ele arfava ao lado dela, sentindo calor sob a capa de chuva. Ela arranhou a casca da árvore com as unhas e ficou com um pedaço dela na mão. Uma pequena centopéia fugiu procurando escapar. Achando que chegara a hora esperada, ela tirou os dedos da árvore e encostou-os no rosto dele.

Estava escuro quando ela entrou pela porta da casa, e encontrou Nigel cochilando junto à lareira. Ela bateu com o chicote de montaria na mesa. Seus calções estavam com manchas de musgo: "Perdeu a aposta, queridinho. Você me deve uma garrafa de Gordon's".

"Você transou com ele?"

"Embaixo de um velho pinheiro! Muito romântico! Muito úmido!"

Quando Lewis pôs o pé em casa, Mary percebeu exatamente o que se passara.

Ele estava andando de um jeito diferente. Os olhos examinavam a sala como se ela lhe fosse estranha. Ele olhava para ela como se ela também fosse uma estranha. Com as mãos trêmulas, Mary lhe serviu uma torta de miúdos. A colher de prata reluzia. Subia um pouco de vapor do prato. Ele continuou a examinar tudo como se nunca tivesse sentado ali para jantar.

Ela brincava com a própria comida, mas não conseguia forçar-se a comer. Estava esperando que Benjamin explodisse.

Benjamin fingia nada notar. Cortou um pedaço de pão e

começou a limpar o molho do prato. Depois disse com voz rouca: "O que é isso em seu rosto?".

"Nada", falou Lewis hesitante, procurando um guardanapo para limpar a marca de batom, mas Benjamin já contornara a mesa e olhava o rosto do outro de perto.

Lewis entrou em pânico. Seu punho direito golpeou os dentes do irmão, e ele saiu correndo de casa.

37.

Lewis mudou-se e começou a trabalhar para um criador de porcos, perto de Weobley, em Herefordshire. Dois meses depois, atraído irresistivelmente pela própria casa, arranjou um emprego de carregador numa loja de produtos agrícolas de Rhulen. Ele dormia no emprego e não conversava com ninguém. Os fazendeiros que iam ao escritório da firma ficavam impressionados com o vazio de seu olhar.

Como não tinha notícias do filho, certa tarde Mary pediu que um vizinho a levasse até a cidade.

Soprava um vento cortante na rua Castle. Os olhos dela estavam úmidos. As lojas, as fachadas das casas e os transeuntes se dissolviam num denso nevoeiro cinza. Segurando o chapéu numa mão, ela avançou com dificuldade na calçada, em seguida dobrou à esquerda, ao abrigo do vento, e entrou no Horseshoe Yard. Na frente da loja, estavam carregando uma carroça com sacos de farinha.

Mais um saco surgiu, passando pela porta de duas folhas. Ela teve um sobressalto ao ver um homem ossudo, olhos fundos, usando um macacão sujo. O cabelo estava grisalho. Em volta de um dos punhos havia uma horrível cicatriz arroxeada.

"O que é isso?", perguntou ela quando ficaram a sós.

"Se tua mão direita pecou...", murmurou ele.

Ela abriu a boca, cobriu-a com a mão e suspirou: "Graças a Deus, escapamos por um triz!".

Mary lhe deu o braço, e os dois andaram em direção ao rio, tomando em seguida a ponte. O Wye estava cheio. Havia uma garça na parte mais rasa e, na margem contrária, um homem tentava pescar salmões com uma rede. A neve cobria o cume das colinas de Radnor. De costas para o vento, ficaram contemplando a água passar pelos pilares da ponte.

"Não", disse ela tremendo da cabeça aos pés. "Você ainda não pode voltar para casa. Seria terrível encontrar seu irmão nesse estado."

O amor de Benjamin por Lewis era destruidor.

Chegou a primavera. As celandinas salpicavam as sebes de estrelas. Ao que parecia, a raiva de Benjamin nunca iria abrandar. Para esquecer a dor, Mary se esfalfava no trabalho doméstico. Cerzia cada furinho de traça dos lençóis, tricotava meias para os dois filhos, enchia os armários de provisões e tirava a poeira de rachaduras esconsas — como se se tratasse dos preparativos para uma longa viagem. Então, quando não conseguia mais trabalhar, deixava-se cair na cadeira de balanço e ficava a ouvir os batimentos do próprio coração.

Imagens da Índia desfilavam ante seus olhos. Ela via uma planície inundada, tremeluzindo, e um domo branco que parecia flutuar em meio à neblina. Homens de turbante carregavam trouxas para a margem do rio. Fogueiras ardiam e, no alto, abutres volteavam no ar. Um barco deslizou rio abaixo.

"O rio! O rio!", sussurrou ela e acordou do devaneio.

Certo dia, na primeira semana de setembro, ela acordou com flatulência e sintomas de indigestão. Fritou algumas fatias de bacon para o desjejum de Benjamin, mas não teve forças para tirá-las da frigideira. Sentia dor no peito. Antes que Mary sofresse o ataque, ele a levou ao quarto.

Ele saltou na bicicleta, foi até uma cabina telefônica em Maesyfelin e chamou o médico.

Às seis da tarde, Lewis voltou à loja, depois de entregar um carregamento de forragem. No escritório o funcionário estava grudado no rádio, ouvindo as últimas notícias sobre a Polônia. Levantou os olhos e disse a Lewis que telefonasse para o médico.

"Sua mãe teve um infarto", disse-lhe o doutor Galbraith. "Parece-me que é grave. Eu lhe dei morfina. Ela está resistindo, mas, em seu lugar, iria vê-la o mais rápido possível."

Benjamin estava ajoelhado do outro lado da cama. Os raios de sol do entardecer passavam obliquamente entre os lariços e incidiam na moldura negra da gravura de Holman Hunt. Ela suava. Sua pele estava amarela, e seus olhos fixos e concentrados na maçaneta da porta. Seus lábios murmuravam o nome de Lewis. Suas mãos descansavam, inertes, sobre as estrelas negras de veludo.

Ouviu-se o ronco de um motor na estrada.

"Ele chegou", disse Benjamin. Da janela da água-furtada, olhou o irmão pagando o táxi.

"Ele chegou", repetiu ela. E, quando a cabeça dela tombou de lado sobre o travesseiro, Benjamin segurava sua mão direita, e Lewis a esquerda.

De manhã cobriram as colméias com crepe preto, para anunciar às abelhas que a mãe se fora.

A noite seguinte à do funeral era a do banho semanal.

Benjamin pôs água para ferver no balde na pequena peça anexa à cozinha, e estendeu um pano sobre o tapete da lareira. Ensaboaram as costas um do outro, e as esfregaram com uma bucha. Seu cão pastor favorito estava deitado ao lado da banheira, a cabeça apoiada nas patas dianteiras, a luz das chamas tremeluzindo em seus olhos. Lewis se enxugou e viu, estendidos na mesa, imaculados, dois camisões brancos, de calicô, que pertenceram ao pai deles.

Eles os vestiram.

Benjamin acendera a lâmpada no quarto de seus pais. Ele disse: "Me ajude a arrumar a cama".

Tiraram da cômoda um par de lençóis de linho novos e os desdobraram. Sementes de alfazema caíram nos pés de Lewis. Fizeram a cama e alisaram a colcha de retalhos. Benjamin sacudiu os travesseiros. Uma pena que escapara através da fronha flutuou em direção à lâmpada.

Deitaram-se na cama.

"Bom, boa noite!"

"Boa noite!"

Unidos finalmente pela memória de sua mãe, esqueceram que toda a Europa estava em chamas.

38.

A guerra passou por eles sem perturbar sua solidão.

Vez por outra, o ronco de um bombardeiro inimigo, ou alguma restrição devida à situação de guerra, lembrava-os da luta que se travava para além das colinas de Malvern. Mas a batalha da Inglaterra era uma coisa grande demais para caber no álbum de recortes de Lewis. Ele teve medo de uma invasão de páraquedistas alemães nas colinas de Brecon, mas foi um alarme falso. E quando, certa noite de novembro, Benjamin viu um brilho vermelho no horizonte e o céu incendiar-se (tratava-se do bombardeio de Coventry), comentou: "Puta ataque, hein?" — e voltou para a cama.

Lewis pensou em servir na força voluntária local, mas Benjamin o convenceu a não se alistar.

Na capela, os gêmeos sentavam-se lado a lado, no banco de seus pais. Antes de cada cerimônia, passavam cerca de uma hora junto ao túmulo, entregues a uma meditação silenciosa. Em alguns domingos, especialmente quando havia preleção sobre a Bíblia, a pequena Meg vinha com uma de suas irmãs de criação. E a visão da menina abandonada, angulosa, com uma boina roída pelas traças, despertava em Lewis lembranças tristes de amor perdido.

Numa noite de tempestade, ela entrou, roxa de frio, tendo à mão um buquê de galantos. O pregador costumava recitar a primeira estrofe de um hino, e então fazer uma das crianças repeti-lo verso a verso. Depois de anunciar o hino número três, "Glória à fonte aberta", de William Cowper — seu dedo apontou para Meg:

Há uma fonte cheia do sangue
Saído das veias de Emanuel
Os pecadores que nela entram
Perdem os pecados e ganham o céu.

Apertando com mais força o buquê de galantos, com muito custo Meg conseguiu dizer o primeiro verso. No segundo, porém, engasgou nas "veias de Emanuel". As flores amassadas caíram a seus pés, e ela começou a chupar o polegar.

A professora disse que "não se podia fazer nada com aquela criança". Não obstante, embora Meg não soubesse ler, nem escrever, nem fazer as contas mais simples, sabia imitar a voz de qualquer animal ou pássaro e bordava guirlandas de flores e folhas em lenços de linho branco.

"Na verdade, Meg é uma excelente costureirinha", disse a professora a Lewis. "Acho que foi a senhorita Fifield quem lhe ensinou seu ofício", continuou ela, acrescentando, pelo gosto do mexerico, que o jovem Billy Fifield era piloto da RAF e que Rosie estava sozinha em Tump, acamada, com bronquite.

Depois do almoço, Lewis arrumou uma cesta de provisões e encheu uma lata de leite da leiteria. Um sol de estanho pairava sobre a colina Negra. O leite batia contra a tampa à medida que ele andava. As faias estavam cinzentas por trás da choupana, e gralhas levantaram vôo, as pontas das asas brilhando como lascas de gelo. Heléboros-brancos floresciam no jardim.

Fazia vinte e quatro anos que se conheciam.

Rosie andou com dificuldade até a porta, agasalhada com um capote masculino. Seus olhos continuavam com o mesmo azul, mas ela tinha as faces encovadas e os cabelos grisalhos. Ficou de boca aberta ao ver o estranho alto, cabelos tendendo ao grisalho, à sua porta.

"Ouvi dizer que você não estava bem", disse ele. "Então lhe trouxe umas coisas."

"Quer dizer então que é Lewis Jones", disse ela, ofegante. "Entre, venha se aquecer um pouco."

A sala era pequena e desbotada, e a pintura das paredes descascava. Numa prateleira acima da lareira havia latas de chá e o relógio dos gêmeos divinos. Na parede do fundo havia uma cromolitografia — de uma menina loira que colhia flores à beira do caminho numa mata. Um bordado inacabado jazia numa poltrona. Acordada pela luz do sol, uma borboleta batia contra a vidraça, embora suas asas estivessem presas numa teia de aranha empoeirada. O chão estava juncado de livros. Na mesa havia alguns potes com cebolas conservadas em salmoura — com certeza tudo o que lhe restava para comer.

Ela esvaziou a cesta, olhando com olhos gulosos o mel, os biscoitos, o paio, o bacon, espalhando-os na mesa sem uma palavra de agradecimento.

"Sente-se, que vou preparar uma xícara de chá pra você", disse ela, e foi para a área de serviço lavar as xícaras.

Ele olhou para o quadro e recordou seus passeios à beira do rio.

Ela pegou um fole para avivar o fogo, e, quando as chamas lamberam a fuligem sob a chaleira, seu capote se abriu, revelando uma camisola de flanela de algodão cor-de-rosa, deslizando de seus ombros. Ele perguntou pela pequena Meg.

Seu rosto se iluminou. "Ela é uma boa menina. Uma menina de ouro! Não é como as outras, que vivem furtando! Oh! O sangue me sobe à cabeça quando penso na forma como a tratam. Ela nunca fez mal a uma mosca. Eu a vi aqui no jardim... os tentilhões vinham comer em sua mão."

O chá estava quente de pelar. Pouco à vontade e em silêncio, ele o sorveu em pequenos goles.

"Ele morreu, sabe?" A voz dela era aguda e acusadora. Lewis fez uma pausa, tomou mais um gole e disse: "Sinto muito".

"O que você tem com isso?"

"Ele morreu num avião?"

"Não estou falando dele!", retrucou ela. "Não me refiro ao Billy. Estou falando do pai!"

"Bickerton?"

"Sim, Bickerton!"

"Bem, morreu, sim", respondeu Lewis. "Na África, pelo que ouvi dizer. Morreu de tanto beber."

"Bem feito!", disse ela.

Antes de ir embora, Lewis deu comida ao carneiro dela, que passara uma semana inteira sem forragem. Ele pegou a lata de leite e prometeu voltar na quinta-feira.

Rosie apertou a sua mão e disse num sussurro: "Até quinta, então".

Ela olhou pela janela do quarto e o viu avançando ao longo do renque de pilriteiros, a luz do sol passando-lhe entre as pernas. Por cinco vezes ela limpou a condensação da vidraça antes que o pontinho negro desaparecesse.

"Não adianta", disse Rosie em voz alta. "Eu odeio os homens — todos eles!"

Na quinta-feira ela estava melhor da bronquite, e, embora

conseguisse falar com mais facilidade, só um assunto lhe prendeu a atenção: o castelo de Lurkenhope, que acabara de ser requisitado para as tropas americanas.

O castelo ficara desocupado por cinco anos.

Reggie Bickerton morrera em *delirium tremens* no Quênia, no ano em que sua fazenda de café faliu. A propriedade passou para um primo distante, que teve de pagar novamente os direitos de sucessão. Isobel também morrera, na Índia, e Nancy mudara-se para um apartamento em cima dos estábulos — os quais, segundo seu pai, eram mais bem construídos que a casa. E lá ela vivia, sozinha com seus cães, preocupada com a mãe, que estava internada no sul da França.

Ela ofereceu um jantar para alguns soldados negros americanos, e as pessoas fizeram os comentários mais estranhos.

Afora o boxeador negro da feira de Rhulen, os gêmeos nunca tinham visto um homem negro. Agora não se passava um dia sem que cruzassem com aqueles estrangeiros altos, de pele escura, batendo perna pelas estradas, em grupos de dois e de três.

Benjamin fingia escandalizar-se com as histórias que se contavam do castelo. Será que tinham mesmo arrancado as tábuas do assoalho para queimar na lareira?

"Oh!", exclamou ele esfregando as mãos. "Deve ser muito quente na terra deles."

Numa noite muito fria, voltando de Maesyfelin, foi saudado por um gigante elegante:

"Olá, amigo! Eu sou Chuck!"

"Eu vou bem", disse Benjamin intimidado.

A expressão do homem era grave. Ele parou para conversar e falou da guerra e dos terrores do nazismo. Mas, quando Benjamin perguntou como era a vida na "Afrriica", ele desandou a rir, segurando a barriga, como se não fosse mais parar. Depois desapareceu na escuridão, um largo sorriso branco e brilhante acima da gola levantada do sobretudo.

Outra ocasião memorável foi o dia em que as tropas da Comunidade Britânica simularam um ataque ao Bickerton Knob.

Os gêmeos voltavam de Lower Brechfa, aonde tinham ido purgar uns bezerros, e encontraram o terreiro da fazenda apinhado de "negros", alguns com chapéus desabados, outros com a cabeça "enrolada em toalhas" — eram gurcas e siques —, todos gritando feito macacos e espantando as aves.

Mas o grande acontecimento da guerra foi a queda de um avião.

O piloto de um Avro Anson, voltando de um vôo de reconhecimento, calculou mal a altura da colina Negra e chocou-se contra a falésia acima de Craig-y-Fedw. Um sobrevivente desceu manquejando pela encosta e acordou Jim, que subiu com uma equipe de socorro e encontrou o piloto morto.

"Eu vi o sujeito", contou Jim depois. "Como se estivesse congelado, o rosto rachado e tudo pendurado."

A força voluntária local interditou a área e retirou sete carradas de destroços do local.

Lewis ficou muito chateado pelo fato de Jim ter visto o acidente, e ele não. Encontrou apenas, espalhados sobre a urze, alguns farrapos de lona e um pedaço de alumínio com um parafuso. Colocou-os nos bolsos e guardou-os como suvenires.

Nesse meio-tempo, Benjamin tirara proveito de um mercado em baixa para acrescentar uma fazenda de sessenta acres à lista de suas posses.

A Pant ficava no vale, a meia milha de distância, com dois grandes campos aráveis de ambos os lados do riacho. Arados e semeados, deram uma excelente colheita de batatas. Para ajudar na colheita, um homem da Administração mandou aos gêmeos um prisioneiro de guerra alemão.

Seu nome era Manfred Kluge. Era um sujeito musculoso, rosto rosado, de uma área rural de Baden-Würtemburg. O pai, guarda-florestal da aldeia, chicoteava-o sadicamente, e a mãe morrera. Convocado para o Exército, servira no Afrika Korps; sua captura em El Alamein fora um dos poucos golpes de sorte de sua vida.

Os gêmeos nunca se cansavam de ouvir suas histórias:

"Vi o Führer com meus próprios olhos, *Ja*! Eu estava em Siegmaringen. *Ja*!... E muita gente! Muitamuitagente! *Ja*! 'Heil Hitler' 'Heil Hitler' E eu digo 'Imbecil!'. ALTO!! E aquele homem perto de mim na multidão... Muito grrande. CORPÃO, CARA VERMELHA... *Ja*? Ele me diz 'Você disse Imbecil!'. E eu digo a ele '*Ja*, muito imbecil!'. E ele me deu um soco. *Ja*? E outras pessoas me bateram também! *Ja*? E eu saí correndo...! Ha! Ha! Ha!"

Manfred trabalhava duro. No final do dia, havia manchas de suor sob as mangas de seu uniforme. E, com a complacência de pais indulgentes, os gêmeos lhe deram outras roupas para usar em casa. Um terceiro boné na entrada da casa, um terceiro par de botas, um terceiro lugar à mesa — tudo ajudava a lembrá-los de que a vida ainda não os esquecera totalmente.

Ele devorava sua comida e estava sempre pronto para mostrar sua afeição, contanto que houvesse uma boa refeição à vista. Cuidava bem da higiene pessoal e dormia no trabalho, isto é, no sótão onde outrora dormira o velho Sam. Toda quinta-feira tinha de se apresentar no quartel. Os gêmeos temiam as quintas e que ele fosse transferido para outro lugar.

Como ele tinha um jeito especial de lidar com as aves domésticas, os gêmeos permitiram que criasse seus próprios gansos e guardasse o lucro para si. Ele amava seus gansos, e podia-

se ouvir o seu bulício no pomar... "*Komm, mein Lieseli! Komm...*
shon! Komm zu Vati!"

Então, numa agradável manhã primaveril, a guerra acabou, com uma manchete audaciosa na *Radnorshire Gazette*:

UM SALMÃO DE 51,5 LIBRAS PESCADO
NO RESERVATÓRIO DE COLEMAN

O general conta sua luta
de três horas contra o titânico peixe.

Para os leitores ávidos de notícias internacionais, havia uma coluna menor do outro lado da página:

"Aliados entram em Berlim — Hitler morto no Bunker — Mussolini morto pelos partisans."

Quanto a Manfred, ele pouco se importava com a queda da Alemanha, embora seu olhar se tivesse iluminado, alguns meses depois, ao ver a foto do cogumelo sobre Nagasaki:

"Isso é bom, *Ja?*"

"Não", disse Benjamin balançando a cabeça. "É terrível."

"*Nein, nein!* É bom! Japão acabou! Guerra acabou!"

Naquela noite os gêmeos tiveram um sonho idêntico: que o cortinado de sua cama pegou fogo, que seus cabelos pegaram fogo e suas cabeças arderam e se desfizeram em cinzas.

Manfred não mostrou nenhuma vontade de voltar para sua casa quando os primeiros grupos de prisioneiros foram repatriados. Falou em estabelecer-se no distrito, com uma mulher e uma criação de aves — e os gêmeos o estimularam a ficar.

Infelizmente, ele tinha muito pouca resistência para o álcool. Uma vez suspensas as restrições de guerra, encetou uma parceria de copo com Jim. Voltava para casa cambaleando a qualquer hora, e os gêmeos o encontravam totalmente bêbado, na palha. Benjamin desconfiava que ele se metera com uma das filhas de Watkins e se perguntava se deviam se livrar dele.

Certa tarde de verão, ouviram o ganso macho gritar e Manfred falando rápido em alemão.

Saindo de casa, viram no terreiro uma mulher de meiaidade com uma calça de veludo marrom e blusa azul. Ela tinha um mapa na mão. Quando a mulher se voltou para eles, seu rosto se iluminou:

"Oh!", ela exclamou. "Gêmeoss!"

39.

Mulher alta, altiva, olhos cinzentos oblíquos e tranças douradas e grossas como cordas — Lotte Zons partira de Viena havia menos de um mês. Seu pai, que era cirurgião, estava doente demais para viajar. Sua irmã não viajou porque não via o perigo de ficar. Lotte chegou à Victoria Station com um diploma de economia doméstica na bolsa. Na primavera de 1939, empregar-se como doméstica era a maneira mais segura de instalar-se na Inglaterra.

Seu amor pela Inglaterra, inspirado, como era, pela literatura, misturara-se na memória com passeios pela província austríaca de Vorarlberg, gencianas, cheiro de pinheiros e páginas de Jane Austen, que a ofuscavam no sol alpino.

Ela se deslocava com a graça majestosa das damas de antes de Sarajevo. Sua vida em Londres, na época da guerra, fora o período mais terrível de sua vida.

Primeiro, ela foi internada. Em seguida, dada sua formação de psicoterapeuta, conseguiu um emprego numa clínica de Swiss Cottage, para tratar de vítimas de ataques aéreos. O salário mal dava para pagar um aluguel de um quarto sombrio. Suas forças se exauriram devido à dieta de carne em conserva e batatas em saquinhos. Um pequeno fogareiro a gás era seu único meio de cozinhar.

Vez por outra ela encontrava outros refugiados judeus num café de Hampstead. Mas a torta de nozes era intragável e a maledicência a fazia ainda mais infeliz — e ela voltava às apalpadelas para casa, atravessando ruas escuras e enevoadas.

Enquanto durou a guerra, ela se deu ao luxo de alimentar esperanças. Agora, com a vitória, a esperança se fora. Não chegava nenhuma notícia de Viena. Depois de ver as fotos do campo de Belsen, ficou completamente prostrada.

A direção da clínica sugeriu que ela tirasse férias.

"Bem que poderia fazer isso", disse ela, hesitante. "Mas onde vou encontrar montanhas?"

Ela pegou um trem para Hereford, em seguida o trem para Rhulen. Durante dias inteiros vagou em caminhos ladeados de árvores frondosas, que não tinham mudado desde o tempo da rainha Elizabeth. Lia Shakespeare em cemitérios cobertos de hera.

Em seu último dia de férias, sentindo-se muito mais forte, subiu até o cume da colina Negra.

"Aah! Pelo menos aqui se *pode respirrar!*", disse ela em inglês.

No caminho de volta, passou por acaso pelo terreiro da Visão, onde ouviu Manfred conversando em alemão com os gansos.

Lewis apertou a mão da visitante e disse: "Por favor, entre". Depois do chá, ela anotou a receita de bolo galês de Benjamin, que se ofereceu para mostrar-lhe a casa.

Ele abriu a porta do quarto sem o menor sinal de embaraço. As sobrancelhas dela se ergueram quando viu as fronhas rendadas: "Quer dizer que vocês adoravam sua mãe?".

Benjamin abaixou a cabeça.

Antes de ir embora, ela perguntou se poderia voltar.

"Tenha a bondade de vir", disse ele, porque alguma coisa naquela mulher lhe lembrava a sua mãe.

No ano seguinte, no fim de setembro, ela chegou ao volante de um pequeno cupê cinza. Perguntou pelo "meu jovem amigo Manfred", e Benjamin franziu o cenho: "Tivemos de mandá-lo embora".

Manfred colocara Lizzie numa situação difícil. Não obstante, ele "agiu como um cavalheiro" e casou-se com ela, conquistando assim o direito de permanecer na Grã-Bretanha. O casal foi trabalhar numa fazenda de criação de aves de Kington.

Lotte levou os gêmeos a passeios pela região.

Visitaram túmulos megalíticos, abadias em ruínas e uma igreja que conservava um Santo Espinho. Andaram ao longo da represa de Offa e escalaram o Caer Cradoc, onde Caractacus resistiu aos romanos.

Seu interesse pelas coisas antigas renasceu. Para se proteger dos ventos frios do outono, ela vestia um casaco roxo, de veludo cotelê, com grandes bolsos americanos e ombreiras. Anotava os comentários deles num caderno forrado com tela engomada.

Ela parecia ter absorvido todo o conteúdo da biblioteca circulante. Havia algo de assustador em seu conhecimento da história local, e às vezes Lotte chegava às raias da ferocidade.

Num passeio a Paincastle, encontraram um senhor de calção folgado, amante de coisas antigas, que estava medindo o fosso do castelo. Durante a conversa, ele disse que Owen Glendower defendera o castelo em 1400.

"Absolutamente errado!", retrucou ela. "A batalha aconteceu em Pilleth, não em Paincastle — foi em 1401, não em 1400."

O homem ficou muito perturbado, pediu desculpas, e tratou de ir embora.

Lewis riu: "Oooh! Ela sabe do que fala!" — e Benjamin concordou.

Ela alugara um quarto numa pensão de Rhulen, e não dava nenhum sinal de pretender voltar para Londres. Aos poucos, foi vencendo a timidez dos gêmeos. Conquistou seu lugar como uma terceira pessoa em suas vidas, e terminou por ouvir seus segredos mais íntimos.

Não que ela dissimulasse a razão de seu interesse por eles! Contou-lhes que em Viena, antes da guerra, pesquisara casos de gêmeos que nunca se separavam. Agora queria continuar sua investigação.

Os gêmeos, dizia ela, têm um papel muito especial na maioria das mitologias. Os gêmeos gregos Castor e Pólux eram filhos de Zeus e de um cisne, e nascidos do mesmo ovo:

"Como vocês dois!"

"Que coisa!", exclamaram eles.

Ela então explicou a diferença entre gêmeos que provêm de um mesmo óvulo e os que provêm de óvulos diferentes. Por que alguns são idênticos, e outros não. Era uma noite muito ventosa, e nuvens de fumaça saíam da chaminé e enchiam a sala. Eles davam tratos à bola para entender aquele carrossel de polissílabos, mas as palavras dela pareciam beirar o absurdo: "... psicanálise... questionários... problemas de hereditariedade e do ambiente...". O que significava aquilo tudo? A certa altura Benjamin se levantou e pediu-lhe que escrevesse a palavra *monozigótico* num pedaço de papel. Ele o dobrou e colocou no bolso do colete.

Ela terminou dizendo que muitos gêmeos idênticos eram inseparáveis — mesmo na morte.

"Ah!", suspirou Benjamin num tom sonhador. "É o que sempre senti."

Ela cruzou as mãos, inclinou-se para a luz do lampião, e perguntou se estariam dispostos a responder a uma série de perguntas.

"Não sou eu quem vai se opor a isso", disse ele.

Lewis se endireitou no banco e fixou os olhos no fogo. Não queria responder a pergunta nenhuma. Parecia-lhe ouvir a voz da mãe: "Cuidado com essa estrangeira!". Mas, para agradar a Benjamin, terminou por concordar.

Lotte seguia os gêmeos em sua rotina cotidiana. Nenhum dos dois estava acostumado a fazer confidências, mas a voz calorosa e o forte sotaque gutural dela criavam o equilíbrio necessário entre proximidade e distância. Em pouco tempo ela conseguiu um bom dossiê.

A princípio, Benjamin lhe deu a impressão de ser um fundamentalista bíblico.

Ela perguntou: "Como você imagina que é o fogo do inferno?".

"Acho que é parecido com Londres", disse ele torcendo o nariz, com um riso de escárnio. E só quando o interrogou um pouco mais, pedindo mais detalhes, ela descobriu que a concepção que ele tinha da vida futura — no céu ou no inferno — era a de um vazio absoluto e desesperado. Como alguém poderia imaginar uma alma imortal, quando sua própria alma, se é que a tinha, era a imagem do próprio irmão do outro lado da mesa do desjejum?

"Então por que você freqüenta a capela?"

"Por causa de mamãe!"

Os dois disseram odiar serem confundidos um com o outro. Os dois confessaram ter confundido a própria imagem refletida com sua outra metade. "E certa vez", acrescentou Lewis, "confundi o eco de minha voz com a voz de Benjamin." Mas, quando dirigiu suas perguntas à questão do quarto, ela constatou o mesmo vazio e a mesma inocência.

Ela notou que Benjamin servia o chá e que Lewis cortava o pão. Que Lewis alimentava os cachorros, e Benjamin as aves. Perguntou-lhes como dividiram as tarefas, e cada um respondeu: "Acho que aconteceu naturalmente".

Lewis lembrou que, na escola, dera todo o seu dinheiro a Benjamin, e desde então a idéia de possuir seis pence — quanto mais um talão de cheques — lhe parecia impensável.

Certa tarde, Lotte encontrou-o no estábulo, usando um comprido avental marrom, jogando palha numa carroça. Tinha o rosto afogueado e parecia aborrecido. Com muita habilidade, ela perguntou se estava chateado com Benjamin.

"Muito chateado!", disse ele: Benjamin estava a caminho de Rhulen, para comprar mais uma propriedade.

Aquilo não fazia o menor sentido. Ainda mais que não tinha ninguém para ajudar no trabalho! E Benjamin era sovina demais para pagar o salário de um trabalhador! Precisavam comprar um trator! Era isso que deviam fazer!

"Não dá para imaginá-lo comprando um trator!", resmungou, furioso. "Às vezes acho que estaria melhor se morasse sozinho."

O olhar melancólico de Lotte encontrou o seu. Ele encostou o forcado, e toda a raiva sumiu:

Como ele gostava de Benjamin! Mais do que tudo no mundo. Ninguém podia negar isso! Mas ele sempre se sentira deixado de lado... "E até rejeitado..."

Ele parou um pouco: "Eu era o mais forte, e ele uma pobre coisinha. Mas ele sempre foi o mais esperto. Tinha mais instrução, entende? E mamãe gostava dele por causa disso!".

"Continue!", disse ela. Ele estava quase às lágrimas.

"Sim, e aí é que estava o problema! Às vezes, fico me perguntando o que teria acontecido se ele não estivesse aqui. Se tivesse ido embora... ou mesmo se tivesse morrido. Aí quem sabe eu viveria minha própria vida, teria tido filhos, talvez?"

"Sei, sei", disse ela com voz calma. "Mas a nossa vida não é tão simples."

No último domingo que passou com eles, Lotte os levou a Bacton para ver o memorial de Blanche Parry, uma camareira da rainha Elizabeth.

O cemitério estava juncado de epilóbios. Sementes de teixo formavam pequenas manchas vermelhas no caminho de acesso. O memorial tinha colunas, um arco romano, e ficava no lado oposto ao da capela. À direita havia uma efígie da própria rainha — um manequim incrustado de jóias, sob o peso de uma corrente de rosas Tudor. Blanche estava ao seu lado, de perfil. Seu rosto tinha uma expressão de cansaço, mas era bonito, e ela segurava um livro de orações. Usava uma gola franzida e, sob esta, uma cruz peitoral pendente de uma fita.

A igreja estava gelada: Benjamin estava entediado. Ele se deixou ficar no carro, enquanto Lotte copiava a inscrição em seu caderno:

Foi assim que passei a minha vida,
Virgem na corte sem jamais ter conhecido homem,
Dedicada ao serviço da rainha Elizabeth,
Sempre com a Rainha Virgem,
E, virgem, terminei minha vida.

Ela terminou de copiar. O lápis caiu de sua mão, bateu no carpete do altar e foi parar no pavimento de pedras. De repente, toda a solidão de sua vida lhe veio à mente — a cama estreita de solteirona, a culpa de ter deixado a Áustria, e a amolação das brigas na clínica.

Lewis se abaixou para pegar o lápis — e também ele se lembrou da amargura de seus primeiros amores e do fiasco do terceiro. Afagou a mão de Lotte e apertou-a contra os lábios.

Ela a retirou delicadamente.

"Não", disse Lotte. "Não seria direito."

Depois da refeição, ela chamou Benjamin de parte e lhe disse, de forma bem clara, que ele devia comprar um trator para Lewis.

40.

Aggie Watkins morreu no terrível inverno de 1947. Tinha mais de noventa anos. A neve se acumulara no telhado, e ela morreu no escuro.

Jim ficara sem feno, e o mugido das vacas não deixava ninguém dormir. Os cães ganiam, e os gatos andavam por toda parte, olhos inchados pela fome. Sete pôneis tinham sumido na colina.

Ele enfiou a mãe dentro de um saco e a colocou, fria e dura, em cima da pilha de lenha, fora do alcance dos cães, mas não dos gatos e dos ratos. Três semanas depois, quando se deu o degelo, Jim, com a ajuda de Ethel, amarrou o corpo a um trenó improvisado e arrastou-o até Lurkenhope, para ser enterrado. O sacristão ficou impressionado com o estado do cadáver.

Jim encontrou seus pôneis alguns dias depois, todos juntos, numa falha entre as rochas. Tinham morrido de pé, num círculo, focinhos apontados para o centro como os raios de uma roda. Ele queria cavar uma cova para eles, mas Ethel obrigou-o a ficar para ajudar no serviço da casa.

Apareceu um abaulamento no oitão da casa, e toda a parede parecia estar prestes a desabar. Alguns caibros tinham cedido sob o peso da neve. A água gelada encharcara os animais empalhados de Jim, e caía do sótão na cozinha. E, embora não parasse de falar "Vou arranjar umas telhas e consertar o telhado direitinho", limitou-se a estender um oleado esburacado sobre o telhado.

Quando chegou a primavera, tentou escorar a parede com pedras e dormentes de ferrovia, mas com isso comprometeu de tal forma os alicerces que a parede veio abaixo de vez. No inverno seguinte, ninguém mais usava aquela parte da casa, e nem havia necessidade disso, uma vez que todas as meninas, exceto a pequena Meg, tinham deixado a Rocha.

Lizzie, que tinha casado com Manfred, fingia que a Rocha não existia. Brennie tinha ido embora com um "sujeito de pele escura", um soldado americano de quem nunca mais se ouviu falar, até que chegou um cartão-postal da Califórnia. Então, na feira de maio de Rhulen, Sarah conheceu um empreiteiro de transportes que a levou para viver com ele em sua chácara atrás dos Begwyns.

Sarah era uma jovem ossuda e rija, de cabelos desgrenhados e comportamento imprevisível. Seu único grande medo era cair na pobreza, o que às vezes a fazia parecer insensível e gananciosa. Ao contrário de Lizzie, porém, ela não perdia a Rocha de vista e cuidava para que não morressem de fome.

Em 1952, depois que outra tempestade inutilizou a cozinha, Ethel abandonou-a às galinhas e patos e amontoou todos os móveis na única peça que restava.

Agora a casa parecia um depósito de ferro-velho. Atrás de um banco circular havia uma arca de carvalho, e sobre esta uma cômoda e uma pilha de caixas de papelão. Espalhados sobre as mesas, muitas vasilhas, panelas, canecas, potes de geléia, pratos sujos e farelo ensopado para as aves. Os três moradores da casa dormiam na cama dobrável. Os alimentos perecíveis eram guardados em cestas penduradas nas vigas do telhado. Amontoados no consolo da lareira havia todos os tipos de objetos — desde bacias de barbear a tesouras de tosquiar —, enferrujados, roídos pelas traças, sujos de cera de vela e manchados de cocô de mosca.

Uma fileira de soldadinhos de chumbo sem cabeça marchava no parapeito da janela.

Como o reboco estava caindo, Jim pregou nas paredes folhas de jornal e papelão betuminado.

"Assim", dizia ele com otimismo, "o vento não vai passar."

A fumaça da chaminé cobria tudo com uma camada de resina marrom. A certa altura, as paredes estavam tão pegajosas que quando ele gostava de uma imagem qualquer — um cartão-postal da Califórnia, o rótulo de uma lata de abacaxi havaiano ou as pernas de Rita Hayworth —, bastava apertá-la contra a parede e pronto: lá ficava ela pregada!

Se algum desconhecido se aproximava, Jim pegava sua velha garrucha — sem chumbo nem pólvora para carregá-la —, e, quando o inspetor do fisco veio perguntar por um certo "senhor James Watkins", Jim levantou a cabeça por trás da paliçada e falou: "Faz um tempão que não o vejo. Partiu para a França! Ouvi dizer que foi lutar contra os alemães".

Apesar de suas crises de enfisema, Ethel ia até a cidade nos dias de feira, andando a passos largos no meio do caminho, sempre com o mesmo casaco sujo de tweed cor de laranja e duas sacolas de compras penduradas, uma de cada lado, numa cinta de cavalo que trazia em volta do pescoço.

Certo dia, no alto da colina de Cefn, Lewis Jones apareceu dirigindo seu novo trator. Ela fez um sinal para que ele parasse e pulou no estribo.

Desde então, Ethel calculava a hora de sair para fazê-la coincidir com a passagem de Lewis. Ela descia na altura do monumento aos mortos, e nunca dizia uma palavra de agradecimento pela carona. Passava a manhã recolhendo restos de alimentos junto às barracas. Por volta do meio-dia, ia à mercearia Prothero.

Sabendo que ela era mão-leve, o senhor Prothero piscava ao seu ajudante como a dizer: "Fique de olho nela, viu?". Ele era um homem amável, de rosto reluzente, calvo como uma bola de bilhar. Sempre a deixava furtar uma lata de sardinhas ou de chocolate. Mas, se ela ultrapassava essa cota e pegava, por exemplo, uma lata grande de presuntada, ele dava a volta ao balcão e barrava-lhe a passagem:

"Ora, vamos, senhorita Watkins! O que é que temos na sacola esta manhã? Essa lata não devia estar aí, não é mesmo?" — e Ethel se enrijecia e ficava olhando pela janela.

Isso aconteceu ano após ano até o dia em que o senhor Prothero se aposentou e vendeu o negócio. Ele pediu aos novos proprietários que perdoassem os pecadilhos dela, mas, na primeira vez que Ethel roubou uma lata de leite, ficaram indignados e chamaram a polícia.

Na vez seguinte, ela teve de pagar uma multa de cinco libras. Depois disso, seis semanas na cadeia de Hereford.

Ethel nunca mais foi a mesma. As pessoas a viam andar no mercado feito uma sonâmbula, agachando-se aqui e ali para pegar uma carteira de cigarros vazia e enfiar na bolsa.

Numa noite chuvosa de novembro, as pessoas que esperavam o último ônibus viram uma figura caída a um canto do abrigo. O ônibus chegou, e um homem gritou: "Acorde! Acorde! Você vai perder o ônibus". Ele a sacudiu, e ela estava morta.

À época, Meg estava com dezenove anos, era pequena e graciosa, tinha covinhas nas faces e olhos cujo brilho rivalizava com o do sol.

Ela acordava ao amanhecer, trabalhava o dia inteiro e só saía da fazenda para colher uvas-do-monte na colina. Às vezes algum andarilho via sua delicada silhueta agitando um balde à beira da lagoa, e uma fileira de patos brancos gingando em direção a ela.

Meg nunca tirava a roupa nem o chapéu.

O chapéu, um *cloche* de feltro, desgastado pelo tempo e por dedos engordurados, agora parecia um esterco de boi. Suas duas calças — uma marrom em cima de uma bege — estavam rasgadas na altura dos joelhos. As partes amarradas com fita pareciam perneiras, enquanto a parte de cima pendia em volta da cintura. Ela usava cinco ou seis camisas de lã verdes ao mesmo tempo, todas esburacadas, de forma que se podiam ver nesgas de pele aqui e ali. E, quando uma blusa se estragava completamente, usava a lã para remendar as outras com centenas de minúsculos pontinhos verdes.

Sarah ficava muito aborrecida de ver Meg naqueles trajes. Ela lhe comprara blusas, cardigãs e casacos esportes, mas Meg só usava blusas de tricô, e somente se fossem bem largas e desbeiçadas.

Em uma de suas visitas, Sarah encontrou Jim com os pés enfiados no lodo até os tornozelos:

"Como vai?", grunhiu ele. "O que é que você quer? Por que não nos deixa em paz?"

"Vim visitar a Meg, e não você!", retrucou ela, e ele se afastou manquejando e praguejando em voz baixa. Uma semana antes, Meg se queixara de dores no abdome.

Avançando entre as galinhas, Sarah encontrou Meg agachada junto à lareira, abanando o fogo apaticamente. O rosto estava contorcido de dor, e os braços cobertos de feridas.

"Venha comigo", disse Sarah. "Vou levar você ao médico."

Meg sacudiu os ombros, balançou o corpo para a frente e para trás, e começou a recitar monotonamente uma espécie de canto fúnebre:

"Não, Sarah, não vou sair daqui. É muita gentileza sua, Sarah, mas nunca vou sair daqui. Jim e eu sempre ficamos juntos. Sempre trabalhamos juntos, dormimos e comemos, vivemos nossas vidas juntos. E os pobres patos vão morrer de fome se eu for embora. E as galinhas vão morrer de fome. E a pobre franguinha ali na gaiola! Ela estava morrendo e a salvei. E os passarinhos do vale vão morrer se eu não der comida a eles. E o gato? Você pode me dizer o que vai acontecer com o gato se eu for embora?"

Sarah tentou convencê-la. O médico, disse ela, ficava em Rhulen, a apenas três milhas: "Não seja tonta! Dá para ver a casa dele da colina. Vamos até lá e depois eu trago você de volta direto para cá".

Mas Meg enfiara os dedos sob a aba do chapéu e, cobrindo o rosto com ambas as mãos, disse: "Não, Sarah, nunca vou sair daqui".

Uma semana depois, ela estava no hospital de Hereford.

Na madrugada de sexta-feira Sarah foi acordada por um telefonema a cobrar da cabine telefônica de Maesyfelin. Era Jim, de cujas palavras atropeladas e confusas Sarah deduziu que Meg estava doente, se não morrendo.

Os campos em volta de Craig-y-Fedw estavam congelados, e ela pôde conduzir a sua van até o portão. A casa e suas dependências estavam mergulhadas no nevoeiro. Os cachorros latiram, procurando sair de seus abrigos. Jim estava na porta da casa, pulando feito um pássaro ferido.

"Como ela está?", perguntou Sarah.

"Mal", respondeu Jim.

Na sala da frente, as galinhas ainda cochilavam nos poleiros. Meg estava deitada no chão, de olhos fechados, em meio aos excrementos. Gemia baixinho. Eles a puseram em cima de uma tábua e carregaram-na para a van.

A meio caminho, Sarah teve vergonha de levar Meg ao médico naquelas condições. Então, em vez de ir diretamente a Rhulen, levou-a à sua casa, onde, com sabonete, água quente e uma roupa decente, tornou-a um pouco mais apresentável. Quando chegou ao consultório, Meg estava delirante.

Um jovem médico saiu do consultório e subiu na traseira da van. "Peritonite", disse entre dentes, e gritou para que chamassem uma ambulância. Ele se mostrou muito agressivo com Sarah, recriminando-a por não tê-lo procurado antes.

Depois que tudo acabou, Meg tinha apenas uma vaga lembrança das semanas que passara no hospital. As camas de metal, os medicamentos, as ataduras, as luzes brancas, os elevadores, as macas, as bandejas cheias de instrumentos brilhantes eram coisas tão estranhas à sua experiência que ela as descartou como fragmentos de um pesadelo. Tampouco os médicos lhe disseram ter extraído o útero. Ela só se lembrava de lhe terem dito: "Ela está prostrada!". "Foi isso que disseram que eu estava, e estava mesmo. Prostrada! Mas não contaram nem a metade das misérias que fizeram comigo."

41.

O primeiro trator que chegou à Visão foi um Fordson Major azul, com rodas laranja e o nome *Fordson* escrito em letras laranja, em relevo, perto do radiador.

Lewis adorava seu trator, pensava nele como em uma mulher, e queria dar-lhe um nome de mulher. Experimentou chamá-lo de Maudie, depois Maggie, em seguida Annie — mas nenhum desses nomes combinava com a personalidade do trator, que terminou ficando sem nome nenhum.

Foi muito difícil aprender a manobrá-lo. Ele lhe deu um tremendo susto ao tombar de lado numa vala; e quando Lewis confundiu a embreagem com o freio, o trator jogou-o em cima de uma cerca. Mas, tendo dominado a máquina, ele até pensou em entrar numa competição agrícola.

Não havia nada de que gostasse mais que ouvir os oito cilindros roncando, ronronando em ponto morto ou avançando colina acima, com o arado atrelado.

O motor, então, era tão espantoso quanto a anatomia de uma mulher! Lewis ficava o tempo todo examinando as velas de ignição, mexendo no carburador, enfiando a pistola de lubrificação nas graxeiras e preocupando-se com o estado geral de saúde dele.

Ao menor engasgo do motor, Lewis pegava o manual e lia em voz alta a lista de enfermidades possíveis: válvula mal encaixada... excesso de combustível na mistura... problema no sistema elétrico... sujeira na câmara de flutuação — enquanto seu irmão torcia a cara como se estivesse ouvindo indecências.

Benjamin não parava de reclamar do custo de manutenção do trator. Comentava num tom sombrio: "Temos de voltar aos cavalos". Já pagara por um arado, uma máquina de semear e um cabo de reboque, e parecia um nunca acabar de acessórios e de despesas. Para que Lewis precisava de colheitadeira de batatas? Para que comprar uma enfardadeira? Ou uma espalhadeira de esterco? Onde isso iria terminar?

Lewis sacudia os ombros aos acessos de Benjamin e deixava que o contador explicasse ao irmão que, longe de estarem arruinados, estavam ricos.

Em 1953 tiveram um sério problema com a administração fiscal. Desde a morte de Mary, não tinham pagado um centavo de imposto. E, embora o inspetor se tivesse mostrado compreensivo, insistira para que procurassem os serviços de um profissional.

O jovem que veio verificar seus livros de contas tinha o rosto espinhento e o aspecto subnutrido de quem morava num porão, mas ainda assim ficou espantado com a frugalidade dos gêmeos. Roupas, eles tinham para o resto da vida; e como as contas da mercearia, do veterinário, e dos fornecedores eram pagas com cheques, raramente pegavam em dinheiro vivo.

"E o que vamos colocar na coluna de 'outros'?", perguntou o contador.

"Como os trocados que levamos nos bolsos?", disse Benjamin.

"Sim, dinheiro de bolso, se assim quiserem chamar."

"Umas vinte libras?"

"Por semana?"

"Oh, não, não... Vinte dá para um ano..."

Quando o jovem tentou explicar a conveniência de declarar uma renda inferior à real, Benjamin franziu a testa e disse: "Isso não está certo".

Em 1957, gordos rendimentos sujeitos a taxação avultaram na contabilidade da fazenda. E o contador também se tinha locupletado. A barriga de cerveja projetava-se por cima do cinto de sua calça de brim. Uma jaqueta de equitação, meias amarelas e botas de pólo de camurça completavam o conjunto. E ele não parava de xingar um certo senhor Nasser.

Deu um soco na mesa: "Ou vocês gastam cinco mil libras em maquinário para a fazenda, ou vão dar todo esse dinheiro de presente para o governo!".

"Acho que é melhor a gente comprar outro trator", disse Benjamin.

Lewis examinou os prospectos com toda a atenção e se decidiu por um International Harvester. Esvaziou um estábulo para servir-lhe de garagem e escolheu um bela tarde de sol para trazê-lo de Rhulen.

Não era um trator para ser usado: Lewis escovava os pneus, tirava o pó com um espanador e, de vez em quando, levava-o até a estrada, para tomar um ar. Manteve-o assim durante anos, ocioso e guardado como uma relíquia no estábulo, trancado à chave. De vez em quando olhava por uma fresta da porta, regalando-se com a pintura vermelha como um menino olhando para dentro de um bordel.

A década de 1950 foi pródiga em desastres aéreos espetaculares: dois Comet caíram, e trinta espectadores morreram na exposição aeronáutica de Farnborough. Benjamin teve uma hérnia, a Visão foi ligada à rede elétrica, e, um por um, os membros da velha geração foram ficando doentes e morrendo. Não passava um mês sem uma cerimônia fúnebre na capela, e, quando a velha senhora Bickerton morreu no sul da França — aos noventa e dois anos de idade, ela se afogou em sua piscina —, houve uma linda cerimônia fúnebre na igreja paroquial, e a senhora Nancy ofereceu um almoço para os antigos arrendatários e trabalhadores da propriedade.

O próprio castelo ficou em ruínas até que, em certa noite de agosto, um menino lá entrou furtivamente para matar ratos com arco e flecha, jogou uma ponta de cigarro no chão, e o castelo se incendiou. E em abril de 1959 Lewis sofreu um acidente de bicicleta.

Ele estava indo para Maesyfelin com um buquê de goivosamarelos para colocar nos túmulos. A tarde estava insuportavelmente fria. A fivela de seu capote se abriu, o cinto se enroscou nos raios da roda da bicicleta — e ele foi projetado por cima do guidom! Um cirurgião plástico reconstruiu o seu nariz no hospital de Hereford, e, a partir daí, ele ficou um pouco surdo de um ouvido.

O dia de seu sexagésimo aniversário foi quase um dia de luto.

Toda vez que tiravam uma folha do calendário, pressentiam uma velhice infeliz. Voltavam-se para o painel de fotos da família na parede — fileiras de rostos sorridentes, agora todos mortos ou morando muito longe. Como foi possível, perguntavam-se eles, acabarem ficando sozinhos?

Suas disputas tinham ficado para trás. Agora eram tão inseparáveis como antes da doença de Benjamin na meninice. Mas devia haver, em algum lugar, um primo em quem pudessem confiar, não é mesmo? De que adiantava ter terras ou tratores, se a única coisa que faltava era um herdeiro?

Olharam a oleografia do pele-vermelha e pensaram no tio Eddie. Quem sabe ele tinha netos? Mas deviam estar no Canadá, e nunca haveriam de voltar. Chegaram a pensar no filho de seu velho amigo Manfred, um rapaz de olhos sem brilho que às vezes vinha visitá-los.

Manfred iniciara seu negócio de criação de aves em barracas Nissen, que tinham sido montadas para refugiados poloneses, e, malgrado o carregado sotaque gutural, agora era "mais inglês que um inglês". Manfred trocara de nome oficialmente, de Kluge para Clegg, usava ternos de tweed verdes, raramente perdia uma gincana e era presidente da Associação Conservadora local.

Com muito orgulho, levou os gêmeos para ver a sua empresa, mas as gaiolas de arame, o cheiro de cocô de galinha e de farinha de peixe, e o pescoço pelado das aves causaram tanta repugnância em Benjamin que ele decidiu nunca mais voltar lá.

Em dezembro de 1965, o calendário mostrava a região dos lagos de Norfolk sob o gelo. E no dia 11 — uma data que os gêmeos nunca haveriam de esquecer —, um Ford enferrujado entrou no terreiro da fazenda. Uma mulher com botas de borracha saiu de dentro dele e se apresentou como a senhora Redpath.

42.

A senhora Redpath tinha cabelos ruivos que começavam a ficar grisalhos, olhos castanhos e faces róseas delicadas, incomuns numa mulher da sua idade. Ela passou pelo menos um minuto junto ao portão do jardim, mexendo nervosamente no ferrolho. Então disse que tinha um assunto importante a discutir.

Lewis fez um sinal para que entrasse: "E vamos servir-lhe uma xícara de chá".

Ela pediu desculpas pelas botas enlameadas.

"Um pouco de lama não faz mal", disse ele gentilmente.

Ela disse: "Pão com manteiga não, obrigada!", mas aceitou um pedaço de bolo, cortou-o em minúsculas fatias e foi colocando-as uma a uma, com toda a delicadeza, na ponta da língua. De vez em quando corria os olhos pela sala e se perguntava em voz alta como os gêmeos conseguiam arranjar tempo para tirar a poeira de "todos aqueles bibelôs". Falou do marido, que trabalhava para o Departamento de Água. Falou do tempo ameno e do custo das compras de Natal. "Sim", disse respondendo a Benjamin. "Aceito mais uma xícara." Ela pegou mais quatro tabletes de açúcar e começou a contar sua história.

Durante toda a vida ela pensara que a mãe fosse viúva de um carpinteiro, que precisava alugar quartos e infelicitara sua infância. Em junho último, porém, quando a mãe, já velha, estava no leito de morte, a senhora Redpath ficou sabendo que era filha ilegítima, e que fora abandonada. Sua verdadeira mãe era uma jovem de uma fazenda da colina Negra, que pagara a alguém para cuidar dela e partira com um irlandês, em 1924, para terras de além-mar.

"Você é a filha de Rebecca", murmurou Lewis, deixando cair a colher de chá no pires.

"Sim", sussurrou a senhora Redpath, esforçando-se para simular um suspiro emocionado. "Sou filha de Rebecca Jones."

Ela verificara a certidão de nascimento, o registro na paróquia — e lá estava ela, a sobrinha há muito desaparecida!

Lewis piscou os olhos diante daquela mulher bonita, comum, e viu, em cada um de seus gestos, uma semelhança com sua mãe. Benjamin se mantinha calado. À luz forte da lâmpada elétrica nua, ele notara sua boca má.

"Esperem só para ver meu pequeno Kevin!" Ela pegou uma faca e cortou mais uma fatia de bolo. "Ele é a cara de vocês dois."

Ela queria trazer Kevin para a Visão no dia seguinte, mas Benjamin não mostrou nenhum entusiasmo: "Não, não. Qualquer dia desses nós vamos vê-lo".

Durante toda a semana seguinte os gêmeos andaram às turras novamente.

Lewis achava que Kevin Redpath fora enviado como um presente da providência divina. Benjamin desconfiava que — mesmo que aquela história fosse verdadeira, mesmo que o menino realmente fosse seu sobrinho-neto — a senhora Redpath só estava querendo o dinheiro deles, e nada de bom podia sair dali.

No dia 17 chegou um cartão de Natal — com Papai Noel e um trenó puxado por renas — "Com os Votos de Boas-Festas do senhor e da senhora Redpath, e de Kevin!!". Novamente ela chegou à hora do chá e perguntou se poderia levá-los, naquela noite, para assistir ao auto de Natal em Llanfechan, no qual seu filho representava José.

"Sim, eu vou com você", disse Lewis espontaneamente. E, pegando uma chaleira que esquentava na lateral da lareira, fez um sinal com a cabeça para o irmão e subiu as escadas para ir barbear-se e trocar de roupa. Tendo ficado sozinho na cozinha, Benjamin sentiu-se embaraçado e subiu para o quarto.

Já anoitecera quando saíram de casa. O céu estava claro e as estrelas cintilavam como rodinhas de fogo. As sebes estavam cobertas de geada branca, e à luz dos faróis as fazendas pareciam polvilhadas de farinha branca. A van derrapou numa curva, mas a senhora Redpath era muito cuidadosa ao volante. Benjamin foi no banco de trás, encarapitado num saco de palha, rangendo os dentes até ela estacionar na frente da capela. Ela apressou-se em entrar, pois queria ver se Kevin já estava vestido para o espetáculo.

Lá dentro fazia um frio glacial. Dois aquecedores a querosene não bastavam para aquecer o fundo do salão. Passava uma corrente de ar por baixo da porta, e as tábuas do assoalho cheiravam a desinfetante. Os espectadores estavam sentados, encapotados e com cachecóis. O pregador, um missionário que voltara da África, apertou a mão de cada membro do rebanho.

Na boca do palco estendia-se uma cortina que consistia em três lençóis cinzentos do Exército, roídos de traças.

A senhora Redpath foi para junto de seus tios. Apagaram-se todas as luzes, exceto a do palco. Ouviam-se sussurros de crianças por trás das cortinas.

A professora passou pela cortina e sentou-se no banquinho do piano. Seu chapéu de tricô tinha o mesmo tom marrom-arroxeado da azálea sobre o piano. À medida que seus dedos martelavam o teclado, o chapéu balançava para cima e para baixo, e as pétalas da azálea tremulavam.

"Cântico número um", anunciou ela. "'Ó cidadezinha de Belém', cantado só pelas crianças."

Depois de longos compassos de abertura, ouviu-se o som agudo das vozes hesitantes por trás das cortinas. Pelos buracos das cortinas, os gêmeos viram lampejos prateados, vindos das auréolas de lantejoulas dos anjos.

O cântico acabou, e uma menina loira veio para a frente do palco, tiritando numa camisola branca. Em seu diadema havia uma estrela de papel prateado.

"Eu sou a estrela de Belém..." Ela batia os dentes de frio. "Faz dez mil anos que Deus pôs uma grande estrela no céu. Sou essa estrela..."

Ela terminou o prólogo. Então a cortina se abriu aos arrancos, com o ruído de roldanas rangentes, e apareceu a Virgem Maria vestida de azul, ajoelhada numa almofada de borracha vermelha, limpando o chão de sua casa em Nazaré. O anjo Gabriel estava ao seu lado.

"Sou o anjo Gabriel", disse ele com voz sumida. "E vim para lhe dizer que você vai ter um bebê."

"Oh!", exclamou a Virgem Maria ruborizando. "Muito obrigada, meu senhor!" Mas o anjo tinha esquecido a fala seguinte, e Maria esqueceu a sua, e os dois ficaram aparvalhados no meio do palco.

A professora tentou soprar-lhes as falas. Vendo, porém, que

não havia ponto capaz de salvar a cena, gritou "Pano!" e pediu aos presentes que cantassem "Na cidade do rei Davi".

Todos sabiam a letra de cor, e não precisaram abrir seus hinários. E, quando a cortina se abriu novamente, todos gargalharam ao ver um burro formado de duas partes, que escoiceava, pinoteava e sacudia a cabeça de papel machê. Dois assistentes de palco trouxeram um fardo de palha e uma manjedoura.

"É o meu Kevin!", sussurrou a senhora Redpath, cutucando Benjamin.

Entrara no palco um menino vestido com uma bata de lã verde quadriculada, com a cabeça envolta numa toalha cor de laranja e uma barba negra colada ao queixo.

Os gêmeos endireitaram o corpo e esticaram o pescoço. José, porém, em vez de se voltar para a platéia, recuou e recitou suas falas para o pano de fundo: "O senhor não pode arranjar um quarto? Minha mulher vai ter um bebê a qualquer momento".

"Não tenho nenhum quarto vago", respondeu Rubem, o dono da hospedaria. "A cidade está apinhada de gente que veio pagar seus impostos. A culpa é do governo romano, não minha!"

"Mas tenho este estábulo", continuou, apontando para a manjedoura. "Podem dormir aí se quiserem."

"Oh, muito obrigada, senhor!", disse a Virgem Maria animadamente. "Serve muito bem para gente humilde como nós."

Ela começou a ajeitar a palha, enquanto José continuava voltado para o pano de fundo. Num gesto duro, ele levantou o braço direito para o céu.

"Maria!", gritou, enchendo-se de coragem de repente. "Estou vendo uma coisa lá em cima! Parece que é uma cruz!"

"Uma cruz? Ugh! Não me fale essa palavra. Ela me faz lembrar César Augusto!"

Através das duas espessas calças de veludo, Lewis sentia o tremor da rótula do irmão, porque José se voltara e estava sorrindo em sua direção.

"Sim", disse a Virgem Maria no fim da última cena. "Acho que é o bebê mais lindo que já vi."

Quanto aos irmãos Jones, eles também estavam em Belém. Mas o que estavam vendo não era o boneco de plástico, nem o dono da hospedaria, nem os pastores, nem o burro de papel machê, nem os carneiros de verdade que comiam a palha, nem Melquior, com sua caixa de chocolates, nem Gaspar, com seu frasco de xampu, nem o negro Baltazar, com sua coroa de celofane vermelho e um pote de gengibre, nem os querubins e serafins, nem Gabriel, nem a própria Virgem Maria. A única coisa que conseguiam ver era aquele rosto oval de olhos graves e a franja de cabelos negros por baixo da toalha turbante. E, quando o coro de anjos começou a cantar "Vamos, vamos embalar você, embalar, embalar...", balançaram a cabeça no ritmo — e as lágrimas rolaram e caíram nas pulseiras de seus relógios.

Depois do espetáculo, o ministro do culto tirou algumas fotos com um flash. Os gêmeos esperaram na frente da capela, onde as mulheres trocavam as roupas dos filhos.

"Kevin! Kevin!", gritava uma voz aguda. "Se você não vier aqui, dou-lhe umas palmadas na bunda!"

43.

Ele era um menino doce, vivaz e afetuoso, que gostava do bolo recheado do tio Benjamin e adorava andar no trator do tio Lewis.

Durante as férias escolares, sua mãe o mandava passar semanas inteiras na fazenda; e os gêmeos chegavam a temer, tanto quanto o menino, o término das férias.

Empoleirado no pára-lama do trator, Kevin ficava olhando a relha do arado rasgar o restolho, e as gaivotas que piavam e se lançavam sobre a terra recém-revolvida. Assistia ao nascimento de carneiros e à colheita das batatas; viu uma vaca parindo, e, certa manhã, apareceu um potro no campo.

Os gêmeos lhe disseram que um dia tudo aquilo seria dele.

Desdobravam-se para agradá-lo como se ele fosse um principezinho; serviam-no à mesa, aprenderam a nunca oferecer-lhe queijo nem beterraba; no sótão, encontraram um pião que zumbia feito uma abelha animada. Desejando reviver a própria infância, chegaram a pensar em levá-lo a um passeio no litoral.

Em certas noites, com as pálpebras pesadas de sono, Kevin apoiava a cabeça nas mãos e dizia: "Por favor, por favor, vocês me botam na cama?". Então subiam as escadas e o levavam ao velho quarto deles, despiam-no, vestiam-lhe o pijama e saíam na ponta dos pés, deixando a lâmpada acesa.

Num canto do jardim ele plantou alfaces, rabanetes, cenouras e ervilhas-de-cheiro. Gostava de ouvir o barulhinho das sementes em seus saquinhos, mas não via sentido em semear plantas que levavam dois anos para crescer.

"Dois anos", gemia ele. "É tempo demais para esperar!"

Com um balde debaixo do braço, ia vasculhando as sebes e recolhendo o que bem entendesse: sapos, caracóis, lagartas peludas — e certa vez chegou em casa com um musaranho. Quando seus girinos cresceram e viraram sapinhos, construiu um castelo para eles numa pedra, no meio de um velho cocho de pedra.

Naquela mesma época, um fazendeiro abaixo de Cwm Cringlyn abriu um centro de equitação. Nos meses de verão, mais de cinqüenta meninos e meninas atravessavam a Visão trotando, a caminho da colina. Muitas vezes, esqueciam-se de fechar os portões — e os pastos viravam lama. Kevin então escreveu um cartaz em que se lia: "Quem passar será punido pela lei".

Certa tarde, Lewis estava cortando urtigas próximo ao chiqueiro e o viu correndo pelo campo.

"Tio! Tio!", gritava ele, ofegante. "Eu vi uma pessoa muito engraçada."

Puxou Lewis pela mão, e os dois andaram até a borda do pequeno vale.

"Psiu!", fez Kevin levando o dedo aos lábios. Então, afastando as folhas, apontou alguma coisa por entre a vegetação rasteira. "Olhe!", sussurrou ele.

Lewis olhou e não viu nada.

As aveleiras coavam a luz do sol, que marchetava as margens do riacho de cores variegadas. O regato cantava. Samambaias-de-metro formavam espirais entre as cicutárias. Pombastrocazes arrulhavam. Um gaio cantava ali perto, e um bando de passarinhos menores gorjeava e chilrava em volta de um toro coberto de musgo.

O gaio desceu do galho para o toro. Os passarinhos menores se dispersaram. O toro se mexeu.

Era Meg.

"*Psiu!*", fez Kevin apontando novamente. Ela espantou o gaio, e os outros passarinhos voltaram para comer na sua mão.

Sua pele estava suja de lama avermelhada. Seus calções estavam cor de lama. Seu chapéu era de fato um toco apodrecido. E as várias blusas verdes sobrepostas eram os musgos, as trepadeiras e as samambaias.

Ficaram a observá-la por algum tempo, depois foram embora.

"Ela não é uma graça?", disse Kevin, cujas pernas estavam metidas até os joelhos num campo de margaridas-do-campo.

"É, sim", respondeu seu tio.

No começo dos festejos do Natal, Kevin disse que queria dar um presente à Mulher Passarinho. Ele comprou um bolo gelado de chocolate com seus trocados. E, como a quinta-feira era o dia em que Jim ia ao mercado, ele e Lewis resolveram levar o bolo para ela numa quinta.

Nuvens cor de ardósia cobriam a colina quando eles passavam pelas barreiras. O vento açoitava a superfície da lagoa. Meg estava dentro de casa, os braços enfiados até os cotovelos num balde de comida para os cães. Ela se encolheu à chegada dos visitantes.

"Comprei um bolo para você", gaguejou Kevin, tapando o nariz por causa do mau cheiro.

Abaixando os olhos, ela disse: "É? Muito obrigada!", e saiu com seu balde.

Eles a ouviram gritar: "Quietos, seus malandros!". E, quando ela voltou, disse: "Esses cachorros são selvagens feito falcões".

Meg desviou o olhar do bolo para o menino, e seu rosto se iluminou: "E vocês querem que ponha a chaleira no fogo para um chá?".

"Sim."

Ela cortou alguns galhos com um machado e acendeu o fogo. Fazia anos que ninguém vinha tomar um chá. Lembrava-se vagamente do dia em que a senhorita Fifield a ensinara a pôr a mesa. Deslocando-se pela sala com a agilidade de uma bailarina, pegando uma xícara rachada aqui, um prato quebrado ali, pôs a mesa para três pessoas, com um garfo e uma faca para cada uma. Verteu um pouco de leite na caneca e abriu uma lata de leite condensado. Limpou a faca de pão nas calças, cortou três grossas fatias de bolo e jogou os farelos para dois galos garnisés.

"Coitados!", disse ela. "Estavam morrendo de frio, mas eu os trouxe para dentro de casa."

A timidez tinha sumido. Ela disse que Sarah levara Jim a Hereford para vender alguns patos: "Assim eles disseram!". Ela apoiou as mãos nos quadris. "Mas não vão arranjar um centavo porque os bichinhos são velhos. Deixem os pobres viverem, foi o que eu disse! Deixem eles viverem! Deixem os coelhos viverem! E as lebres também. Deixem os arminhos continuarem a brincar. E as raposas, eu não quero fazer mal a elas. Deixem que vivam todas as criaturas de Deus!"

Ela envolveu sua xícara com as duas mãos, a cabeça balançando para a frente e para trás. As faces dela se plissaram de alegria quando Lewis falou dos grupos que saíam a passear montando pôneis:

"Sim, eu os vi", disse ela. "Bêbados feito gambás, berrando, esganiçando-se, caindo de bêbados dos cavalos."

Kevin, horrorizado com a sujeira, estava doido para ir embora.

"Quer mais uma fatia?", perguntou ela.

"Não, obrigado", disse ele.

Ela cortou uma segunda fatia maior para si mesma e a devorou. Não jogou os farelos para os galos, mas recolheu-os com os dedos e os pôs na boca. Em seguida lambeu, uma a uma, as pontas dos dedos, arrotou e bateu na barriga.

"Vamos indo", disse Lewis.

As pálpebras de Meg se abaixaram. Com voz abatida, ela disse: "E quanto devo a vocês pelo bolo?".

"Foi um presente", disse Kevin.

"Mas vocês não vão levar o resto?" Ela colocou o resto do bolo na caixa e disse com tristeza, fechando os olhos: "Não queria que Jim me visse com um bolo".

Lá fora, no terreiro, Lewis ajudou-a a tirar um encerado que cobria um fardo de feno. A água empoçada em cima dele se derramou e caiu nas botas de borracha de cano alto de Kevin. No telhado do celeiro, uma folha-de-flandres solta chocalhava ruidosamente ao vento. De repente, uma rajada mais forte levantou-a no ar e, como um pássaro gigantesco, voou na direção deles e foi cair, com grande fragor, no monte de ferro-velho.

Kevin se jogou de barriga na lama.

"Diabo de vento!", exclamou Meg. "Ele joga o zinco em qualquer lugar!"

O menino agarrou-se ao braço do tio, enquanto avançavam pelo terreno acidentado. Ele estava sujo e choramingava de susto. As nuvens se abriam e surgiam nesgas de azul no céu; um após outro, os cachorros pararam de latir. Eles olharam para trás e viram Meg, ao lado dos salgueiros, chamando seus patinhos. O vento lhes trazia as palavras dela: "Venham, venham, meus bichinhos. Venham!".

"Será que ele vai bater nela?", perguntou o menino.

"Não sei", disse Lewis.

"Deve ser um homem muito ruim."

"Jim não é tão ruim assim."

"Nunca mais quero voltar lá."

44.

Kevin cresceu muito mais rápido do que os tios julgavam possível. Num verão, cantava com voz de soprano. No verão seguinte — ou pelo menos assim parecia —, já era um jovem arrojado cavalgando um cavalo bravo na feira de Lurkenhope.

Quando completou doze anos, os gêmeos fizeram um testamento nomeando-o seu herdeiro universal. Owen Lloyd explicou-lhes a vantagem de legar as fazendas ainda em vida. Longe dele querer influenciá-los, mas, se eles vivessem mais cinco anos, os direitos de sucessão não precisariam ser pagos.

"Não será preciso pagar nada?", disse Benjamin levantando-se e inclinando a cabeça por cima da mesa do advogado.

"Somente o imposto de selo", disse Lloyd.

Para Benjamin, pelo menos, a idéia de enganar o governo era irresistível. Além, disso, a seu ver, Kevin não era capaz de fazer mal algum. Seus defeitos, se é que os tinha, eram os de Lewis — o que os tornava ainda mais adoráveis!

Evidentemente, continuou o senhor Lloyd, Kevin estaria obrigado, legalmente, a prover as necessidades dos tios. Principalmente, acrescentou ele em voz baixa, "se algum dos senhores ficar doente...".

Benjamin olhou para Lewis, que balançou a cabeça aquiescendo.

"Então está resolvido", disse Benjamin, e deu ordens ao advogado que fizesse o testamento. Kevin herdaria a propriedade ao completar vinte e um anos — quando os gêmeos estariam com oitenta.

Mal o documento foi assinado, a mãe de Kevin, a senhora Redpath, começou a importuná-los. Enquanto a herança não estava garantida, ela mantivera distância e agia com cautela. De repente, da noite para o dia, mudou de tática. Começou a agir como se a fazenda lhe pertencesse — quase como se os gêmeos a tivessem tomado dela. Exigia dinheiro, vasculhava suas gavetas e escarnecia deles pelo fato de dormirem na mesma cama.

Ela disse: "Que idéia essa de ficar cozinhando nesse fogão velho! Não admira que a comida fique com gosto de fuligem! Existem fogões elétricos, vocês sabiam? E esse piso de pedras, hein? Em nossa época! É tão anti-higiênico! Esse chão está precisando é de um piso isolante e de um belo linóleo".

Num domingo, só para perturbar o almoço, ela disse que sua mãe estava viva, bem de saúde e era uma viúva rica na Califórnia.

Benjamin deixou cair o garfo e balançou a cabeça.

"Duvido", disse ele. "Se ela estivesse viva escreveria para nós" — então, a senhora Redpath se debulhou em lágrimas de crocodilo. Nunca ninguém gostou dela. Ninguém a queria. Ela sempre fora rejeitada, ignorada.

Num esforço para consolá-la, Lewis tirou a cobertura de baeta verde da caixa de prata e lhe deu a colher de batismo de Rebecca. Ela semicerrou os olhos e perguntou rispidamente: "O que mais vocês têm de minha mãe?".

Os gêmeos levaram-na ao sótão, abriram uma arca e espalharam todos os pertences que restavam da irmã deles. Um raio de sol entrou pela clarabóia e iluminou o casaco xadrez, as meias brancas de seda, as botas com botões, um gorro com borla e algumas blusas rendadas.

Silenciosos, os gêmeos contemplavam aquelas pobres relíquias, lembrando-se de outros domingos, muitos anos antes, em que todos iam às matinas de charrete. Então a senhora Redpath meteu tudo numa trouxa e foi embora sem dizer nem até logo.

Kevin também começou a desapontá-los.

Ele era encantador. Com seu encanto, conseguiu que Benjamin lhe desse uma motocicleta. Mas era muito preguiçoso e procurava esconder a preguiça sob a capa de um jargão técnico. Fazia pouco das técnicas agrícolas dos gêmeos e levava-os à loucura com suas conversas sobre silagem e implantação de fetos.

Ele devia trabalhar dois dias na Visão e três numa escola técnica local. Na prática, porém, não fazia nem uma coisa nem outra. Aparecia de vez em quando, com óculos escuros, jaqueta de brim enfeitada com botões de metal, máscara de caveira e um rádio transistor pendurado no punho. Tinha uma cobra tatuada no braço e andava em más companhias.

Na primavera de 1973, um jovem casal americano, Johnny e Leila, comprou a velha fazenda de Gillyfaenog, para nela fundar uma "comunidade". Tinham uma grande fortuna pessoal. Sua loja de alimentos naturais da rua Castle já estava dando o que falar na cidade. Quando Lewis Jones a visitou, comentou que parecia uma "barraca de forragem".

Alguns membros da comunidade usavam folgadas túnicas cor de laranja e raspavam a cabeça. Outros portavam rabo-de-cavalo e roupas vitorianas. Tinham um rebanho de cabras brancas, tocavam violão e flauta. Às vezes, podia-se vê-los no pomar, sentados em círculo, de pernas cruzadas, sem falar nem fazer nada, olhos semicerrados. Foi a senhora Owen Morgan quem espalhou o boato de que os hippies dormiam juntos "feito porcos".

Naquele mês de agosto, Johnny construiu uma estranha torre escarlate na horta, e nela pendurou bandeirolas em fitas, com estampas de flores cor-de-rosa entrelaçadas com letras negras. Segundo a senhora Morgan, aqueles eram os símbolos de seu culto. Indiano, ao que lhe parecia.

"Quer dizer que têm alguma coisa a ver com o papa?", disse Lewis. Ele não a ouvira bem por causa do barulho do trator.

Eles estavam na frente da capela de Maesyfelin.

"Não", gritou ela. "Esse é italiano."

"Oh!", fez ele, balançando a cabeça.

Uma semana depois, ele deu carona a um sujeito alto, de barba ruiva, vestido numa jaqueta de tecido caseiro, os pés envoltos em pano de saco; suas crenças, explicou ele, proibiam o uso do couro.

Lewis deixou-o no portão e perguntou pelas letras das bandeiras. O jovem fez uma mesura, levantou as mãos numa prece e cantou bem devagar "OM MANI PADME HUM", que ele traduziu no mesmo ritmo lento: "Salve, Jóia do Lótus! Hum!".

"Muito obrigado", disse Lewis, tocando a aba do chapéu e engatando uma marcha.

Depois daquele encontro os gêmeos mudaram de opinião sobre os hippies, e Benjamin comentou que deviam estar "descansando um pouco". Mesmo assim, os gêmeos não queriam que o jovem Kevin se metesse com eles. Durante um pôr-do-sol esverdeado, o rapaz apareceu meio trôpego na entrada do jardim, entrou cambaleante na cozinha com um olhar vidrado, distante, e jogou o capacete amarelo na cadeira de balanço.

"Andou bebendo?", perguntou Benjamin.

"Não, tio", disse ele sorrindo. "Comi cogumelos."

45.

Quando chegaram à casa dos setenta anos, os gêmeos encontraram uma amiga inesperada em Nancy, a última da família Bickerton, que agora vivia no velho presbitério de Lurkenhope.

Artrítica, míope e com dificuldade de controlar os pedais do carro, sabe Deus como conseguira convencer o examinador do departamento de trânsito de que estava perfeitamente habilitada a dirigir seu velho "calhambeque Sunbeam", e vivia saindo a passeio. Durante toda a vida ouvira falar da Visão, e agora queria conhecê-la. Foi uma vez, depois outra e mais outra, sempre sem avisar, na hora do chá, levando bolos e seus cinco dogues agitados.

A pequena nobreza a aborrecia. Além disso, ela partilhava com os irmãos Jones algumas lembranças dos bons tempos de antes da Primeira Guerra Mundial. Ela dizia que a Visão tinha a mais bela casa de fazenda que conhecia, e que, se a senhora Redpath incomodasse "um nadinha que fosse", deviam tocá-la para fora de casa.

Ela insistiu para que os irmãos fossem visitá-la na casa paroquial, onde nunca mais tinham posto os pés, desde a morte do reverendo Tuke; os dois levaram semanas para decidir ir até lá.

Encontraram-na num terreno coberto de relva, nos limites da propriedade, com um avental rosa e um chapéu de ráfia, arrancando umas trepadeiras que ameaçavam sufocar a rainha-das-flores.

Lewis tossiu.

"Oh, cá estão vocês!", disse ela voltando-se para eles; havia muito perdera a gagueira.

Os dois velhos senhores estavam de pé, lado a lado, no relvado, mexendo nervosamente em seus chapéus.

"Oh, estou tão feliz que vocês vieram!", disse ela, e levou-os para dar uma volta no jardim.

Uma grossa camada de pintura cobria as manchas de seu rosto. Um par de braceletes de marfim subia e descia pelo seu braço magro, estalando quando batiam na mão.

"Aquilo ali!", disse ela fazendo um gesto em direção a umas flores brancas. "São *Crambe cordifolium!*"

Não parava de se desculpar pelo caos: "Hoje em dia é tão difícil encontrar um bom jardineiro quanto o Santo Graal".

Os pilares da pérgula tinham caído. O jardim de pedras estava coberto de ervas daninhas. Os rododendros estavam fracos ou morrendo, e o que restava do jardim do pastor tinha "voltado ao estado selvagem". Na porta da sementeira os gêmeos encontraram uma ferradura que eles tinham pregado para dar sorte.

Uma brisa soprou uma nuvem de lanugem de cardos no tanque dos lírios. Eles ficaram à beira do tanque olhando os peixinhos dourados movendo-se sob a folhagem dos lírios, perdidos num devaneio em que a senhorita Nancy passeava de barco no lago com o irmão. Então a governanta os chamou para o chá.

Passaram pelas janelas francesas e mergulharam num mar de boas lembranças.

Por temperamento, Nancy era incapaz de jogar qualquer coisa fora, e amontoara nas oito peças do presbitério as relíquias outrora espalhadas pelas cinqüenta e duas peças do castelo.

Numa parede da sala de visitas pendurara uma tapeçaria com cenas do Livro de Tobias, roída pelas traças. Numa outra, uma grande tela mostrando a arca de Noé e o monte Ararat, cuja superfície dava a impressão de melado com manchas de betume. Havia armários "góticos", um busto de Napoleão, metade de uma armadura, um pé de elefante, e muitos outros troféus de caça. Pelargônios em vasos derramavam suas folhas amareladas sobre pilhas de opúsculos e exemplares de *Country Lifes*. Um periquito australiano agarrava-se às barras de sua gaiola; garrafões de vinho caseiro fermentavam sob o consolo. Aqui e ali, em toda a extensão do tapete, havia manchas de urina de gerações de cãezinhos mimados e incontinentes.

O chá chegou numa mesa de rodinhas.

"Da China ou da Índia?"

"Mamãe morou na Índia", disse Benjamin distraidamente.

"Então vocês precisam conhecer minha sobrinha, Philippa! Ela nasceu na Índia e adora aquele país! Sempre vai para lá! Eu estava falando do chá!"

"Obrigado", disse ele. Então, por via das dúvidas, ela lhes serviu o chá indiano com leite.

Às seis horas, saíram para o terraço. Ela lhes serviu vinho de sabugueiro, e eles se puseram a relembrar os velhos tempos. Os gêmeos falaram dos pêssegos do senhor Earnshaw.

"Aquele sim é que era um jardineiro!", exclamou ela. "Não ia gostar nada do que se passa hoje em dia, não é?"

O vinho soltou a língua de Lewis. Rosto afogueado, confessou que, quando eram meninos, se esconderam atrás do tronco de uma árvore para vê-la passar a cavalo.

"É mesmo?", disse ela com um suspiro. "Se eu soubesse..."

"Sim", disse Benjamin rindo. "E você devia ter ouvido o que ele disse a nossa velha mãe!"

"Conte-me!", disse ela, encarando Lewis.

"Não, não", disse ele com um sorriso tímido. "Não, não tenho coragem."

"Ele disse", falou Benjamin, "'Quando eu crescer vou me casar com a senhorita Bickerton'."

"É mesmo?", disse ela com uma gargalhada. "Agora você cresceu. O que estamos esperando?"

Ficaram calados. Andorinhas tagarelavam sob os beirais. Abelhas zumbiam em volta das videiras perfumadas pela noite. Ela falou de seu irmão Reggie com tristeza:

"Todos tínhamos pena dele. A perna, lembram-se? Mas ele era um mau sujeito. Devia ter casado com a moça. Ela ajeitaria a vida dele. E tudo por culpa minha, sabiam?"

Durante anos tentara compensar Rosie, mas a porta da choupana sempre se fechava para ela.

Houve mais um silêncio. O sol poente formava uma auréola dourada em volta do azevinho.

"Meu Deus!", exclamou ela. "Aquela mulher tem uma coragem!"

Uma semana antes, ficara observando-a do seu carro — silhueta encurvada, pés voltados para dentro, chapéu de tricô, batendo à porta do presbitério para pegar o envelope de vinte e cinco libras que recebia semanalmente. Só Nancy e o pastor sabiam de onde vinha o envelope; ela não ousava aumentar a soma, para que Rosie não desconfiasse.

"Vocês devem vir aqui mais vezes", disse Nancy apertando

a mão dos gêmeos. "Foi uma tarde muito agradável. Prometam que vão voltar!"

"E você vai nos visitar novamente?", disse Benjamin.

"Mas claro! Vou no próximo domingo! E levarei minha sobrinha Philippa! E vocês vão ter uma boa e longa conversa sobre a Índia."

O chá oferecido em honra a Philippa Townsend foi um grande sucesso.

Benjamin esforçou-se ao máximo, seguiu meticulosamente a receita do bolo de cereja de sua mãe, e, quando levantou a tampa da travessa decorada com salgueiros, a convidada de honra bateu palmas e exclamou: "Meu Deus! Torradas de canela!".

Depois que se tirou a mesa, Lewis abriu o caderno de Mary de esboços da Índia, e Philippa foi virando as páginas dizendo os nomes do que ela via: "Aqui é Benares! Aqui é Sarnath! Olhe! É o festival de Holi. Olhem essa bela poeira vermelha! Oh, que belo *punkah-wallah**!"

Era uma mulher baixinha e corajosa, com rugas nos cantos dos sorridentes olhos cor de ardósia e cabelos prateados cortados em franja. A cada ano passava vários meses andando sozinha de bicicleta na Índia. Ela estava na penúltima página, fitando, atônita, uma aquarela representando uma espécie de pagode entre coníferas, com o Himalaia ao fundo.

"Não acredito", exclamou ela quase num grito. "Pensei que eu fosse a única mulher branca a conhecer esse templo." Mas Mary Latimer o conhecera na década de 1890...

Philippa contou-lhes que estava escrevendo um livro sobre viajantes inglesas do século XIX e perguntou se poderia mandar copiar o desenho para usá-lo como ilustração.

---

* Jovem escravo que abanava, com um leque, os indianos ricos. (N. T.)

"Pode, sim", disse Benjamin, insistindo para que ela o levasse.

Três semanas depois, o caderno de esboços voltava pelo correio, como encomenda registrada. No mesmo pacote havia um lindo livro ilustrado chamado *Esplendores do Rajastão*. E, embora nenhum dos gêmeos compreendesse bem o que estavam vendo, o livro se tornou um dos tesouros da casa.

A intervalos de cerca de um mês, os apreciadores de antigüidades promoviam encontros no salão de Lurkenhope. E, sempre que havia uma palestra com apresentação de slides, Nancy levava seus "dois namoradinhos preferidos". No curso daquele ano, assistiram a inúmeras conferências: "As primeiras fontes batismais do condado de Hereford", "A peregrinação a Santiago" — e, quando Philippa Townsend deu uma palestra sobre viagens à Índia, ela falou ao público do "fascinante caderno de esboços" da Visão. Radiantes, os gêmeos estavam na primeira fila, trazendo nas lapelas narcisos vermelhos idênticos.

Depois, serviu-se um lanche numa sala contígua, e Lewis foi levado a um canto por um homem gordo com uma camisa de listras vermelhas. O homem falava muito rápido, pronunciando mal as palavras por entre os dentes manchados, os olhos inquietos. Mergulhou um biscoito de gengibre no café e sugou-o.

Em seguida entregou a Lewis um cartão em que se lia "Vernon Cole — Antiquário Pendragon, Ross-on-Wye", e perguntou se poderia fazer-lhes uma visita.

"Sim", respondeu Lewis, pensando que antiquário e amante de antigüidades eram a mesma coisa. "Seria um prazer recebê-lo."

O senhor Cole foi no dia seguinte, numa caminhonete Volkswagen.

Caía uma chuva fina e a colina estava imersa na bruma. Os cães fizeram muito barulho quando o desconhecido avançou entre as poças d'água cor de caramelo. Lewis e Benjamin limpavam o estábulo e não gostaram da interrupção. Não obstante, por uma questão de polidez, enfiaram seus forcados na pilha de esterco fumegante e convidaram-no a entrar em casa.

O comerciante de antiguidades sentia-se completamente à vontade. Mediu a sala de cima a baixo, virou um pires e disse "Doulton"; em seguida examinou o "pele-vermelha" para se certificar de que era apenas uma gravura e perguntou aos irmãos se, por acaso, tinham alguma colher com figuras de apóstolos.

Meia hora depois, passando geléia de morango na sua fatia de pão com manteiga, perguntou se já tinham ouvido falar em Nostradamus:

"Nunca ouviram falar do profeta Nostradamus? Bem, que o diabo me carregue!"

"Nostradamus", continuou ele, "viveu na França, séculos atrás. Previu o aparecimento de Hitler; seu anticristo com certeza era o coronel Kadafi. E previu o fim do mundo para 1980."

"1980?", perguntou Benjamin.

"1980."

Os gêmeos fitaram o serviço de chá com uma expressão abatida.

O senhor Cole terminou seu monólogo, andou até o piano, pôs a mão sobre o estojo de escrita de Mary e disse: "É terrível!".

"Terrível?"

"Um belo trabalho de marchetaria como este! É um sacrilégio."

O folheado da tampa entortara e se quebrara, e faltavam um ou dois pedaços.

"O que quero dizer é que precisa ser consertado", continuou. "E tenho o homem certo para fazer isso."

Os gêmeos não gostavam nada da idéia de deixar o estojo sair da fazenda, mas pensar que tinham negligenciado uma relíquia de Mary os aborrecia ainda mais.

"Vou lhes dizer uma coisa", prosseguiu. "Vou levá-lo comigo, e mostrar a ele. E, se ele não vier esta semana, trago o estojo de volta."

Tirou do bolso um bloco de recibos no qual garatujou uma coisa ilegível:

"Que... que quantia... nós vamos pôr? Cem libras? Cento e vinte, para garantir! Querem assinar aqui?"

Lewis assinou. Benjamin assinou. O homem destacou a via de baixo, pegou o seu "achado", desejou-lhes uma ótima tarde e foi embora.

Depois de duas noites de insônia, os gêmeos resolveram mandar Kevin pegar o estojo de volta. Em vez do estojo, o carteiro lhes trouxe um cheque de 125 libras.

Ficaram tontos e tiveram de se sentar.

Kevin pegou um carro emprestado e ofereceu-se para levá-los a Ross, mas não tiveram coragem. Nancy Bickerton se ofereceu para ir "dar um pau" no homem, mas ela estava com 85 anos. E, quando procuraram o advogado Lloyd, este pegou o recibo, decifrou as palavras "Um estojo de escrita Sheraton antigo. Para vender ou devolver", e balançou a cabeça.

Não obstante, enviou ao advogado do senhor Cole uma carta dura, mas recebeu de volta uma carta ainda mais dura: a integridade profissional de seu cliente estava sendo contestada, e ele iria processá-lo.

Não havia nada a fazer.

Amargurados e ofendidos, os gêmeos se recolheram à sua concha. Se tivessem perdido o estojo num incêndio, poderiam suportar. Mas tê-lo perdido, por sua própria estupidez, para um homem que tinham recebido em sua casa, que sentara à mesa de Mary e bebera em suas xícaras — essa idéia os atormentava e os punha doentes.

Benjamin teve uma crise de bronquite. Lewis, com uma infecção no ouvido interno, demorou ainda mais a se recuperar — se é que algum dia voltou a ser o que era.

A partir desse dia, viviam com medo de serem roubados. Escoravam a porta à noite, e Lewis comprou uma caixa de cartuchos e colocou-a ao lado da velha espingarda calibre doze. Numa noite de tempestade, no mês de dezembro, ouviram alguém batendo na porta. Ficaram quietos sob os cobertores até as batidas cessarem. Ao amanhecer encontraram Meg adormecida na varanda, enrodilhada.

Ela estava transida de frio. Levaram-na para perto da lareira, ela sentou-se no banco e lá ficou de pernas abertas, as mãos no rosto.

"E Jim se foi!", disse ela quebrando o silêncio.

"Sim", continuou em voz baixa e monótona. "Suas pernas estavam inflamadas, as mãos vermelhas feito fogo. Botei ele na cama e ele dormiu. Acordei no meio da noite, os cachorros ganiam, Jim tinha caído no chão e estava com a cabeça toda ensangüentada. Mas estava vivo e falando, e botei ele na cama de novo."

"'Bem, saúde!', disse ele. 'Dê comida a eles!', disse. 'Dê comida às ovelhas! E dê aos pôneis um pouco de ração se você tiver. E não deixe Sarah vendê-los! Eles vão ficar ótimos com um pouco de comida...'"

"'E diga aos Jones que tem ameixas em Cock-a-loftie! Diga que peguem algumas ameixas! Estou vendo-as daqui... Belas ameixas-amarelas. E o sol saiu! O sol está brilhando! Estou vendo! O sol brilhando nas ameixas...'"

"Foi isso o que Jim disse — que vocês deviam ter ameixas. Toquei nos pés dele e estavam frios. Eu o apalpei, e ele estava todo frio. E os cachorros estavam uivando e uivando e puxando as correntes... e foi assim que vi que Jim tinha nos deixado!"

46.

Uma hora depois do funeral de Jim, as quatro pessoas que lhe eram mais próximas estavam reunidas na sala de fumantes do Red Dragon. Pediram sopa e picadinho com purê de batatas, e se aqueciam. O dia estava frio e chuvoso. Seus sapatos estavam encharcados porque eles tinham passado muito tempo de pé no cemitério enlameado. Manfred e Lizzie usavam roupas pretas e cinzentas. Sarah estava com uma calça e um casaco azul de náilon. E Frank, o carregador, um homem corpulento num terno de tweed muito pequeno para ele, inclinava a cabeça, embaraçado, e olhava a própria entreperna.

No bar, um bêbado encharcado de sidra bateu a caneca de cerveja no balcão, arrotou e disse: "Ah! O vinho do oeste!". Um homem e uma jovem jogavam videogame, e a barulhada eletrônica enchia a sala. Manfred dava tratos à bola para encontrar uma forma de apaziguar a disputa entre sua mulher e sua cunhada. Inclinou-se em direção aos jogadores e perguntou: "Como se chama esse jogo?".

"Space Invaders", disse a jovem de má vontade, devorando em seguida um saquinho de amendoim.

Lizzie franziu os lábios descorados e não disse nada. Mas Sarah, o rosto avermelhado pelo fogo, abriu o zíper do casaco e resolveu falar:

"Bela sopa de cebola", disse.

"Sopa de cebola francesa", disse a mais magra.

Houve um silêncio. Um grupo de alpinistas entrou no salão e amontoou suas mochilas. Frank recusou-se a tocar a sopa e continuou a fitar as próprias pernas. Sua mulher fez nova tentativa de entabular uma conversa.

Ela se voltou para uma enorme truta marrom numa caixa de vidro sobre o consolo da lareira e disse: "Eu me pergunto quem pegou aquele peixe".

"Eu também", disse Lizzie, sacudindo os ombros e soprando em sua colher de sopa.

A namorada do barman trouxe o picadinho com purê de batatas: "Sim", disse ela com forte sotaque de Lancashire, "essa truta dá muito o que falar. Um americano pegou-a na represa de Rosgoch. Era da força aérea. E teria batido o recorde de pesca do País de Gales se não tivesse tirado as vísceras dela. Deixou-a aqui para que fosse empalhada."

"Que peixe, hein!", disse Manfred balançando a cabeça.

"É uma fêmea", continuou a mulher. "Dá para saber pela forma da mandíbula. E ainda por cima canibal! Só podia ser, para chegar a esse tamanho! O taxidermista teve dificuldade em achar olhos tão grandes."

"Sim", disse Sarah.

"E onde tem um, tem dois. É isso o que dizem os pescadores."

"Outra fêmea?", perguntou Sarah.

"Acho que um macho."

Sarah lançou um olhar ao relógio de pulso e viu que eram quase duas horas. Dentro de meia hora iriam reunir-se com o advogado Lloyd. Ela queria dizer mais alguma coisa e lançou a Lizzie um olhar duro.

"E quanto a Meg", disse ela.

"O que tem ela?"

"Onde vai morar?"

"Como vou saber?"

"Ela vai ter de morar em algum lugar."

"Se lhe derem uma carroça e algumas aves, ela ficará muito feliz."

"Não", interrompeu Manfred ruborizando. "Não vai ficar feliz. Se a tirarem da fazenda, ela enlouquece."

"Bem, ela não pode continuar vivendo naquele chiqueiro", retrucou Lizzie.

"Por que não? Morou lá a vida inteira."

"Porque está à venda!"

"O quê?", disse Sarah girando a cabeça — e a briga estourou.

Sarah achava que a Rocha devia ser sua. Ela ajudara Jim durante vinte anos, e ele prometera deixar-lhe a propriedade. Vez por outra lhe agarrava o braço: "Você já falou com o advogado, não falou?". "Sim, Sarah", ele respondia. "Procurei Lloyd e fiz o que você pediu."

Ela contava vendê-la logo que ele morresse. O negócio de transportes de Frank não ia muito bem e, além disso, a Rocha seria um belo pé-de-meia para sua filha adolescente, Eileen. Já tinha até um comprador em mente — um homem de negócios de Londres que queria construir chalés em estilo sueco.

Lizzie, por sua vez, afirmava que a fazenda era tão dela quanto dos outros, e que devia receber sua parte. A discussão se acirrava — e Sarah foi ficando chorosa e histérica, falando dos sacrifícios que fizera, do dinheiro que gastara, das muitas vezes em que enfrentara montes de neve, salvara suas vidas — "E tudo isso para quê? Para receber um chute na cara, só isso!".

Então Lizzie e Sarah começaram a gritar, a berrar, e, embora Manfred gritasse "Por favor! Por favor!" e Frank rosnasse "Ora, parem com isso!", o almoço no pub quase acabou numa briga de socos.

O barman pediu-lhes que se retirassem.

Frank pagou a conta e eles avançaram pela rua Broad, evitando as poças de neve derretida, e finalmente chegaram à porta do advogado. As duas mulheres empalideceram quando o senhor Lloyd levantou os óculos e disse: "Não há testamento". Além disso, como nem Sarah, nem Lizzie, nem Meg eram parentes de Jim, os bens dele passariam para o Estado. Meg, acrescentou o senhor Lloyd, era quem tinha melhores condições de reivindicar a propriedade, porque vivera nela durante toda a vida.

E assim Meg ficou morando sozinha na fazenda. "Não posso viver para os mortos", disse ela. "Tenho que viver a minha vida."

Nas manhãs muito frias sentava num balde virado para baixo, aquecendo as mãos numa caneca de chá — e chapins e tentilhões vinham pousar em seus ombros. Quando um picapau verde vinha pegar migalhas de pão em sua mão, ela imaginava ser ele um mensageiro de Deus e passava o dia inteiro entoando-Lhe louvores em versos mancos.

Quando anoitecia, achegava-se ao fogo e cozinhava suas batatas e bacon. Então, quando a vela começava a derreter, ela se enrodilhava na cama dobrável, acompanhada de um gato preto, tendo por cobertor um casaco e por travesseiro um saco cheio de samambaias.

Com tão poucas possibilidades de separar o mundo real do mundo dos sonhos, ela se imaginava brincando com os filhotes de texugo, planando com os falcões acima da colina. Certa noite, sonhou estar sendo atacada por estranhos.

"Eu os ouvi", disse ela a Sarah. "Um moço e um velho. Andando no telhado! Isso mesmo! Levantaram as telhas e desceram para dentro de casa. Aí acendi uma vela e gritei: 'Vão embora, desgraçados! Tenho uma arma e vou estourar seus miolos'. Foi isso que eu disse, e depois não ouvi mais nada!" E toda essa conversa confirmava em Sarah a idéia de que Meg estava "ficando ruim da cabeça".

Sarah instruíra Prothero para que deixasse os mantimentos de mercearia de Meg num velho tonel à beira do caminho. Logo, porém, o esconderijo foi descoberto por Johnny-the-Van, um bêbado velhaco que morava numa velha carroça de feira ali perto. Havia semanas em que Meg quase desmaiava de fome; e os cães, famintos, uivavam dia e noite.

Quando chegou a primavera, Sarah e Lizzie esforçaram-se para bajular Meg. Chegavam com bolos ou com uma caixa de chocolates, mas Meg não se deixava enganar por aqueles agrados e dizia: "Muito obrigada, a gente se vê na próxima semana". Vez por outra tentavam fazê-la assinar um documento preparado de antemão: ela simplesmente fitava a caneta como se esta estivesse envenenada.

Certo dia Sarah chegou com um reboque para levar um pônei que — dizia ela — lhe pertencia. Andou em direção à estrebaria com um cabresto, mas Meg, braços cruzados, se postou no portão.

"Certo, podem levá-lo", disse ela. "Mas o que vocês vão fazer com os cães?"

Jim deixara treze cães pastores. E estes, confinados em casinhas de lata, agora estavam tão sarnentos e famintos, alimentados a pão e água, que não podiam ficar soltos.

"Esses pobres cachorros estão raivosos", disse Meg. "Vai ser preciso matá-los!"

"Não podíamos levá-los ao veterinário?", disse Sarah sem muita convicção.

"Não", respondeu Meg. "Não quero vê-los em nenhuma carrocinha da morte! Peça ao Frank que venha com a espingarda, que cavo um buraco para enterrá-los."

A manhã em que os cães seriam sacrificados estava úmida e enevoada. Meg os alimentou pela última vez, de dois em dois, e amarrou-os a uma macieira brava no meio do pasto. Às onze horas, Frank tomou uma talagada de uísque, ajeitou a cartucheira na cintura e avançou em meio à névoa em direção à árvore.

Meg tapou os ouvidos, Sarah fez o mesmo, e sua filha Eileen ficou no Land Rover com seu toca-fitas, ouvindo rock com o fone de ouvidos. O vento trouxe o cheiro de pólvora. Houve um último gemido, um último tiro, e então Frank surgiu de entre o nevoeiro, abatido e querendo vomitar.

"Foi um bom trabalho", disse Meg, pondo uma pá no ombro. "Muito obrigada a vocês."

Na manhã seguinte viu a silhueta de Lewis Jones contra o céu azul, passando com seu International Harvester vermelho. Ela correu até a cerca viva e ele desligou o motor.

"Vieram e mataram os cachorros", disse ela, ofegante. "Pobres cães que nunca fizeram mal. Nem a um carneiro nem a ninguém. Mas o que se podia fazer com eles, mortos de fome? E ainda mais que está chegando o verão e o calor... e o mau cheiro das casinhas, as correntes ferindo os pescoços... tirando sangue! E aí vinham as moscas, punham ovos, e os pescoços ficavam cheios de vermes. Pobres cães! Foi por isso que mandei que os matassem."

Os olhos dela brilhavam. "Mas vou lhe dizer uma coisa, senhor Jones, quem merece castigo são as pessoas, não os cachorros!"

Pouco tempo depois, Sarah deu com Lizzie na porta da farmácia de Rhulen. Elas resolveram tomar um café no salão de chá Hafod, cada uma na esperança de que a outra desmentisse um terrível boato: o de que havia um homem na vida de Meg.

47·

Tratava-se de Theo da Tenda. Era o gigante de barba ruiva que Lewis Jones conhecera na estrada. Era conhecido como "Theo da Tenda", por causa da construção feita com pequenas bétulas, coberta com uma lona, plantada num cercado na colina Negra, onde vivia com uma mula chamada Max, e um jumento que servia de companhia a esta.

Seu verdadeiro nome era Theodor. Era de uma família de pragmáticos africânderes, proprietária de uma empresa produtora de frutas no Estado Livre de Orange. Ele brigara com o pai por causa da expulsão de alguns trabalhadores, deixara a África do Sul, viera para a Inglaterra e passara a levar uma vida marginal. No festival livre realizado próximo a Glastonbury, conheceu um grupo de budistas e se converteu.

Viver segundo os preceitos do darma no monastério da colina Negra tornou-o sereno e feliz pela primeira vez na vida. Fazia os trabalhos mais pesados e se comprazia com as visitas de um monge tibetano que vez por outra vinha dar cursos de meditação transcendental.

Às vezes as pessoas o evitavam por causa de sua aparência física. Mas quando percebiam que era incapaz de fazer mal a uma mosca, aproveitavam-se da natureza amável e confiante dele. Theo tinha um pouco de dinheiro, recebido de sua mãe, que era usado pelos líderes de sua comunidade. Quando houve uma crise financeira, deram-lhe ordens de tirar toda a sua renda anual do banco, em dinheiro vivo.

A caminho de Rhulen, ele parou perto de uma plantação de pinheiros e se deitou na grama. O céu estava sem nuvens. Campânulas farfalhavam. Uma borboleta-coruja piscava os olhos das asas numa pedra aquecida pelo sol. Então ele sentiu uma súbita aversão pelo monastério. As paredes roxas, o cheiro de incenso e de patchuli, as mandalas extravagantes e as imagens sorridentes — tudo lhe parecia por demais vulgar e de mau gosto. E se deu conta de que, por mais que meditasse ou estudasse o *Bardo Todol*, nunca chegaria, por esse Caminho, à Iluminação.

Embrulhou suas poucas coisas e foi embora. Pouco tempo depois outros budistas venderam seus pertences e foram para os Estados Unidos.

Comprou sua pequena propriedade, situada num terreno escarpado sobranceiro ao rio Wye, e lá construiu a sua tenda — ou antes sua iurta — seguindo a planta de um livro sobre a Ásia Central.

Ano após ano perambulava pelas colinas de Radnor, tocava sua flauta para os maçaricos e decorava versículos do *Tao-te King*. Gravava nas pedras, nos mourões dos portões, nas cepas das árvores os haicais de três linhas que lhe vinham à memória.

Lembrou-se de ter visto na África bosquímanos atravessando o deserto de Kalahari a pé, as mães rindo, com os filhos às costas. E passou a acreditar que todos os homens tinham sido feitos para serem errantes, como os bosquímanos, como são Francisco, e que tomando o Caminho do Universo poder-se-ia encontrar o Grande Espírito por toda parte — no perfume das samambaias depois da chuva, no zumbido de uma abelha dentro de uma dedaleira ou nos olhos de uma mula, acompanhando amorosamente os movimentos desajeitados do dono.

Às vezes ele tinha a impressão de que mesmo seu simples abrigo o impedia de seguir o Caminho.

Num dia ventoso de março, de pé sobre os montes de pedras sobre Craig-y-Fedw, Theo olhou para baixo e viu a fina silhueta de Meg, vergada sob o peso de um feixe de gravetos.

Ele resolveu fazer-lhe uma visita, sem saber que Meg já o andara observando.

Ela observara sua marcha sinuosa, montanha acima, sob a chuva cinzenta do inverno. Observara-o contra o céu cheio de nuvens. Meg estava postada no vão da porta, braços cruzados, enquanto ele amarrava a mula. Alguma coisa lhe dizia que ele não era um estranho que se devesse evitar.

"Eu estava me perguntando quando você viria", disse ela. "O chá está no fogo. Entre e sente-se."

Ele mal podia ver-lhe o rosto na sala enfumaçada.

"Vou lhe dizer o que fiz", continuou ela. "Acordei com o sol, dei comida aos carneiros e feno aos cavalos. Foi isso e um pouco de ração às vacas. Alimentei as aves, fui catar lenha e agora mesmo estava tomando meu chá e pensando em limpar o estábulo."

"Vou ajudar você", disse Theo.

O gato preto pulou no colo dela, cravou as unhas em sua calça curta e arranhou as partes nuas de sua coxa.

"Ai! Ui!", gritou ela. "E por onde você andava, meu pretinho? O que andava caçando, meu bonequinho preto?" — ficou ela dizendo e rindo um riso estridente até que o gato se acalmou e começou a ronronar.

Fazia muito tempo que o estábulo não era limpo. As camadas de esterco já se elevavam mais de um metro acima do piso, e as novilhas roçavam o dorso nos caibros. Meg e Theo puseram-se a trabalhar com forcado e pá e, lá pelo meio da tarde, havia um montão marrom no terreiro.

Meg não mostrava o menor sinal de cansaço. De vez em quando, ao arremessar um forcado de esterco pela porta, os pontos de tricô dos suéteres dela se desfaziam. E ele percebia que, sob a roupa, havia um belo corpo.

Theo disse: "Você é uma mulher de fibra, Meg".

"Tenho de ser", disse ela com um sorriso, e seus olhos semicerraram-se como os de uma mongol.

Três dias depois, Theo voltou para consertar a janela e recolocar a porta. Ela encontrara algumas moedas nos bolsos de Jim e insistiu em pagar o trabalho dele. Toda vez que ele fazia algum trabalho, Meg pegava uma meia de tricô amarrada, desfazia o nó e lhe dava uma moeda de dez pence.

"Não é lá grande coisa", dizia ela.

Ele pegava cada moeda como se Meg lhe estivesse oferecendo uma fortuna.

Theo tomou de empréstimo algumas escovas para limpar a chaminé da casa. A certa altura, a escova deu com um corpo sólido. Ele empurrou com mais força, e torrões de fuligem começaram a cair na lareira. Meg riu à socapa quando viu o rosto e a barba dele cobertos de fuligem. "Era como se o diabo em pessoa estivesse na minha frente."

Enquanto seu bondoso gigante estivesse por perto, sentia-se livre de Sarah, de Lizzie e de qualquer ameaça externa. "Não vou admitir isso", dizia ela. "Não vou deixar que eles ponham as mãos em nenhum dos meus pintinhos."

Se ele passava uma semana sem aparecer, ela ficava muito abatida, imaginando que "homens do Ministério" viriam buscá-la ou matá-la. "Eu sei disso", dizia com tristeza. "Já li alguma coisa nos jornais."

Havia ocasiões em que o próprio Theo achava que ela estava "vendo coisas".

"Vi dois cachorros da cidade", disse ela. "Pretos feito o pecado, correndo vale abaixo para molestar os cordeirinhos! E eu saía e pensava que tinham morrido de frio, mas não: tinham morrido de medo dos cães da cidade."

Odiava pensar que um dia ele iria embora.

Ele costumava ficar horas a fio ao pé do fogo, ouvindo a música áspera e rústica da voz dela. Ela falava do tempo, dos pássaros e dos animais, das estrelas e das fases da lua. Ele sentia que havia algo de sagrado nos trapos dela e, em sua honra, compôs este poema:

Cinco casacos verdes
Um milhar de buracos
E as Luzes do Céu brilhando através deles.

Trazia-lhe pequenos mimos de Rhulen — um bolo de chocolate ou um pacote de tâmaras. E, para ganhar mais uma ou duas libras, começou a trabalhar como pedreiro.

Um de seus primeiros trabalhos levou-o à Visão, onde Kevin dera ré no trator e entrara na pocilga.

Kevin já não gozava da simpatia dos tios.

Deveria tomar posse da fazenda dentro de um ano e meio, mas não mostrava a menor inclinação para a agricultura.

Freqüentava a melhor sociedade do condado, bebia, contraía dívidas. E, quando o gerente do banco lhe recusou um empréstimo, demonstrou seu desapego à vida ingressando num clube de pára-quedismo. E então, para completar seu rol de infâmias, engravidou uma jovem.

Normalmente, seu sorriso era tão sedutor que os gêmeos lhe perdoavam tudo; dessa vez, porém, ele ficou branco de medo. A moça, ele confessou, era Eileen, a filha de Sarah. Foi então que Benjamin o expulsou de casa.

Eileen era uma jovem bonita e voluntariosa de dezenove anos, nariz sardento e cachos ruivos. Ela normalmente ostentava uma expressão de amuo. Não obstante, sempre que desejava alguma coisa, era capaz de exibir um ar de perfeita santinha. Adorava cavalos, ganhava troféus de equitação e, como diversos amantes de cavalos, precisava de muito dinheiro.

Conhecera Kevin no concurso hípico de Lurkenhope.

Ver a figura elegante dele, perfeitamente à vontade em seu cavalo indócil, fê-la arrepiar-se. Ela ficou de garganta apertada quando ele ganhou o prêmio. Ao saber que era rico — ou iria ser —, Eileen traçou um plano.

Uma semana mais tarde, depois de flertarem durante uma "noite country" no Red Dragon, os dois foram para a traseira do Land Rover de Sarah. Passada mais uma semana, ele prometeu casar-se com ela.

Aconselhando-a a ter cuidado com seus tios, levou-a à Visão, apresentando-a como sua futura noiva, e, embora suas maneiras à mesa fossem impecáveis, embora ela demonstrasse uma admiração calculada pelas quinquilharias da casa e embora Lewis a achasse "uma belezinha", o fato de ser da família Watkins não agradava nem um pouco a Benjamin.

Num sufocante dia de setembro, ela o deixou escandalizado: passou por ele dirigindo o carro de biquíni e atirou-lhe um beijo. Em dezembro, talvez de propósito, deixou de tomar a pílula.

Benjamin não compareceu ao casamento, que, por insistência de Sarah, se realizou na igreja anglicana. Lewis foi sozinho, e voltou da recepção meio alto, dizendo que, mesmo se tratando de um "casamento na polícia" — expressão que ouvira de outro convidado —, foi, de qualquer modo, um belo casamento, e a noiva estava encantadora vestida de branco.

O casal foi passar a lua-de-mel nas Canárias. Quando voltaram, bronzeados e lindos, Benjamin amoleceu. Mas ela não conseguiu seduzi-lo: ele era imune ao seu tipo de encanto. Impressionavam-no, porém, o seu bom senso, sua compreensão dos problemas de dinheiro, sua promessa de fazer Kevin sossegar.

Os gêmeos concordaram em mandar construir um bangalô para os jovens em Lower Brechfa.

Nesse meio-tempo, Kevin mudou-se para a casa dos sogros — que cuidaram para que ele não ficasse parado. Ora Frank precisava de uma peça de caminhão de Hereford, ora o cavalo de Sarah torcia a perna, ora Eileen tinha um súbito desejo de comer salmão e mandava o marido à peixaria.

Assim sendo, nas últimas semanas de gravidez de Eileen, Kevin raramente aparecia na Visão; ele não acompanhou o manejo dos carneiros, nem a tosquia, nem a sega do feno. E, como estavam precisando muito de braços para o trabalho, os gêmeos contrataram Theo.

Theo era um excelente trabalhador, mas, por ser rigorosamente vegetariano, fazia o maior escândalo toda vez que o mandavam abater um animal. Recusava-se a dirigir o trator ou a operar qualquer máquina, por mais simples que fosse — e sua opinião sobre o século XX fazia Benjamin sentir-se um homem moderno.

Certo dia, Lewis questionou a conveniência de ele morar numa tenda. O sul-africano ficou irritadíssimo e retrucou que o Deus de Israel morara numa tenda. E que, se Deus podia morar numa tenda, ele também podia.

"Mas acho", disse Lewis um pouco cético, "que o clima de Israel é meio quente, não é?"

Apesar de todos esses senões, Theo e os gêmeos se davam muito bem. E, no primeiro domingo de agosto, Theo os convidou a ir almoçar com ele.

"Com prazer", disse Lewis.

Chegando ao alto da elevação sobranceira a Craig-y-Fedw, os dois velhos senhores pararam para respirar e enxugar a testa.

Uma quente brisa do oeste soprava por entre os talos da grama, cotovias planavam acima de suas cabeças, e nuvens leitosas, oriundas do País de Gales, vinham em sua direção. Ao longo do horizonte, as colinas se dispunham em camadas de um azul-enevoado. E eles notaram quão pouco as coisas tinham mudado desde o tempo em que passavam por ali com seu avô, havia mais de setenta anos.

Dois caças a jato passaram rasantes sobre o rio Wye, lembrando-lhes do mundo que havia para além do horizonte. Porém, quando as vistas fracas deles erravam pelo mosaico de campos delineados e pintados de vermelho, amarelo ou verde, pelas casas de fazenda caiadas onde seus ancestrais galeses viveram e morreram, pareceu-lhes difícil — se não impossível — acreditar no que Kevin um dia lhes dissera: que tudo aquilo acabaria, algum dia, numa grande explosão.

O portão de entrada do cercado de Theo era uma confusão de varas, arames e barbantes. Ele os esperava, para dar-lhes as boas-vindas, com sua jaqueta e suas perneiras rústicas. Chapéu coroado de madressilvas, parecia um homem da Antigüidade.

Lewis enchera os bolsos de torrões de açúcar para dá-los à mula e ao jumento.

Theo conduziu-os colina abaixo, passando pela horta, até a entrada da iurta.

"E você mora aqui?", perguntaram os gêmeos em uníssono.

"Sim."

"Que coisa!"

Nunca tinham visto uma edificação como aquela.

Dois encerados, um verde cobrindo um preto, estendidos sobre uma estrutura circular de galhos de bétula e mantidos no lugar com pesos de pedra. Uma chaminé de metal elevava-se no centro da tenda. O fogo era voltado para o lado de fora.

Ao abrigo do vento, um amigo de Theo, que era poeta, estava fervendo a água do arroz, e alguns legumes chiavam numa panela.

"Entrem", disse Theo.

Os gêmeos se agacharam, passaram pelo buraco da entrada, engatinharam para dentro e logo estavam sentados, encarapitados em almofadas que descansavam sobre um tapete azul roto, coberto de caracteres chineses. Raios de luz escoavam pelos buracos do encerado. Uma mosca zumbia. Era tudo muito tranqüilo, com um lugar para cada coisa.

Uma iurta, Theo tentou explicar, era uma imagem do universo. No lado sul, guardavam-se as "coisas do corpo" — comida, água, utensílios, roupas; no lado norte, as "coisas da mente".

Mostrou-lhes seu globo celeste, seus mapas astronômicos, uma ampulheta, canetas de caniço e uma flauta de bambu. Sobre uma caixa pintada de vermelho via-se uma estatueta dourada. Este, disse ele, é Avalokitesvara, o bodisatva da Infinita Misericórdia.

"Que nome engraçado", disse Benjamin.

Os lados da caixa eram ornados de versos, inscritos em branco.

"O que é que está escrito aí?", perguntou Lewis. "Não vejo nada sem meus óculos."

Theo se colocou em posição de lótus, semicerrou os olhos e recitou:

Quem não é ambicioso
E em plena luz do sol vive, gostoso,
A procurar alimento
E o encontra a seu contento
Venha aqui, venha aqui, venha ao meu lado;
Não achará neste abrigo
Outro nenhum inimigo
Senão o inverno enregelado.

"Muito bonito", disse Lewis.

"Assim é se lhe parece", disse Theo.

"Eu é que não gosto do inverno."

Theo então estendeu a mão para a prateleira de livros e leu seu poema favorito. O poeta, disse ele, era um chinês que também gostava de vagar pelas montanhas. Seu nome era Li Po.

"Li Po", repetiram eles devagar. "Só isso?"

"Sim."

Theo explicou que o poema era sobre dois amigos que raramente se viam e que, quando ele o lia, sempre pensava num amigo da África do Sul. Havia muitos nomes engraçados no poema, e os gêmeos não entenderam patavina até ouvirem os últimos versos:

Tal é o uso da palavra, e a palavra não tem fronteiras,
As coisas do coração não têm fronteiras.

Eu chamo o jovem,
Para que ele aqui se ajoelhe,
Sacramente esta verdade
E, pelo pensamento, a transmita a milhas de distância.

E, quando Theo suspirou, eles suspiraram, como se também estivessem separados de alguém por milhas e milhas.

Disseram que o almoço estava "muito gostoso, muito obrigado!", e, às três da tarde, Theo ofereceu-se para acompanhá-los até Cock-a-loftie. Os três foram andando, em fila indiana, pelas trilhas dos carneiros. Não trocaram uma palavra.

Na escada, Benjamin olhou para o sul-africano, mordeu os lábios, ansioso, e disse: "Ele não vai se esquecer de sexta-feira, não é?".

"Kevin?"

Sexta-feira era o octogésimo aniversário deles.

"Não", disse Theo, exibindo um sorriso sob a aba do chapéu. "Sei que ele não esqueceu."

48.

Na sexta-feira, 8 de agosto, os gêmeos acordaram ao som de uma música.

Foram à janela com seus camisões de dormir, abriram as cortinas de renda e olharam as pessoas no terreiro. O sol já nascera. Kevin estava dedilhando o violão. Theo tocava flauta. Eileen, em roupas de gestante, estava agarrada ao fox terrier, enquanto a mula comia uma roseira do jardim. Havia um carro vermelho estacionado na frente do celeiro.

Depois do desjejum, Theo deu seu presente aos gêmeos: duas colheres da amizade, tipicamente galesas, ligadas por uma corrente de madeira, esculpida por ele numa peça de teixo. No cartão que as acompanhava, lia-se: "Feliz Aniversário, de Theo da Tenda! Que vocês vivam trezentos anos!".

"Muito obrigado", disse Lewis.

O presente de Kevin ainda não chegara. Ficaria pronto, segundo ele, às dez horas, mas, para buscá-lo, era preciso uma hora de viagem.

Benjamin piscou os olhos. "E o que é?"

"É uma surpresa", disse Kevin sorrindo para Theo. "É uma viagem-surpresa!"

"Não podemos ir antes de dar comida aos animais."

"Já estão alimentados", disse ele. E Theo vai ficar aqui para vigiar a casa.

"Viagem-surpresa" dava a idéia de uma visita a uma casa suntuosa. Por isso os gêmeos subiram ao quarto e voltaram de colarinhos brancos engomados, vestidos com seus melhores ternos marrons. Verificaram se seus relógios de pulso marcavam a hora certa e disseram que estavam prontos para partir.

"De quem é esse carro?", perguntou Benjamin, desconfiado.

"É emprestado", disse Kevin.

Quando Lewis sentou no banco traseiro, o terrier de Eileen mordiscou-lhe a manga do paletó.

"Bichinho raivoso, hein?", comentou Lewis, e o carro avançou pela estrada sacolejando.

Passaram por Rhulen, por algumas colinas escarpadas, onde Benjamin apontou a placa que mostrava a direção de Bryn-Draenog. Ele estremecia cada vez que Kevin chegava a uma curva. As colinas iam ficando cada vez menos escarpadas, as árvores agora eram maiores, e surgiram solares de estrutura de madeira, pintados de branco e preto. Na rua principal de Kingston, foram bloqueados por um furgão de entregas, mas logo deixaram a cidade e se viram entre campos onde pastava o gado hereford avermelhado. E, mais ou menos a cada milha, passavam pelo portão de uma grande casa de campo de tijolos vermelhos.

"É para o Castelo de Croft que estamos indo?", perguntou Benjamin.

"Talvez", disse Kevin.

"É bem longe, hein?"

"Milhas e milhas", disse ele, e meia milha mais adiante saiu da estrada principal. O carro avançou aos solavancos por um trecho de macadame esburacado. A primeira coisa que Lewis viu foi uma biruta cor de laranja: "Meu Deus, é um campo de aviação!".

Apareceu um grande hangar preto, depois alguns abrigos pré-fabricados e finalmente a pista.

Benjamin parecia murchar à vista daquilo. Parecia débil e muito velho, e seu lábio inferior tremia: "Não, eu não vou entrar num avião".

"Mas, tio, é mais seguro que dirigir um carro..."

"Quando é você que está no volante, deve ser mesmo! Não, não... Nunca vou entrar num avião."

Mal o carro parou, Lewis já pulara para fora e estava de pé no macadame, estupefato.

Havia cerca de trinta aeronaves leves alinhadas no gramado — em sua maioria Cessna, pertencentes a membros do Aeroclube das Midlands do Oeste. Algumas eram brancas, outras de um colorido muito vivo. Algumas eram listradas, e as pontas de todas as asas tremiam, como se estivessem ansiosas para decolar.

O vento estava fresco. Manchas de luz e sombra corriam atrás umas das outras na pista. Na torre de controle, giravam os pequenos molinetes negros do anemômetro. Do outro lado do campo de aviação havia um renque de choupos balançando ao vento.

"Está ventando", disse Kevin, os cabelos caindo sobre os olhos.

Um jovem de jeans e blusão verde de piloto gritou: "Olá, Kev!", e veio andando devagar, arrastando os saltos das botas no asfalto.

"Sou o piloto de vocês", disse ele apertando a mão de Lewis. "Alex Pitt."

"Muito obrigado."

"Feliz aniversário!", disse ele voltando-se para Benjamin. "Nunca é tarde demais para voar, não é?" Depois, apontando para os abrigos, pediu-lhes que o seguissem. "Umas poucas formalidades...", disse ele, "... e vamos embora!"

"Sim, sim, senhor!", disse Lewis, pensando que assim é que se falava com um piloto.

Logo na entrada havia um restaurante self-service. Acima do balcão, havia uma hélice de madeira da Primeira Guerra Mundial; as paredes estavam cheias de gravuras coloridas com cenas da Batalha da Inglaterra. Aquele campo de aviação já servira de centro de treinamento de pára-quedistas — e, de certa forma, ainda servia.

Um grupo de jovens, vestidos para um "mergulho", tomava café. Ao avistar Kevin, um sujeito gorducho levantou-se, deu um tapinha no casaco de couro do amigo e perguntou se ele também ia.

"Hoje não", disse Kevin. "Vou voar com os meus tios."

O piloto conduziu-os à sala de informações, onde Lewis examinou sofregamente o quadro de avisos, os mapas das rotas aéreas e um quadro-negro coberto com os rabiscos de um instrutor.

Então um labrador preto saiu da sala de controle aéreo e apoiou as patas na calça de Benjamin. No olhar suplicante do animal, Benjamin teve a impressão de ver uma advertência para que não fosse. Sentiu-se tonto e teve de se sentar.

O piloto colocou três formulários impressos sobre a mesa de fórmica azul — um... dois... três... e pediu aos passageiros que assinassem.

"É o seguro!", disse ele. "Para o caso de aterrissarmos num pasto, matando a vaca de um velho fazendeiro."

Benjamin estremeceu, e quase deixou cair a caneta esferográfica.

"Não assuste meus tios", gracejou Kevin.

"Nada pode assustar seus tios", disse o piloto, e Benjamin se deu conta de que tinha assinado.

Eileen e o terrier saudaram o grupo que ia embarcar, enquanto este avançava pela grama em direção ao Cessna. Havia uma larga faixa marrom ao longo da fuselagem e uma faixa bem mais estreita no trem de aterrissagem. O registro do avião era G-BCTK.

"TK significa Tango Kilo", explicou Alex. "É o nome dele."

"Que nome engraçado", disse Lewis.

Então Alex começou a fazer as checagens externas, explicando-as uma a uma. Benjamin se postara perto da ponta de uma asa, desesperado, pensando em todos os acidentes aéreos do álbum de recortes de Lewis.

Mas Lewis parecia pensar ser o próprio Lindbergh.

Agachava-se, ficava na ponta dos pés, os olhos grudados em cada movimento do jovem piloto. Observou como se fazia o controle do trem de aterrissagem, dos flapes e ailerons, e como se testavam os sinais sonoros que disparavam quando o avião perdia velocidade.

Notou uma pequena mossa no leme da cauda.

"Com certeza foi um pássaro", disse Alex.

"Oh!", fez Benjamin.

Sua expressão se abateu ainda mais quando chegou a hora do embarque. Sentou-se no banco de trás e, quando Kevin apertou seu cinto de segurança, sentiu-se mais desgraçado e mais tolhido que nunca.

Lewis sentou-se à direita do piloto, tentando entender todos aqueles mostradores e medidores.

"E isto aqui é o manche, não é?", perguntou.

Aquele era um avião de treinamento, e tinha duplos comandos.

Alex corrigiu-o: "Atualmente nós o chamamos de alavanca de comando. Uma para mim e outra para você, se eu desmaiar". Veio um soluço do banco traseiro, mas a voz de Benjamin foi abafada pelo barulho da hélice. Ele fechou os olhos enquanto o avião taxiava.

"Checagem de Tango Kilo terminada", disse o piloto pelo rádio. Então, com um toque na alavanca, o avião entrou na pista de decolagem.

"Tango Kilo sai da pista em direção oeste. Retorno dentro de quarenta e cinco minutos. Repito, quarenta e cinco minutos."

"Entendido, Tango Kilo", soou uma voz no rádio.

"Nós decolamos a sessenta!", gritou Alex ao ouvido de Lewis — e o barulho transformou-se num fragor.

Quando Benjamin abriu os olhos, o avião estava a quinhentos metros de altura.

Via-se lá embaixo uma plantação de mostardas em flor. Uma estufa brilhava ao sol. Um jato de poeira branca era um fazendeiro espalhando fertilizantes. Sucediam-se os bosques, depois uma lagoa coberta de lentilhas-d'água e uma pedreira onde se viam escavadoras amarelas. Benjamin viu um carro preto e achou que ele parecia um besouro.

Ainda se sentia meio nauseado, mas os punhos já não estavam cerrados. Mais adiante estava a colina Negra, com nuvens passando baixas por cima do cume. Alex fez o avião subir mais trezentos metros, advertindo-os de que sentiriam alguns solavancos.

"É a turbulência", disse ele.

Os pinheiros da colina Cefn eram verde-azulados e azulescuros, dependendo da luz. As urzes estavam roxas. Tanto pelo tamanho como pela forma, os carneiros pareciam larvas, e havia lagoas de tinta, com anéis de juncos à volta. A sombra do avião deslizou sobre um bando de pôneis, que fugiram em todas as direções.

Por um momento terrível, os penhascos sobranceiros a Craig-y-Fedw vieram velozmente em sua direção, mas Alex evitou-os, desviando o avião para o vale.

"Olhe!", exclamou Lewis. "É a Rocha!"

E lá estava a fazenda — a paliçada enferrujada, a lagoa, o telhado desabado e os gansos brancos de Meg assustados!

E lá estava, à esquerda, a Visão! E lá estava Theo!

"Sim! É Theo mesmo!" Agora era a vez de Benjamin mostrar-se excitado. Ele apertou o nariz contra o vidro da janela e avistou a minúscula silhueta no pomar, acenando com o chapéu, enquanto o avião descia para um segundo vôo rasante, inclinando as asas.

Cinco minutos depois, as colinas tinham ficado para trás, e Benjamin estava se divertindo de verdade.

Alex olhou por cima do ombro para Kevin, que deu uma piscadela. Ele inclinou o corpo em direção a Lewis e gritou: "Agora é a sua vez".

"Minha vez?", disse ele franzindo o cenho.

"De voar."

Com cuidado, Lewis pôs a mão na alavanca de comando e fez um esforço para ouvir, com o ouvido são, cada palavra do instrutor. Puxou a alavanca em sua direção, e o nariz do avião se elevou. Empurrou-a, e ele desceu. Empurrou-a para a esquerda, e o horizonte se inclinou. Finalmente ajeitou o corpo e empurrou-a para a direita.

"Agora você sozinho", disse Alex calmamente, e Lewis repetiu sozinho as manobras.

E de repente ele sentiu que — ainda que o motor parasse, mesmo que o avião caísse e suas almas subissem ao céu — todas as frustrações de sua vida limitada e frugal agora nada significavam porque, durante dez magníficos minutos, fizera o que sempre desejara fazer.

"Tente desenhar um oito", sugeriu Alex. "Desça para a esquerda! Basta! Certo... Agora suba novamente... Guine à direita... Devagar! Ótimo... Agora uma grande volta... e por hoje já será o bastante."

Lewis só percebeu que traçara os números oito e zero no céu quando devolveu os controles ao piloto.

Já estavam prestes a aterrissar. Viram a pista se aproximando, primeiro em forma de retângulo, depois de trapézio, depois de uma pirâmide truncada, e então ouviram o piloto mandando a última mensagem por rádio — e o avião tocou o chão.

"Muito obrigado", disse Lewis, sorrindo timidamente.

"O prazer foi todo meu", disse Alex, e ajudou os gêmeos a descer.

O piloto era fotógrafo profissional, e fazia apenas dez dias que Kevin lhe encomendara uma fotografia aérea da Visão, em cores.

Ampliada e emoldurada, era a segunda parte do presente de aniversário dos gêmeos. Eles a desembrulharam no estacionamento e deram um beijo no jovem casal.

A grande questão era onde deveriam colocá-la.

Não havia dúvidas de que devia ir para o painel de fotografias da cozinha. Mas nada tinha sido acrescentado depois da morte de Amos, e o papel de parede, embora desbotado entre as molduras, estava novinho em folha por trás delas.

Durante uma semana inteira, os gêmeos discutiram e se azafamaram tirando tios e primos de ganchos em que estiveram durante sessenta anos. E por fim, justamente no momento em que Lewis desistira, resolvendo pendurar a foto acima do piano, junto de O Caminho Largo e o Caminho Estreito, Benjamin encontrou a solução: puxando o tio Eddie e o urso pardo para cima, e deslocando Hannah, ao lado do velho Sam, para a esquerda, haveria bastante espaço ao lado da foto de casamento de seus pais.

49.

Os dias se sucediam vagarosamente. Andorinhas gorjeavam nos fios elétricos, prontas para a grande viagem rumo ao sul. Soprou uma forte ventania na noite em que partiram. À época das primeiras geadas, os gêmeos receberam a visita do senhor Isaac Lewis, o ministro do culto.

Agora iam bem pouco à capela, mas isso pesava na consciência deles, e o visitante deixou-os nervosos.

Ele viera de Rhulen a pé, passando pela colina Cefn. Os fundilhos de sua calça estavam enlameados, e, embora tivesse limpado as botas no capacho, deixou um rastro de lama no piso da cozinha. Uma comprida mecha de cabelos pendia entre as sobrancelhas. Os olhos castanhos esbugalhados, embora tivessem o brilho da fé, lacrimejavam por causa do vento. Ele fez um comentário sobre o tempo: "Frio demais para setembro, não?".

"Muito!", concordou Benjamin. "Como se fosse o primeiro dia do inverno!"

"E a Casa do Senhor está abandonada", continuou o ministro em tom sombrio. "E Suas ovelhas distantes d'Ele... Sem falar nas despesas!"

Era um nacionalista galês de opiniões radicais, mas as exprimia de forma tão indireta que poucos de seus ouvintes entendiam o que queria dizer. Os gêmeos levaram vinte minutos para perceber que ele estava pedindo dinheiro.

As finanças da capela de Maesyfelin não iam nada bem. Em junho, ao reparar algumas telhas, o telhador descobrira uma placa de matéria podre seca. A fiação elétrica de antes da guerra apresentava sério risco de provocar um incêndio, e o interior recebera uma nova pintura, azul.

O rosto do ministro estava vermelho, tanto pelo embaraço que sentia como pelo calor da lareira. Ele sugou o ar entre os dentes, como se toda a sua vida fosse uma série de conversas embaraçosas. Falou de materialismo, de uma época sem Deus. Com muitos rodeios, conseguiu dizer que o senhor Tranter, o empreiteiro, o pressionava para receber o pagamento.

"E não é que paguei cinqüenta libras de meu próprio bolso? Mas pergunto a vocês: o que são cinqüenta libras hoje em dia?"

"E qual o total da dívida?", interrompeu Benjamin.

"Quinhentas e oitenta e seis libras", disse ele num suspiro, como se esgotado pelas preces.

"E devo pagar diretamente ao senhor Tranter?"

"Sim", disse o ministro, surpreso demais para acrescentar alguma coisa.

Os olhos dele acompanharam a caneta de Benjamin, enquanto este preenchia o cheque. Benjamin dobrou-o com cuidado e colocou-o na carteira.

O vento agitava os lariços quando ele finalmente partiu. Parou na porta e lembrou aos gêmeos que a festa da colheita era na sexta-feira, às três horas.

"É época de ação de graças!", disse ele levantando a gola do casaco.

Na sexta-feira de manhã, ainda cedo, Lewis foi de trator a Tump e convidou Rosie Fifield a acompanhá-los.

"Para agradecer o quê?", retrucou ela batendo a porta. Às duas e meia Kevin veio pegar os gêmeos de carro. Ele estava elegantíssimo num terno cinza novo. Eileen ficara em casa, porque estava para dar à luz a qualquer momento. Benjamin puxava de uma perna por causa da ciática.

Na frente da capela, agricultores de rostos frescos, recém-lavados, reclamavam tranqüilamente do governo da senhora Thatcher. No interior da capela, crianças de meias brancas brincavam de pegador entre os bancos. O jovem Tom Griffiths distribuía o folheto com os hinos da colheita, e as mulheres faziam buquês de dálias e de crisântemos.

Betty Griffiths Cwm Cringlyn — que todos chamavam de Gordinha — assara um pão em forma de espiga de trigo. Sobre a mesa da comunhão havia montinhos de peras e maçãs, potes de mel e de chutney, tomates verdes e maduros, uvas verdes e roxas, abóboras, cebolas, repolhos, batatas e feijões-da-espanha com formato de lâminas de serra.

Daisy Prothero trouxe uma cesta de "frutas silvestres". Havia bonecas de espiga de trigo nos pilares da nave, e o púlpito fora enfeitado com guirlandas de clematites.

Os "outros" Jones chegaram, a senhorita Sarah ostentando, como sempre, o seu casaco de castor e o chapéu enfeitado com violetas. Vieram os Evan Bevan, Jack Williams-the-Vron, Sam-the-Bugle, todos os Morgan remanescentes. E, quando Jack Haines, de Red Daren, apareceu claudicando, apoiando-se numa bengala, Lewis se levantou e apertou a mão dele: era a primeira vez que se falavam desde o assassinato da senhora Musker.

Houve um súbito silêncio quando Theo entrou com Meg.

À exceção de sua ida ao hospital, ela nunca saíra de Craig-y-Fedw, num período de mais de trinta anos: assim, o fato de participar da festa era um verdadeiro acontecimento. Timidamente, com um casaco que ia até os tornozelos, ela sentou-se ao lado do gigante sul-africano. Timidamente, levantou os olhos e, quando viu as fileiras de rostos sorridentes, também esboçou um sorriso.

O senhor Isaac Lewis, num terno verde cor de caca de ganso, estava postado ao lado da porta para cumprimentar seu rebanho. Ele tinha o estranho hábito de cobrir a boca com as mãos em concha, dando a impressão de querer pegar de volta sua última frase e enfiá-la entre os dentes.

Com a Bíblia na mão, aproximou-se de Theo e pediu-lhe que lesse a Segunda Lição, capítulo 21 do Livro do Apocalipse: "Sugiro que omita os versículos 19 e 20. Talvez você tenha alguma dificuldade com as palavras".

"Não", disse Theo coçando a barba. "Eu conheço as pedras da Nova Jerusalém."

O primeiro hino — "Pela beleza da Terra" — não começou muito bem, porque os cantores e o harmônio divergiam no ritmo e no tom. Só umas poucas vozes destemidas conseguiram chegar até o fim. Então o pregador leu um capítulo do Eclesiastes:

"Há tempo para nascer, e tempo para morrer; um tempo para plantar, e um tempo para colher o que foi plantado..."

Lewis sentia o calor do aquecedor queimando-o através da calça. Sentiu um cheiro de lã chamuscada e cutucou o irmão para que fosse para a ponta do banco.

Benjamin fitava os negros cachos que se derramavam no colarinho de Kevin.

"Um tempo para guardar, e um tempo para atirar fora..."

Abaixou os olhos para o folheto do hino da colheita, no qual estavam impressas imagens da Terra Santa — mulheres com foices, homens semeando, pescadores na Galiléia e camelos em volta de uma fonte.

Pensou em sua mãe, Mary, lembrando-se de que também ela estivera na Galiléia. Calculou ainda que, no ano seguinte, quando a fazenda estivesse em nome de Kevin, seria mais fácil passar pelo fundo de uma agulha e ir para junto dela.

"Tempo para amar, e tempo para odiar; tempo para a guerra, e tempo para a paz..."

Na última página havia uma legenda em que se lia: "Tudo está em ordem e bem guardado" e, embaixo, uma foto de meninos de cabelos curtos, com canecas de estanho nas mãos, e tendas ao fundo.

Leu que se tratava de refugiados palestinos, e pensou em como seria bom mandar-lhes um presente de Natal — ainda que não comemorassem o Natal, de qualquer modo ganhariam um presente!

Lá fora, o céu escurecia. Soou um trovão na colina. O vento sacudia as janelas, e gotas de chuva caíam nas vidraças.

"Hino número dois", disse o pregador. "Nós aramos os campos e espalhamos na terra a boa semente..."

Os membros da congregação levantaram-se, abriram a boca, mas todas as vozes finas foram silenciadas pela voz que vinha do fundo.

A voz sonora de Meg enchia o salão de vida e, quando chegou ao verso "Por Ele os pássaros são alimentados", uma lágrima caiu da pálpebra de Lewis e deslizou pelas rugas de seu rosto.

Então foi a vez de Theo fascinar os ouvintes:

"Vi então um novo céu e uma nova terra, pois o primeiro

céu e a primeira terra desapareceram, e o mar já não existia. E eu, João, vi a cidade santa..."

Theo continuou lendo o texto, enumerando o jaspe e o jacinto, o crisoprásio e a calcedônia, sem perder uma sílaba. Quem estava diante das janelas viu um arco-íris estendido sobre o vale e, mais abaixo, uma revoada de gralhas negras.

Quando chegou a hora do sermão, o pregador se pôs de pé e agradeceu ao seu "irmão em Cristo" por tão memorável leitura. Nunca, em toda a sua vida, a Cidade Santa lhe parecera tão real, tão palpável. Ele, pelo menos, sentiu como se pudesse estender a mão e tocá-la.

Mas aquela não era uma cidade que se podia tocar! Não era uma cidade de tijolos ou de pedras. Não era uma cidade como Roma, Londres ou Babilônia. Não uma cidade como Canaã, pois havia falsidade em Canaã! Aquela era a cidade que Abraão avistara de muito longe, uma miragem no horizonte, quando ele foi morar no deserto, entre tendas e tabernáculos...

À palavra *tenda*, Benjamin pensou em Theo. Nesse meio-tempo, o senhor Lewis perdeu o último vestígio de embaraço. Seus braços erguiam-se em direção ao teto.

"Tampouco é uma cidade para os ricos! Lembrem-se de Abraão! Lembrem-se de como Abraão devolveu suas riquezas ao rei de Sodoma! Lembrem-se! Nem uma linha, nem a correia de uma sandália ele aceitaria do rei de Sodoma!"

Ele parou para respirar e continuou em tom emocionado:

Os fiéis tinham se reunido em sua humilde capela para agradecer a Deus por tê-los provido do necessário. O Senhor os alimentara, os vestira e lhes dera o necessário para viver. Não era um capataz severo. A mensagem do Eclesiastes não era uma mensagem dura. Havia um tempo e um lugar para cada coisa — um tempo para divertir-se, um tempo para rir, dançar, desfrutar as belezas da terra, as belas flores em suas estações...

Não obstante, deviam também lembrar-se de que a riqueza era um fardo, e que os bens do mundo os impediriam de subir à Cidade do Cordeiro...

"Porque a Cidade que buscamos é uma Cidade Eterna, um lugar em outro país, onde encontraremos descanso eterno ou seremos privados do descanso para todo o sempre. Nossa vida é uma bolha. Nascemos, erguemo-nos no ar, somos levados de um lado para outro pelos ventos, brilhamos à luz do sol. Então, de repente, a bolha estoura e caímos na terra em minúsculas gotas de água. Somos como estas dálias, abatidas pelas primeiras geadas do outono..."

A manhã do dia 15 de novembro estava luminosa e gélida. Havia uma camada de gelo de mais de dois centímetros nas gamelas de água para o gado. Do outro lado do vale, vinte bois esperavam a forragem.

Depois do desjejum, Theo ajudou Lewis a acoplar o reboque ao International Harvester, e carregou-o com alguns fardos de feno. O trator demorou a pegar. Lewis estava com um cachecol de tricô azul. Ele pegara mais uma friagem no ouvido interno, e se queixava de tonturas. Theo acenou para ele quando o trator saiu do terreiro, entrou em casa e foi conversar com Benjamin na peça anexa à cozinha.

Benjamin arregaçara as mangas da camisa e estava tentando tirar as marcas amarelas de gema de ovo dos pratos. Na pia de pedra, anéis de gordura de bacon flutuavam na superfície. Ele estava muito excitado com o filhinho de Kevin.

"Sim", disse sorrindo. "Vai ser um menino muito esperto."

Torceu o pano de prato e enxugou as mãos. Sentiu uma dor súbita no peito e caiu no chão.

"Deve ser Lewis", gemeu ele enquanto Theo o sentava numa cadeira.

Theo correu para fora de casa e lançou um olhar ao vale e aos campos cobertos de gelo. Os carvalhos lançavam longas sombras azuis à luz oblíqua do sol. Tordos gorjeavam em meio à plantação de legumes. Dois patos desceram o regato voando, e uma faixa de vapor dividia o céu em dois. Ele não ouvia o ruído do trator.

Via o feno espalhado pelo campo, mas os bois tinham se dispersado, embora um ou outro começasse a voltar, na direção do feno. Avistou um rastro de lama ao longo da sebe. Mais abaixo havia alguma coisa vermelha e preta. Era o trator virado de lado.

Benjamin viera para a porta trêmulo, sem chapéu. "Espere aí!", disse Theo calmamente, e disparou a correr.

Benjamin foi atrás dele, descendo em direção ao vale, manquejando. O trator se desgovernara. Ele ouvia Theo correndo lá na frente, ouviu o barulho de alguma coisa caindo na água e, em meio às árvores, o pipiar das gaivotas.

As folhas das bétulas tinham caído ao longo do regato. Pontinhas de gelo cintilavam nos ramos roxos. A grama estava dura, e a água deslizava com facilidade por sobre as pedras chatas e marrons. Ele parou na margem, sem conseguir se mexer.

Theo vinha andando devagar em sua direção, por entre os troncos brilhantes das bétulas. "Não olhe para ele", disse Theo. Em seguida pôs o braço nos ombros do velho e o manteve assim.

50.

No portão do cemitério de Maesyfelin existe um velho teixo cujas raízes retorcidas deslocaram as lajes do pavimento. O caminho era flanqueado por pedras tumulares, algumas com inscrições em letras clássicas, outras com letras góticas, todas cobertas de liquens. A pedra é porosa, e, nos túmulos expostos ao vento oeste, as letras estão quase apagadas. Logo ninguém conseguirá ler os nomes dos mortos, e os próprios túmulos ruirão.

Em compensação, os túmulos mais recentes foram talhados em pedras tão duras como as dos túmulos dos faraós. Suas superfícies são polidas à máquina. As flores que os enfeitam são de plástico, e a terra em volta é coberta não de seixos, mas de lascas de vidro verde. O mais novo túmulo é de granito preto brilhante, metade coberto com inscrições, metade sem nada.

Vez por outra, um turista que passeia ao acaso atrás da capela pode ver, sentado à borda da laje, um velho agricultor da colina, vestido de veludo cotelê e polainas, contemplando o próprio reflexo enquanto as nuvens passam lá no alto.

Depois do acidente, Benjamin sentia-se tão desesperado e desamparado que mal conseguia abotoar a camisa. Para que não ficasse ainda mais perturbado, proibiram-no de aproximar-se do cemitério, e, quando Kevin se mudou com a esposa para a Visão, ele lançava através deles um olhar fixo, como se fossem estranhos.

No último mês de maio, Eileen começou se queixar de que o tio estava "ficando gagá" e que o lugar dele era num asilo de velhos.

Ele vira Eileen vender toda a mobília, peça por peça.

Ela vendeu o piano para comprar uma máquina de lavar, a cama com colunas para comprar um novo jogo de quarto. Pintou a cozinha de amarelo, jogou as fotos da família no sótão, substituindo-as por uma foto da princesa Anne num concurso de equitação. Quase toda a roupa de cama e mesa de Mary foi vendida numa feira de caridade. Os spaniels de Stafford sumiram, em seguida o relógio de pêndulo, e o velho fogão de cozinha ficou enferrujando no terreiro, entre ervas e urtigas.

Certo dia de agosto passado, Benjamin saiu de casa, e, como à noite ainda não tinha voltado, Kevin teve de formar um grupo para procurá-lo.

Era uma noite quente. Encontraram-no na manhã seguinte, sentado no túmulo e palitando calmamente os dentes com um talo de grama.

Desde então, Maesyfelin se tornou para Benjamin um segundo lar — talvez seu único lar. Ele parece sentir-se feliz, desde que possa passar pelo menos uma hora por dia no cemitério. Vez por outra, Nancy Bickerton manda o carro pegá-lo em casa para o chá.

Theo trocou seu passaporte sul-africano por um britânico, vendeu a propriedade e foi para a Índia, onde pretende escalar o Himalaia.

A justiça ainda não se pronunciou sobre a Rocha, e Meg continua vivendo lá, sozinha.

Rosie Fifield também continua morando em sua choupana. Como está entrevada pela artrite, sua casa está sempre suja, mas, quando a Vigilância Sanitária a aconselhou a mudar-se para um asilo de pobres, ela retrucou: "Vocês vão ter de me arrastar pelos pés".

No seu octogésimo segundo aniversário, o filho lhe deu um binóculo do Exército e, nos fins de semana, ela gosta de observar os vôos de asa-delta que partem do Bickerton's Knob — "como helicópteros" conforme ela diz — um bando de homens do tamanho de alfinetes, levados por asas coloridas, subindo com as correntes ascendentes e descendo em espiral, como cinzas, em direção ao solo.

Este ano ela já viu um acidente fatal.

ESTA OBRA FOI COMPOSTA EM ELECTRA PELO ACQUA ESTÚDIO E IMPRESSA
EM OFSETE PELA RR DONNELLEY MOORE SOBRE PAPEL PÓLEN SOFT DA SUZANO
BAHIA SUL PARA A EDITORA SCHWARCZ EM SETEMBRO DE 2005